그래도 바람은 분다

모든 일이 천천히 떠올랐다 사라진다

한영수 장편소설

휴앤스토리

차 례

아버지 단상

◇◇◇◇◇◇◇◇

늘 하던 대로 아침 일찍 출근하자마자 탈의실로 향했다.

생산직 현장 직원들은 탈의실에서 작업복으로 갈아입고 현장으로 나
간다. 일주일에 한 번씩 세탁하는 파란색 작업복이 내 옷장에 걸려 있
다. 땀 냄새와 화장품 냄새가 살짝 뒤섞여 있다. 아침에 작업복을 처음
입을 때는 약간 꺼려진다. 특히 조금이라도 일찍 출근하여 시간적 여유
가 있으면 땀 냄새가 더욱 코를 찌른다. 작업하는 시간에는 나지 않는
냄새다.

옷장 문에 붙어 있는 작은 거울을 습관적으로 보고 작업장으로 나
선다.

서희가 나를 불렀다. 표정이 밝지 않다. 늘 그렇다.

"현진아! 과장님이 찾아."

"왜?"

"모르지."

보통은 조 대리가 부르든지 아니면 주임이 부를 터인데 과장이라니

조금 의아했다. 한 달에 한두 번 정도 볼 관계인데 일부러 나를 찾았다는 것이 꺼림칙하였다. 과장은 우리 작업장과는 조금 떨어져 있는 사무실에 있었다. 머리가 벗겨져서 50대 중반으로 보였고 그렇게 알고 있었지만, 실제 나이는 40대 후반이었다. 이 사무실에는 처음 입사할 때 입사 서류를 내려 와 보았고, 이번이 두 번째 방문이다.

노크해야 하는지 망설여졌다. 문이 열려 있고 여러 부서가 개방된 형태로 모여 있었다. 처음 온 사람들은 책상 위의 작은 팻말을 봐야만 찾을 수 있을 것 같았다. 각 부서는 가슴 높이의 칸막이로 구분되고 있었다. 많은 사람들이 움직이고 있고 전체적으로 커다란 교무실을 들어가는 느낌이었다. 그래도 일단 열린 문을 노크해 보았다. 아무도 쳐다보지 않았다. 과장님 얼굴을 보고 자리를 찾았다.

사무실의 많은 사람들은 나름대로 분주히 움직이고 있었다. 의자에 앉아서 손가락이라도 꼼지락거리고 있었다.

김재연 과장은 겉으로 보기엔 아주 인자하게 생기신 분이셨다. 늘 웃음을 머금고 다녔고 말도 항상 부드럽게 하였다. 그는 구두로 해고 통지를 할 때도 미소를 잃지 않았다. 그리고 늘 부드럽고 천천히 말하였다.

"김선옥 씨! 오늘부터 회사 그만 나오세요!"
"예? 왜요?"
"회사 방침이에요. 인사 명령입니다. 그럼 안녕히 가세요."

어떤 언니는 그의 미소에 소름이 끼쳤다고 하였다. 어떤 언니는 철로 조각된 조형물의 웃음이라고 하였다. 나와는 특별히 말을 섞을 관계는 아니었다. 전부 지나가는 남의 일로 그러려니 하였다. 그런데 이상하게도 오늘은 걱정되었다.

'혹시 나도 해고되는 것은 아닐까?'

그렇지는 않으리라고 생각했다. 결근 한 번 없이 열심히 일하였고 업무에 빨리 적응한다고 주위의 칭찬을 여러 번 받고 있었다.

'다른 부서로 이동하려고 그러나?'

아직 부서 이동 시기는 아니었다. 특별한 상황도 아니고 내가 잘할 수 있는 것은 현재 작업장이었다. 우려 반 기대 반으로 과장님 자리 옆에 서서 칸막이를 노크하듯이 두드렸다.

"과장님? 과장님!"

무슨 서류를 열심히 보고 계셨다. 나와 눈이 마주치는 순간,

"아! 임현진 양. 이리 앉아요."

오래 만났던 사이인 것처럼 소파를 권했다. 엉거주춤 앉았다.

"마음 단단히 먹어요."

그의 손에는 전보가 들려 있었다. 말없이 내게 내밀었다.

'부친 사망. 귀가 바람.'

엄마는 자췻집 주소를 몰랐을 것이고, 그래서 나보다 먼저 회사로 전보를 쳐서 휴가를 보내 달라고 하였다.

'아버지가 돌아가셨다? 아직 젊은 나이이신데.'

전혀 이해되지 않는 교과서를 읽는 기분이었다.

'아버지 나이가 몇이지?'

아버지 나이가 생각나지 않았다.

'쉰은 넘으셨고, 쉰다섯 정도 되었겠다.'

"임현진 양! 임현진 양!"

"예!"

"정신 차리세요. 5일간 특별 휴가 다녀오도록 하고 이건 특별 상여금이에요."

"감사합니다."

아무 일도 없었던 것처럼 인사를 하고 사무실을 나섰다. 작업장 입구에서 조 대리를 만났다.

"임현진! 너 어디 갔다 인제 와?"

"과장님 뵙고 옵니다."

"기계 돌아간 지가 언젠데? 빨리빨리 와야지? 너 어디가?"

조 대리는 평소 하던 대로 소리를 질러댔다.

"특별 휴가 갑니다."

"무슨 일이야?"

"과장님에게 물어보세요."

"저것이?"

조 대리는 사람을 물건 세듯이 세웠다. '이것, 저것.' 내 뒤에서 무어라 하는 찢어진 소리가 들려왔지만 정확한 내용은 귀에 들리지 않았다.

그 누구와도 대화하는 것이 귀찮았다. 자췻집으로 가는 시내버스에서도 계속 서서 있었다. 아주머니 한 분이 앉으라고 권해서 보니 자리가 많이 비어 있었다. 한 정거장을 지나쳐 갔다가 다시 걸어왔다.

고향 가는 시외버스는 부산에서 진주까지만 가고, 거기서 다시 버스를 갈아타고 가야 한다.

버스표를 어떻게 끊었는지 전혀 기억이 없다. 그저 진주 가는 버스에 앉아서 창밖을 보고 있다.

'아버지! 임동석!'

아버지 이름이 '임동석'이다.

'내가 아버지 이름을 언제 불러 보았을까?'

'그분은 어떻게 살다가 어떻게 가셨을까?'

아버지는 둘째 아들로 태어났다. 할아버지가 자신의 재산 대부분을 큰아들에게 주어도 달라고 할 줄 몰랐다. 기껏 달라고 한 것은 큰아버지에게 부탁한 논 몇 마지기였다.

"형님이 가진 논 중에 부쳐 먹게 몇 마지기만 빌려주세요."

큰아버지는 인심을 쓰셨다. 다른 사람보다 세를 적게 받고 우리 집에 논을 빌려주었다. 큰아버지는 마을 사람을 만날 때마다 그 이야기를 하고 다녔다. 한동안 마을 사람들은 우리 아버지나 어머니를 만나면,

"큰댁에서 논을 싸게 빌려주었다며? 동기간이 좋긴 좋네."

아버지는 똑같은 말을 반복하셨다.

"예! 형님 덕에 논을 부쳐 먹네요."

엄마는 조금 달랐다.

"그러게요."

큰집에는 논이 넘쳐 났고 사실 트랙터가 있기 전에는 혼자 다 짓지 못하여 세를 놓았다. 그중 일부를 우리에게 준 것이다. 돈을 받고.

그 논은 할아버지에게 물려받은 것이었다. 왜 할아버지는 자신의 재산 대부분을 큰아버지에게 주었는지 모를 일이었다.

마을 사람들의 큰아버지 칭찬은 계속되었고 면장이라도 나가면 바로 당선될 분위기였다.

"요즘 세상에 형제간이라도 쉽지 않은 일인데 자네가 애쓰는구면."

우리가 큰아버지 땅을 저렴하게 빌려서 농사를 짓는 것은 고마운 일이었다. 아버지는 큰어머니에게도 연신 고맙다고 하였다.

내가 초등학교를 졸업할 때쯤 땅값이 크게 올랐다. 큰아버지가 돈이 필요하다고 그 논을 팔아 버렸다. 큰아버지가 노름하다가 빚을 많이 졌다고 하였다. 그래도 원래 받은 재산이 많으셔서 논 일부를 처분하여 빚을 다 갚았다. 그 덕에 우리 집 논농사 대부분은 없어졌다. 그래도 아버지는 형님이 세를 적게 받고 논을 빌려주었었다고 고마워하였다. 이즈음에 큰아버지는 트랙터를 장만하셨다.

엄마가 특히 속상해하셨던 일은, 나와 같은 동갑인 사촌 정아는 전주 시내로 고등학교를 진학하는데, 나는 직장을 잡아야 할 때였다. 큰엄마는 내가 이웃 면의 종합고등학교에 합격하였을 때,

"없는 집에서 어떻게 고등학교를 보내려고 그래?"

하시며 우리 집이 고등학교에 보낼 형편이 아님을 짚어 주셨다.

엄마는 아무도 없을 때는 혼잣말을 자주 하셨다.

"수업료 한 번 내주지 않을 거면서 누구는 학교에 가고 누구는 회사에 보내어 돈을 벌게 하여야 해?"

큰엄마의 말에 한숨만 쉬었다. 큰엄마의 말이 전혀 틀리진 않았고, 결국 큰엄마 말대로 진학을 포기해야 했다. 그리 서운할 일도 아니었다. 큰엄마는 있는 그대로의 사실을 말한 것이고, 큰엄마가 내 수업료를 내줄 이유나 의무는 없었다. 자신의 딸을 전주 시내의 고등학교에 보내는 것도 그분의 재력이지 우리 것은 아니었다.

가늘고 길게 내뱉는 엄마의 숨소리를 자주 들었다.

언니가 부산 공장에 취직할 때만 하여도 아버지는 담배를 피우지 않으셨다. 언니가 부산에 갈 때는 혼자가 아니었다. 많은 언니 친구들이 같이 갔다. 내가 부산으로 가게 되었을 때까지 아버지는 내 진로를 결정하지 못하였다. 결국은 내가 결정하였다. 내 생각에는 이웃 면의 고등학교에 합격하였고, 집에서 통학할 수 있어서 수업료만 내면 다닐 것도 같았다.

하지만 엄마나 아버지나 나도 고등학교 진학 이야기는 거의 한 달가량을 금기시했다. 고등학교 얘기만 나오면 서로 화제를 돌렸다. 아버지는 다시 담배를 피우기 시작하셨다.

"엄마! 나 부산에 취직해야겠어! 내가 고등학교에 가면 서진이, 여진이, 터리까지 어떻게 가르쳐?"

엄마도 아버지도 아무 말 하지 않았다. 내가 언니에게 연락하고 방과 취직자리를 알아보라고 하였다. 이불 보따리를 이고 집을 나설 때까지 아버지는 곁에 없는 것처럼 보이지 않았다. 엄마가 짐을 같이 싸 주었다.

"무슨 일 있으면 언니하고 상의해라!"

언니가 있어서 다행이긴 하였다. 하지만 부산에서 언니와 같이 생활할 수는 없었다. 언니의 회사와 내 회사는 떨어져 있었고 출퇴근이 불편하였다. 게다가 언니는 이미 친구와 같이 자취하고 있었다. 우선 나 혼자 생활하면서 함께 지낼 친구를 알아보기로 하였다. 그래야 방세를 아낄 수 있을 테니까.

이불 보따리를 엄마가 이고 나는 가방을 들었다. 정류장으로 가고 있을 때 아버지가 나타나셨다. 아무 말 없이 엄마의 이불 보따리를 받아 메었다. 버스는 하루에 몇 번 오지 않아 30분 정도를 기다렸다. 그 시간 동안에 아버지가 앉아 계시던 의자 앞에는 담배꽁초가 수북이 쌓여있었다. 엄마는 언니 얘기만 하였다. 내겐 마지막으로 건강만 신경 쓰라고 하였다. 버스가 출발할 즈음에 동생들이 달려왔다.

오자마자 우는 동생은 막내 '터리'였다.

아버지는 딸만 다섯을 낳았다. 고등학교를 졸업할 때까지 '터리'의 의미를 몰랐다. 더는 자식을 낳지 않겠다고, 털어 버린다고 '터리'가 되었다. 그래도 호적에는 '효진'이라고 올렸다. 크면서 효도를 하라고 효진이었다. 터리는 막내이면서도 막내티를 내지 못하고 늘 미소를 짓고 다녔다. 터리를 낳고 엄마는 딸만 낳았다고 할머니에게 미역국을 얻어먹지 못하였다고 하였다.

"터리 낳을 때만 미역국 못 얻어먹었어?"

엄마는 그 기억도 없는 모양이었다. 잠시 생각하더니,

"큰 언니 낳았을 때 빼고는 한 번도 못 먹었다."

그래도 아버지가 둘째 아들이어서 조금 나았다. 엄마가 큰며느리였다면 할머니의 구박을 평생 받고 사셨을 터인데, 작은며느리이고 할머니를 모시지 않아서 그나마 다행이었다. 큰엄마는 아들을 둘이나 낳아서 뒤에 낳은 딸도 할머니의 귀염을 받고 자랐다. 할머니에게 큰며느리는 집안의 의무를 다한 분이셨고 우리 엄마는 의무를 마치지 못한 사람이었다. 할머니는 아버지에게,

"아들이 있어야 하는디? 아들 한번 낳아 봐라! 니 사주에는 아들이 있다는디?"

아버지는 못 들은 척하였고 터리가 크면서 할머니의 이야기는 잦아들었다. 그래서인지 논이나 밭 대부분은 큰아버지가 상속하셨고 우리는 논 한 마지기를 얻었다. 큰집은 해마다 논이나 밭을 더 살 수 있었고 우리는 매년 같은 생활이었다. 한 해 농사로 1년을 살고, 다음 해 농사로 또 1년을 살았다. 찬거리는 밭이나 들에 늘 있으니 먹는 걱정은 없었다. 큰언니가 중학교를 졸업할 즈음 엄마는 자식들을 고등학교에 보내고 싶어도 보낼 수 없다는 사실을 깨달았다. 아버지에게 고등학교 등록금을 마련하라고 졸랐다. 엄마나 아버지 모두 중학교만 졸업하여 학교 진학에 대한 생각은 남달랐다.

"엄마가 니들 고등학교까지는 꼭 보내고 싶었다."

언니가 명절에 집에 왔다가 회사로 가기 전에, 엄마는 독백처럼 내뱉었다. 내가 이부자리 보따리를 끌어안고 버스를 기다리는 동안에도 엄마는 그렇게 한마디 던졌다. 주위가 조용하지 않으면 들리지 않을 목소

리로 한숨을 들이쉬며 속삭이듯 말하였다.

　아버지가 초가을에 사업을 하셨다.
　엄마는 아빠 친구 소 장수 아저씨가 바람을 넣었다고 걱정이었다. 내 생각엔 엄마의 성화도 한몫하였다.
　"고등학교는 보내야 할 것 아니에요?"
　"큰애는 못 보내도 작은애들부터는 보내야 하지 않겠어요?"
　"우리는 이렇게 살아도 되지만 애들은 어떻게 시집보내요?"

　소 장수 아저씨는 농가에서 소를 싼 가격에 사서 시장에 되팔아 이윤을 남기는 장사를 하였다. 소 여러 마리를 트럭에 싣고 다니며 시골의 소를 도시에 내다 팔았는데, 이윤을 많이 남겨 부자가 되었다고 하였다. 소를 살 때는 돈을 적게 주고 사고, 팔 때는 많이 받고 팔아야 하는데, 엄마의 말에 따르면 아버지는 그럴 주변머리가 없다고 하였다. 아버지는 며칠 동안 천장만 바라보다가 무엇인가를 결정하셨다. 겨우 먹고 살기만 하는 현 상황에서 벗어나고자 한 사업이 채소 중간상이었다. 나름대로 최선을 다한 선택이셨다. 어린 배추나 무밭을 통째로 사서 일정 기간이 지난 후에 되팔아 이득을 얻고자 하였다. 소는 더 큰 목돈이 필요하고 채소는 그보다 덜했다. 그래도 어느 정도 목돈을 장만해야 했다. 엄마가 아는 사람들에게 빌리고 큰아버지의 보증을 겨우 얻어 농협에서 대출을 받았다.

　아버지는 면 곳곳을 돌아다니며 배추밭과 무밭의 현황을 파악하셨다. 그리곤 큰 도시의 공판장을 돌며 시세를 알아보고 이윤이 남을 가격을 예상해서 통째로 밭을 사셨다. 처음 산 밭에서 우리로서는 꽤 큰 돈을 벌었다. 배추밭을 주인에게 밭째 산 뒤에 한 달 후 시장에 내다 팔았다. 차를 대절하여 다 자란 배추를 되팔았는데 생각보다 많은 이윤이 생겼다. 엄마도 처음엔 이 사업을 말렸지만, 아버지가 돈을 가져오자 희망에 부풀었다. 우리를 고등학교 보내겠다고 저축 통장부터 만들었다.

그것이 마지막 소득이었다. 아버지가 무밭을 사서 팔 때는 본전도 못 건지고 팔았다. 한 달 후에 뭇값이 폭락했다. 배추밭도 처음엔 괜찮았는데 타 지역에서 엄청난 배추 풍년이 들었다. 아버지는 타도의 작황은 파악하지 못하셨다. 트럭을 빌려 배추를 실어 날랐는데 트럭 빌린 값도 건지지 못하게 되자 배추는 밭에서 썩혔다. 무밭을 사서 밭 주인이 한 달 동안 키운 뒤에 되팔기로 하였는데 밭 주인이 농약을 제때 뿌리지 않았다. 무밭 전체가 병이 들어 큰 손해를 보았다. 싸게 사려고 하면 밭 주인은 돈을 더 달라고 하고 아버지는 이걸 이기지 못하였다.

투자한 돈을 깨끗이 날렸다. 큰아버지에게 더는 말하지 못하게 되었다. 할아버지가 큰아버지에게 돈을 갚아 주라고 하셨지만, 각 가정이 있는 다 큰 어른들의 일이었다. 할아버지 성화에 큰아버지가 대출받은 것의 일부를 갚아 주셨다. 우리 집에 있던 조금의 돈은 전부 없어졌다. 이 일로 해서 엄마는 큰엄마의 말에 더욱 힘없어하셨고 할머니의 눈을 피했다.

아버지는 다시 할아버지 산에 표고버섯을 심었다. 참나무를 홀로 톱

질하여 베고 어디서 들은 대로 표고버섯 균사를 사서 참나무에 심었다. 아버지 혼자서 무거운 참나무를 들고 톱질이 먹히지 않는 단단한 참나무를 손으로 자르며 1년을 준비하셨다. 첫해에는 버섯을 어디에다 파는지도 몰라 판로를 알아보다가 출하시기를 놓쳤다. 활짝 핀 표고버섯을 헐값에 넘겼다. 그래도 손해는 아니라고 하셨다. 본인의 노동력은 계산하지 않는 것 같았다. 그다음 해에는 수확 직전에 멧돼지가 나타나 깨끗이 먹어 치웠다. 멧돼지 방지용으로 약한 전류가 흐르는 철조망을 설치하였다. 태양 전지를 사용하여 설치하였는데 시설에 꽤 많은 돈이 들었다. 그다음 해에는 멧돼지가 한 마리도 나타나지 않았다. 대신 날씨가 가물었다. 밭에 물을 길어다 뿌리는 일이 종종 있었는데 아버지는 버섯에 물 주는 일을 잊으셨던 것 같았다. 버섯이 참나무에서 나오자마자 크기도 전에 말린 표고버섯이 되었다. 표고버섯이 팽이버섯만 해서 사는 사람은 없었지만 우리가 실컷 먹었다. 된장찌개에 팽이버섯 대용으로 먹으면 먹을 만하였다. 아버지는 사람들이 이걸 몰라서 안 산다고 투덜거리셨다.

아버지는 절대로 손해는 아니라고 하셨다. 멧돼지 방지용 철조망도 그대로 남아 있고 나머지 시설도 그대로 있으니 큰 손해 본 일은 없다고 하셨다.

소득도 없었다.

나는 아버지가 생각하는 것만큼 썩 공부를 잘한 것은 아니었다. 그래도 읍내 고등학교에 합격할 수준은 되었었다. 우리 집 형편을 생각해서 집에서 이십 리 정도 되지만 통학이 가능한 종합 고등학교에 원서를 넣은 것이다. 큰집 사촌인 정아보다 공부가 뒤지는 것은 사실이지만 그렇게 뒤떨어지는 것은 아니었다. 나도 정아가 다니는 학교에 다니고 싶었다. 내가 그곳에 합격한다면 엄마가 더 힘들어질 것이었다.

정아의 아버지나 어머니는 학교에 무슨 일이 있으면 봉사를 잘하셨다. 선생님 회식이 있어도 봉사를 하시고 소풍이나 체육 대회가 있어도 학교를 위해 열심히 봉사하셨다. 내가 정아의 사촌인 것을 아신 선생님들은 우리가 전혀 닮지 않았다고 의아해 하셨다. 담임 선생님은 나와 정아가 당연히 같은 시에 원서를 쓸 것으로 여겼다. 정아는 욕심도 많아 성적도 계속 올랐고 내 성적은 조금씩 떨어졌다. 정아는 초등학교 교사의 꿈이 있었다. 욕을 잘하던 정아는 꿈이 생긴 뒤로 생활 전체가 바뀌었다. 다른 사람이 많은 곳에서는 착하고 모범적인 학생이 되었다.
오로지 내 앞에서만 예전 모습 그대로였다.

나는 점점 의욕이 없어졌다. 내가 고등학교에 진학하여 내 인생에서 무엇을 얻을 수 있을 것인지 확신이 없었다. 정상적으로 고등학교에 다닐 형편이 되지 않음은 두 번째였다. 정아를 의식하지 않은 것은 아니었다. 사촌이며 내가 두 달 차이로 언니이지만 친구이자 동창이었다. 정아에게 특별한 감정은 전혀 없었다. 시기나 질투도 없었다. 그것은 내게 복에 겨운 감정이었다. 나는 밝은 내일을 위해 오늘을 어떻게든 버텨야 하는 삶이었다. 내가 부산에 취직하여 간다고 했을 때도 정아는 큰엄마와 똑같은 말을 하였다.

"차라리 잘된 일이야! 가서 열심히 하면 좋은 일이 있을 거야!"

나는 어떻게 하든지 정아보다는 잘살아야겠다는 생각을 하면서 이 생각 자체가 너무 정아를 의식하는 것 같아 자존심 상했다.

"나는 나다! 나는 나다!"

거울을 보며 주문처럼 외쳤다.

우리 마을 버스 정류장은 슈퍼마켓이었다. 슈퍼 앞에 평상이 펼쳐져 있고 슈퍼 안에서는 버스표를 팔았다. 추운 날씨에는 슈퍼 안에 있다가 버스가 오면 나와서 탔고 여름엔 평상에 앉았다가 버스를 탔다. 버스는 하루에 두 번 있다가 점점 늘어났지만, 손에 꼽을 만큼 차가 다녔다. 승객이 적으니 버스 시간을 원망하는 사람은 없었다. 그렇지만 장날엔 많은 승객이 버스를 이용하였다. 나도 한 번 장날에 버스를 타 보았는데 내 두 다리가 허공에 떠 있었다. 사람은 많고 자리는 없었다. 예전부터 걸어 다니던 할아버지 할머니들은 이십 리 길이건 삼십 리 길이건 걸어 다니셨다. 젊은 사람들의 고통이었다.

버스가 오고 버스 아래 짐칸을 기사분이 열어 주셔서 이불 보따리를 넣었다. 가방만 메고 버스에 올랐다. 엄마와 인사를 할 때도 아버지는 계시지 않은 듯이 있었다.

차에 올라, 인사를 했다.

"엄마! 나 갈게."

"그래! 몸조심해."

차가 움직이면서 엄마 뒤로 서너 걸음 떨어진 아버지가 보였다. 내 눈을 마주치지 못하시고 힐끗힐끗 보시며 내가 손을 흔들자 마지못해 어설프게 담배를 쥔 손을 흔드셨다.

'아버지가 저기 계셨구나.'

아버지는 거의 술을 드시지 않으셨다. 담배도 결혼 전에 피우셨다가 끊으셨다고 들었다. 언니가 고등학교에 진학하지 못하고 부산으로 간 다음부터 자주 술을 드셨다. 내가 중학생이 될 때까지 아버지와는 거의 대화를 해 본 기억이 없다. 대부분 엄마와 이야기하였다. 커다란 한 방에서 일곱 명이 같이 잠을 자고 먹었어도 일 년에 한두 번의 대화만 있을 뿐이었다. 나도 그게 불편하지 않았다. 엄마는 내가 너무 차갑게 보인다고 미소를 자주 지으라고 하셨다. 나는 웃을 일이 없는데 웃는다는 것이 더 이상했다.

"왜 웃어야 해?"

"여자는 잘 웃어야 예뻐 보이지."

"남자는?"

"남자도 잘 웃어야 좋아 보이더라. 웃는 얼굴에 침 못 뱉는다고 하잖던?"

내가 웃음이 없다고 누가 내 얼굴에 침을 뱉을 사람이 있을까? 마음이 따뜻하지 못한 것은 맞는 말인 것 같았다. 남들은 다 우는데 나는 전혀 눈물이 나지 않는 일이 많았다. 언니나 엄마는 잘 모르는 마을 사람이 돌아가서도 눈물을 흘렸다. 나는 왜 울어야 하는지, 혹은 저절로 눈물이 나오는 사람이 따로 있는지 궁금했다. 꽃을 보면서도 친구들이 호들갑스럽게,

"아이 예뻐!"

하면, 예쁘다는 것이 무엇인지 알 수 없었다. 감정이 메말라 있다고 하였다. 그것도 맞는 말처럼 들렸다.

엄마는 아버지를 닮았다고 하셨다. 아버지가 눈물이 없고 물에 술 탄 듯, 술에 물 탄 듯 사신다고 하셨는데 그것은 아닌 것 같았다. 아버지의 마음을 본 적이 없다. 내 마음을 내보인 적도 없었다. 내가 중학교 1학년이 되어 생리를 하게 된 것을 안 아버지는 더욱 내 얼굴을 보지 못하셨다. 당신의 피를 준 자식에게도 부끄러움을 많이 타셨다.

곡식이나 감자 등을 넣어 두던 광을 개조하여 언니와 내가 쓸 방을 마련하여 주었다. 언니는 한 달 동안 웃고 다녔다. 마을 언니 친구들은 돌아가며 매일 우리 방에서 자다시피 하였다. 언니가 취직하여 떠나고 나와 바로 아래 동생인 서진이가 같이 썼는데 아버지는 우리 방에 한 번도 들어오지 않으셨다. 나를 부를 때도 직접 부르지 않았다.

"터리야, 둘째 좀 나오라고 해라!"
"터리야! 언니 밥 먹으라고 해라."
"여진아! 언니 어디 갔어?"
"여진아! 언니 방에 있으면 나오라고 해라."

나와 대화를 하지 않으려 하시는 것처럼 보였다. 언니가 부산으로 떠난 뒤에 마을 어른들과 술을 잔뜩 드시고 오셔서 몇 마디를 건네셨다.
"현진아! 아빠가 미안해!"

"아빠, 뭐가 미안해요?"

"우리 예쁜 현진이. 아빠 밉지?"

"아빠가 왜 미워요?"

"아빠 미워하지 마라! 아냐, 미워해도 된다."

내 손을 잡았다가 얼른 놓으며 무엇이 고마운지 내게 고맙다고 하셨다.

"뭐가 고마운데?"

"이렇게 스스로 잘 자라줘서 고맙다."

다음 날 술에서 깨면 얼굴을 보지 못하시고 눈도 못 맞추셨다. 초등학교 저학년에 다닐 때까지는 업어 주기도 하셨다. 나도 과자 사 달라고 떼를 쓰기도 했었는데 어느 순간부터 누구 탓인지 아빠와 대화가 끊어졌다.

추석에 마을 회관에서 마을 어른들이 술을 드시면서 내 이야기 하는 것을 엿들었다.

"동석이네 둘째가 제법 인물이 나데?"

"현진이가 딸 중에 인물이 젤 나. 마음 씀씀이나 머리나 젤 낫지."

"막내 터리가 젤 귀여운 거 아녀?"

"고것대로 귀엽지만 글도 현진이만 못혀."

내가 취직하여 부산으로 온 뒤로 아버지의 술이 늘고 주정이 심해진다고 엄마가 걱정이셨다. 동생들은 아빠가 무서워진다고 하였다. 술만 드시면 허공에 소리를 지른다고 하였다. 자주 드셨다. 아무리 술을 드셔도 할아버지 할머니 말은 잘 들어 집에 가라고 하면 갔고 자라고 하면 주무셨다. 매번 할아버지가 우리 집에 올 수는 없었고 어머니는 술을 싫어하셨다. 내가 마을을 떠나온 뒤 1년이 안 되어 아버지는 주정뱅이가 되셨다.

우리 마을뿐만 아니라 다른 마을에 가서도 술을 드셨고 논길이나 산길을 가리지 않았다. 주무시고 싶으면 그 자리에서 주무셨다. 동생들은 오늘은 어디 산길에서 아버지를 찾아 손수레로 싣고 왔다는 둥, 어디 논길에 있는 아버지를 마을 오빠에게 부탁하여 모셔왔다는 둥의 연락을 자주 했다.

추석에 집에 가려면 챙길 것이 많았다. 우선 엄마 아버지 드릴 물건을 사고 동생들 것은 늘 옷으로 샀다. 엄마는 큰언니 옷만 샀다. 얼마 있으면 그 옷을 내가 입고 얼마 있으면 그 옷을 서진이가 입고 다음 여진이에게 내려갔다. 내가 동생 옷을 사 가면 엄마는 항상 내 바로 밑 동생 서진이 옷 한 벌만 사 오라고 하셨다. 나는 언제나 언니 옷을 물려 입었다. 한 번쯤 새 옷을 입는 마음을 동생에게 주고 싶었다. 동생들 옷을 각각 한 벌씩 사 갔다. 옷을 펼쳐 놓고 수다를 떨다 보면 반나절이 금방 지나갔다. 엄마가 이제 밥이나 해야겠다고 일어서면 저 뒤편에 아버지가 우두커니 우리를 보고 계셨다.

"아버지! 어디 편찮으신 데 없어요?"

"나는 괜찮다. 객지에선 몸 건강이 최고다. 너는 건강하지?"

"예!"

나와 그 한마디 말을 나누기 위해 뒤에서 기다린 것처럼 한마디 하시고 밖으로 나가셨다.

"또 술 먹으러 가요? 명절에도 먹어요? 그놈의 술은 하루도 못 참아!"

엄마의 목소리가 낯설다. 예전의 엄마 목소리, 말투가 아니었다. 아버지는 아무 대꾸도 하지 않고 나섰다.

지금 생각하니 그때 아버지의 얼굴색이 무척 검었다. 햇볕에 그을려서 그럴 것으로 생각했는데 그게 아니었던 것 같다. 동생들이 이야기하던 아버지가 취하신 모습을 처음으로 직접 보았다.

"내 딸 현진아! 내 딸이여!"

"빨리 자요. 오늘은 어떻게 집구석을 찾아오셨어?"

엄마의 퉁명스러운 말에도 아버지는 맨방바닥에 드러누워서도 한참을 중얼거렸다.

"미안하다!"

내가 집을 떠나기 전날에도 아버지는 집에 오지 않으셨다. 걱정되었지만 엄마와 동생은 대수롭지 않게 여겼다.

"어디서 주무시고 계시겠지."

마을 회관에서 주무신다고 이웃집에서 알려왔다.

집을 떠나는 날 아침에 방문을 열자 장독대 바위에 아버지가 앉아계셨다. 방문을 조용히 닫고 문틈으로 아버지를 보았다. 무언가를 손에 쥐고 있었다. 내 구두다. 코로 가쁜 쉼을 끊임없이 쉬면서 한 손에는 내 구두를 쥐고 다른 손엔 마른걸레를 들고 닦고 계셨다. 아버지는 손을 떨고 계셨다. 얼굴이 아직도 붉었다. 잠시 눈을 감았다가 다시 걸레로 구두를 닦는데 잘 닦아지지 않았다. 계속 헛손질이셨다. 구두가 닦이지 않음을 아셨는지 당신의 바지에 구두를 문지르기 시작하셨다. 밑바닥까지 닦여진 구두를 내 방문 앞에 놓고 비틀거리며 다시 나가셨다. 엄마는 동생들에게,

"현진이 언니 구두 닦아 놓은 거 봐라. 언니 부지런한 것 좀 배워라."

내가 버스를 타는 데에도 아버지는 나타나지 않으셨다. 내가 주위를 두리번거리자 엄마는 퉁명스럽게,

"네 아버지 생각 마라. 어디서 술 먹고 자고 있을 거다."

버스가 마을 모퉁이를 돌아서자 산 중턱에 아버지가 앉아 있는 모습이 보였다. 내가 손을 흔들자 나를 보시고 담배를 들고 계시던 손을 올렸다가 바로 내리셨다. 못 본 척 다른 곳을 보셨다.

멀리 들을 보시던 그 아버지의 모습이 마지막이었다.

부산으로

ᜧᜧᜧ

날씨가 쌀쌀해지면서 학교에서는 고등학교 진학 이야기들이 오고 갔다. 매달 보는 모의고사 점수를 확인하며 합격 가능한 학교를 서로 이야기하였다. 주위 선배들의 이야기들로 신빙성은 없었으나 우리들 관심은 온통 고등학교 진학에 있었다. 담임 선생님은 학생과 개별 상담을 하시고 때로는 부모님을 오시라고 하였다. 구체적인 고등학교 진학 상담을 시작하셨다. 고등학교 진학에서 누구에게는 성적이 중요한 요소이겠지만, 어떤 아이들에게는 가정 형편이 더 중요한 요소였다. 시골에서는 수업료만 있어서는 고등학교에 다닐 수 없었다. 하숙하든지 자취를 하여야 할 것이고 방을 구해야 했다. 생활비는 전부 부모님의 몫이었다. 나도 그랬다.

우리 마을은 산촌이라 일찍 눈이 왔다. 학교 운동장에 밀가루 같은 눈이 얇게 흩뿌려졌다. 그것도 눈이라고 아이들 발 모양대로 조금씩 쌓였다가 녹아 낮에는 운동장이 질척거렸다. 아침에는 발자국 안의 눈 녹은

물이 엷은 얼음이 되어 있었다. 우리는 발로 얼음을 깨어가며 운동장을 가로질러 교실로 향했다. 교실에는 밤의 냉기가 그대로 남아 있었지만, 여기저기 자지러지는 웃음소리들로 가득 차기 시작했다. 그러다가 진학 이야기가 나오면 다들 잠잠해졌다. 누구나 마음 편할 수는 없었다. 합격과 불합격에 대한 선생님들의 말씀은 협박에 가까웠다. 성적이건 가정 형편이건 모두에게 스트레스가 되었다.

전주시에 진학하는 소수의 아이들과 남원 읍내로 진학하는 아이들은 하숙이 아니면 자취라도 가능해야 하는 집 아이들이었다. 성적이 안 되거나 가정 형편이 안 되는 아이들에게는 종합 고등학교나 실업계 고등학교가 있었다. 우리 마을에서 가까운 종합 고등학교는 이십 리 정도 떨어져 있었다. 이곳에 다니는 선배들은 걸어서 다니거나 자전거를 타고 통학하였다. 여기라면 우리 집에서 보내 줄 수도 있지 않을까 하는 기대를 하고 있었다. 아직 엄마나 아버지가 고등학교에 못 보내 준다는 말은 없었다. 언니는 중학교 때 고등학교 보낼 형편이 되지 않는다고 선언하였다. 언니는 중학교 졸업과 동시에 친구들과 같이 부산의 회사에 취직하였다. 나도 여의치 못하면 부산으로 갈 생각이었다. 회사에 다니면서도 학업을 계속할 기회가 있다는 소리도 들었다. 그런데 언니는 회사만 다니고 있었다. 꼭 고등학교를 졸업할 이유를 모르겠다고 하였다. 나는 할 수 있으면 대학도 가겠다고 하였더니 언니는 피식 웃기만 하였다.

고등학교 이야기를 한번 집에서 꺼내 보았다.

"엄마! 나 고등학교 어디로 갈까?"
"원서 어디로 쓸까?"

"고등학교 보내 줄 수 있어?"

엄마나 아버지나 아무 대답이 없었다. 아버지는 채소 중간 도매상을 하시다가 대출받은 돈과 집에 남아 있던 돈을 전부 잃었다. 표고버섯 농사는 실패한 것 같았다. 손해난 것이 없다고 하는데 이익도 전혀 없었다. 한 해 농사로 한 해를 먹고 사는 우리 집에서는 등록금 나오기가 힘들었다. 원서를 쓰는 순간에도 부모님은 아무 말씀이 없었다. 집에서 가장 가까운 종합 고등학교 원서를 엄마 앞에 슬그머니 내밀었다. 땅바닥에 흙 묻은 신문지 보듯 하는 엄마 눈치를 보며 방을 나왔다. 보호자의 도장이 필요하였다. 다음 날 등교할 때 보니 보호자란에 아버지 도장이 찍혀 있었다. 가고 싶은 학교는 아니었다. 나도 전주나 남원의 고등학교에 가고 싶었다. 전주는 실력이 조금 모자랄 것이고 남원은 가능하였다.

사촌인 정아는 성적이 점점 올랐고 전주시에 충분히 합격 가능하다는 이야기를 들었다. 정아는 내가 어느 고등학교에 원서를 냈는지 알고 있을 텐데, 굳이 내게 물었다.
"현진아! 원서 어디 냈어?"
"여기 종합 고등학교."
"나랑 같이 전주로 가면 좋겠다."
"우리 집 형편이 그렇잖아."
사촌인 정아가 우리 집 형편을 모를 리 없었다.
"이번엔 전주 합격 점수도 오를 거라는데 네 모의고사 점수는 잘 나왔어?"

"아니. 실력도 안 되네."

그 한마디를 더 듣고 싶어 하였다.

날씨가 제법 추워지고 완연한 겨울 날씨가 되고 나서 고등학교 시험을 치렀다. 1월 초에는 합격자 발표가 있었다. 시험 전에 미리 담임 선생님과 충분한 상담을 한 학생들은 전부 합격하였다. 조금 실력이 모자란다는 몇 명만 담임 선생님의 조언을 무시하고 시험을 보았다가 떨어졌다. 하지만 그들도 곧바로 미달 학교나 후기 학교에 2차로 전부 합격하였다.

합격자 발표는 방학 중에 있었다. 나는 동창들과 만나지 않고 집에 혼자 있는 것이 편했다. 누구를 만나면 이야기 끝에 어느 고등학교에 진학하는지, 왜 그런지, 자기는 어느 학교에 갈 것이라는 이야기를 할 것이고 그런 것 전부가 싫었다. 방학 기간이라 그렇게 동창들과 마주치지 않아서 좀 나았다.

고등학교 합격 발표가 있어도 부모님은 내게 아무 말씀이 없으셨다. 사촌 정아가 전주시 고등학교 합격했다는 큰어머니의 자랑을 들으면서 어머니는 내 합격 사실을 아셨다.

"현진이도 합격했다면서? 고등학교는 어떻게 보내려고? 등록금이 문제인가? 교복에 체육복 입혀야지, 등록금 말고 들어가는 것이 엄청난데."

큰엄마는 고등학교에 다니는 데 필요한 돈을 속속들이 알고 있었다. 정아 위에 오빠를 고등학교에 이미 보내 보았으니 그럴 것이었다. 그 오빠는 무슨 일인지 고등학교를 4년 다녀서 졸업했다.

"현진이가 합격했어요?"

"몰랐어? 여기 가까운 종합 고등학교에 합격했다는데? 엄마 모르게 원서를 냈나?"

엄마는 자신의 딸이 고등학교에 합격했다고 하는데도 전혀 즐거워하지 않았다.

"정아는 좋겠어요. 합격도 하고 집에서 뒷받침도 잘할 수 있어서."

"경진이에게 현진이 고등학교에 보내 달라고 하지."

"저 먹고살기도 바쁠 텐데요."

"왜? 다른 집은 첫째가 벌어서 밑에 동생 다 학교 보내고 그러잖나?"

"저 벌어서 시집갈 밑천이라도 마련한다고 그러데요."

"돈을 모으기는 하는구나. 현진이도 돈이나 벌라고 하지 그래. 꼭 학교를 나와야 하나? 우리 정아는 교대를 가서 초등학교 선생을 한다고 하네? 선생이 뭐 좋다고."

"왜요? 여자가 선생 하면 좋죠. 남들은 못해서 난리인데."

"좋을까? 글쎄 모르겠네."

큰어머니는 밝은 얼굴로 이야기하였다.

엄마는 고등학교 합격 발표가 있던 날, 큰엄마가 가고 나서 부엌에서 울고 계셨다.

"엄마! 무슨 일 있어?"

"너희 아버지는 생솔가지를 끊어다가 불을 때라고 안 그러냐? 연기가 심해서 눈을 뜰 수가 없다."

마르지 않은 파란 소나무 가지는 불꽃이 세지만 연기가 아주 심했다. 파란 솔가지는 말려서 태우면 아주 잘 탔고 나무가 없을 때만 생솔가지를 태웠다. 엄마는 닳은 천을 두른 것 같은 앞치마로 눈을 계속 닦았다.

"너희 아버지는 저녁인데 도대체 어디를 갔다냐?"

밥상이 들어와도 아버지는 어디 가셨는지 오시지 않았다. 우리만 저녁상 앞에 앉았다.

"엄마! 나 부산 언니 있는데 갈래! 일하면서도 공부할 수 있다고 하더라고."

대답이 없었다.

그날 언니에게 연락했다. 내 일자리와 집을 알아보라고 하였다. 아버지는 늦게 들어오셨다. 큰방에서 엄마의 소리가 들려왔다. 내용은 들을 수는 없어도 엄마만 말을 하고 아버지 목소리는 들리지 않았다.

언니의 답은 일찍 왔다. 수출이 잘 되어 일자리가 많고 월세방도 바로 구할 수 있다고 하였다. 내가 갈 회사가 언니의 회사와 많이 떨어져 있다고 했다. 따로 살아야 한다는 것이 마음에 걸렸다. 언니의 답이 온 즉시 짐을 꾸렸다.

"엄마! 언니한테서 연락 왔는데 얼른 부산으로 오래."

"고등학교는?"

"부산에 가서 야간 고등학교에라도 갈 거야."

"여기 합격한 학교는?"

"등록금을 내지 않으면 합격 취소가 되니까 걱정 안 해도 돼."

이곳에 이미 합격을 해서 올해에는 부산의 어느 고등학교에도 입학 원서를 낼 수 없었다. 합격해도 이중 합격으로 불합격 처리 될 것이었다.

돈도 없었다.

엄마나 아버지는 내가 부산에 간다는 것에 관심이 없는 듯하였다. 나는 집에 있는 가방과 보따리를 펼쳐 놓고 짐을 쌌다. 처음으로 집을 떠나는 것이지만 생각나는 대로 입을 옷과 이불을 준비했다. 나머지는 다음에 와서 다시 가져갈 계획이었고 내가 들 수 있는 만큼만 싸서 방에 놓았다. 모른 척하시던 엄마는, 이윽고 말을 꺼내셨다.

"짐은 쌌냐?"

"다 싸 놓았어."

엄마는 내가 싸 놓은 짐을 다시 풀고 직접 다시 싸 주셨다. 생각하지 못했던 마른반찬도 조금 만들어 주셨다.

"도대체 너희 아버지란 사람은 뭐 하는 사람이다냐?"

"아버지 너무 뭐라 하지 마. 아버지도 마음대로 잘 안되어서 그러잖아."

"자식이라고 애비 편 드냐? 지금 가면 졸업식은 어떻게 하려고?"

"상황 봐서 올 수 있으면 오고 없으면 못 오는 거지."

"졸업장은 받아야지!"

"졸업식에 참석 안 했다고 졸업장 안 주겠어?"

바로 밑에 동생 서진이가 중학교 1학년에 입학한다. 내가 떠나면 서진이는 그 밑에 여진이와 한방을 쓰게 될 것을 싫어했다.

"여진이는 말을 너무 안 들어. 씻지도 않고 지저분하고 옷도 여기저기에 맘대로 벗어 놓고 다녀. 어떻게 쟤랑 한방을 쓰지?"

여진이는 언니와 같이 쓰는 방이지만 자기 방이 생긴다고 좋아하였다.

여진이는 어디서 들었는지 큰집 소식을 전했다.

"큰엄마는 전주에 정아 언니 자췻집 알아보러 갔다던데."

"그래서?"

서진이가 쏘아붙였다. 여진이는 아직 초등학생이었다.

"그냥. 그렇다고."

서진이의 눈빛에 기는 목소리로 옹알거렸다.

엄마의 긴 한숨만 있었다. 오히려 나는 아무 감정도 없었다.

'그렇겠지.'

그뿐이었다.

큰엄마는 정아가 자취하기 힘들다고 여학생만 있는 하숙집을 구해 주었다. 하숙이 자취보다는 훨씬 비쌌다. 정아가 공부해야 하는데, 밥하는 시간이 아깝고, 또 고생한다고 하숙집을 구해 주고 왔다고 하였다.

큰엄마는 우리 집에 거의 오지 않았었다. 우리가 제사나 명절에 큰집으로 갔고 무슨 작은 행사라도 있으면 우리가 큰집으로 갔었다. 엄마에게 중요한 이야기가 있으면 엄마를 큰집으로 불렀었다.

"너희 엄마 좀 오라고 해라!"

"작은엄마, 엄마가 오시래요!"

요즘엔 큰엄마가 부쩍 우리 집에 자주 들렀다. 내가 부산에 갈 짐을 싸고 있는데 큰엄마는 마루에 걸터앉았다.

"전주시 고등학교 연합고사에 불합격한 애들이 아주 많다고 그러더라고."

엄마는 잘 모르면서도,

"정아가 공부를 잘했나 봐요."

그 말에 큰엄마의 얼굴에 미소가 옅게 번졌다.

"그러게. 난 우리 정아가 공부를 그렇게 잘하는지 몰랐어. 맨날 공부 안 한다고 구박만 했었는데. 우리 정아가 3학년이 되어서 속을 차렸는지 성적이 크게 올랐어. 학교에 가니까 선생님들 칭찬이 자자하더라고. 현진아! 우리 정아가 그렇게 공부를 잘했어?"

정아는 우리 학교 합격자 중에서 제일 낮은 성적으로 합격하였다. 우리 학교 아이들은 다 아는 이야기였다. 두 개만 덜 맞았더라면 불합격했을 텐데 아주 다행이라고 하였다.

"예! 정아 공부 잘해요."

"그래? 너도 좀 열심히 하지 그랬어. 고등학교는 장학 제도도 많다는데. 현진이도 장학금 받고 고등학교 가면 되었을 텐데."

'장학금만으로 고등학교를 다닐 수 있을까?'

등록금 말고도 들어갈 돈이 많다고 하던 큰엄마였다.

"저는 공부 못해요."

엄마는 내가 싸 놓은 보따리에서 작은 이불을 꺼내 옆으로 '획!' 집어 던졌다.

"이걸 왜 넣었어? 다른 새것도 많잖아!"

엄마가 넣었던 이불이었다. 아직 큰엄마는 옆에 계셨다.

"그런데 누가 어디 가? 이불 보따리네?"

"예! 현진이가 부산 간다네요."

"잘 생각했다. 현진이 네가 효녀다. 부모님 생각해서 잘했다. 꼭 고등학교를 가야 성공하는 것은 아니지. 언제 가?"

"내일요."

"그렇게 빨리? 객지 가면 몸조심하고 남자 조심해야 한다. 옆 마을 여자애도 부산 갔다가 바람이 나서 애를 낳아 데리고 왔다더라."

"전 남자 안 만나요."

"그게 맘대로 되니?"

아직까지 남학생을 사귀어 본 적도 없고 큰 관심도 없었다.

"서진아! 가서 아버지 좀 찾아와! 얼른!"

엄마는 소리를 질렀다.

"지금 가잖아!"

"저것이 벌써부터 말대답이야! 빨리 안 가?"

"서진아!"

나가는 서진이를 다시 불렀다.

"왜?"

서진이가 소리를 질렀다.

"아버지보고 생솔가지 말고 산에 가서 마른 나무 좀 가져오라고 해!"

정아가 큰어머니를 찾지 않았다면 계속 우리 집에서 이야기만 하고 있었을 것이다.

"엄마! 할머니가 죽 쑤던 거 다 태웠다고 엄마 빨리 오래!"

"내 정신 좀 봐! 현진이 가서 잘 지내라. 남자 조심하고."

큰어머니가 가시자 엄마는 부엌으로 들어가셨다.
"엄마! 뭐해?"
엄마를 따라 부엌으로 들어갔다.
"아침에 끓여 놓은 국 데워 놓으려고. 부엌에 생솔가지 연기가 꽉 들어찼어."
앞치마로 눈을 닦았다.
"엄마! 나 돈 모아서 고등학교도 가고 대학교도 갈 거야."
"집 걱정 말고 꼭 그렇게 해라. 너 대학 가는 거 꼭 보고 싶다."
연기 나는 생솔가지에는 불이 붙어 있지 않았다. 마른 짚에만 불이 붙어 활활 타고 있었다.

떠나기 전날 밤은 엄마와 같이 잤다.
"현진이와 같이 자야겠다."
엄마가 내 방으로 왔다. 나는 한 손으로 엄마를 안고 다른 손으로 엄마 손을 잡고 내 방에서 밤을 새웠다.
"현진아! 먹는 것은 꼭 챙겨 먹어라. 입는 것은 아껴도 먹는 것은 아끼지 말고 먹어야 해! 힘들어도 아침밥은 꼭 먹고 다녀라. 언니한테 한 번가 봤더니 아침도 안 먹고 일하러 간다고 하는데 어떻게 일을 하겠니? 잘 먹는 것이 남는 거야. 아파서 병원 가는 비용이 더 들어. 무리하게 돈 모으겠다고 하지 말고 건강이 제일이야. 밤길은 늦게 다니는 거 아니다. 큰엄마 말대로 남자도 함부로 만나면 안 돼. 사람은 얼굴 보고 만나는 것 아니다."

"알았어! 내가 알아서 잘 할게."

엄마의 이야기는 끝이 없었다. 내가 끊지 않으면 엄마 말은 밤새 이어질 것 같았다. 나는 엄마의 말보다 엄마 옆에 그냥 누워 있고 싶었다.

"엄마 말 명심해서 들어."

"알았다니까?"

엄마 손도 아빠 못지않게 거칠었다. 얼굴에 로션 한 번 바르는 것을 못 보았다. 화장은 누구 결혼식에 갈 때 하는 것이었고 화장품 자체가 거의 없었다. 하루 종일 밭일을 하고 잠을 잘 때는 앓는 소리를 내셨다. 초등학교 땐 일 끝난 밤에는 일부러 내는 소리인 줄 알았다.

"아이구! 아이구!"

엄마는 자다가도 자신의 어깨를 두드렸다. 어떤 날은 잠꼬대를 하면서도 앓았다. 엄마 아빠가 그렇게 노동을 했는데도 우리 집은 굶지 않고 먹고 사는 것에 만족하며 살았다. 아빠 형제들이 다 그렇게 살았더라면 그러려니 했겠지만, 큰집은 마을에서 손꼽히는 부자였다. 우리 집은 마을에서 손꼽히는 가난한 집이었다. 노력에 의한 것이기보다 할아버지 할머니의 상속 문제였다. 그런데도 큰집과 크게 싸우지 않은 것은 커 갈수록 이해되지 않는 부분이었다.

"엄마는 큰집이 잘 사는 것이 부럽지도 않아?"

"거기는 할아버지가 재산을 많이 주었으니까 그렇지."

"같은 자식인데 우리는?"

"아빠가 젊어서 할아버지 속을 많이 썩였나 보더라."

"그건 불공평한 거 아니야?"

우리가 재산을 적게 받은 이유 중의 하나는 우리 때문이었다. 엄마가 딸만 다섯을 낳고 더 낳지 않으려 하였다. 할머니는 아들을 낳아 보라고 하였지만, 아버지가 거절했다. 그 뒤로 아들을 낳은 큰며느리에 대한 할머니의 사랑이 넘쳐났다.

"세상에 공평한 것이 어디 있니? 오르지 못할 나무 쳐다보지 마라! 사람은 자기 길이 있는 거야."

'내 길은 무엇일까?'

"차 갈아탈 때 지갑 조심하고, 지갑은 옷 안쪽에 넣고 다녀!"

"알았다니까?"

엄마를 한쪽 팔로 세게 끌어안았다. 엄마한테서 엄마 냄새가 났다. 향기롭지 않지만 싫지 않은 엄마 냄새였다. 사람 살 냄새.

취업

처음 가는 길이어서인지 부산까지는 멀게만 느껴졌다. 산을 돌고 넘으면 또 다른 산이 나오고 들을 지나면 새로운 들과 계곡이 이어져 있었다. 작은 집들이 옹기종기 모여 있는 마을을 지나 처음 보는 낯선 곳을 향해 하염없이 계속 나아갔다. 가끔 이름 모를 정류장에 서기도 하였다. 누군가 내리고 타면서 찬 공기를 버스 안으로 밀어 넣었다.

부산으로 가려고 진주에서 시외버스를 갈아타야 했다. 이불 짐을 버스 짐칸에서 찾아 머리에 이고 가방은 어깨에 메었다. 다시 부산 가는 버스표를 끊었다. 긴 의자 귀퉁이에 앉아 버스를 기다렸다. 바닥에 있는 내 이불 보따리를 멍하니 바라보았다. 이불이 내 것처럼 느껴지지 않았다. 한 달 전만 해도 책상에 앉아 고등학교 진학을 걱정하던 중학생이었다. 지금도 졸업을 하지 않았으니 신분은 중학생이었다. 내가 여기에 이러고 앉아 있을 것은 상상도 못 한 일이었다. 이제 친구들은 고등학교 진학 준비에 바쁠 것이고, 나는 어느 회사에서 무슨 일인가를 할 것이다.

'이제껏 내가 선택하여 내가 하고자 하는 대로 이루어진 것이 몇 개가 있었던가?'

내겐 고등학교에 진학하는 것도 큰 꿈이었나 보다.

대학생으로 보이는 젊은 남녀 일곱 명이 배낭을 메고 마천 가는 표를 끊고 있다.

"지리산은 춥지 않을까?"

"올라가면 땀이 나서 더워!"

"오빠야! 겨울 지리산에 뭐 볼 거 있나?"

"산은 겨울 산이 최고지! 눈 덮인 산을 보면 세상이 달라 보일 거다."

"거기서 바로 스키 타러 가나?"

"보드 탄다 안 했나?"

"난 스키가 작대기 두 개로 밀고 가니 그게 나을 것 같던데."

"닌 그거 타라."

한겨울에 산행하는 사람도 있다는 것을 처음 알았다. 남녀가 스스럼 없이 장난을 치며 대화를 하는 모습 하나하나가 나와는 다른 세상 사람들처럼 보였다.

그들은 겨울 산을 보기 위해 배낭을 메고 마천행 버스를 탔고, 나는 일을 하러 가기 위해 이불 보따리를 이고 부산행 버스를 탔다.

부산 시외버스 터미널에는 언니가 마중 나와 있었다. 밝은 표정이 보기 좋았다.

"오느라 고생했지? 엄마 아버지는 잘 계시지?"

언니는 친구와 같이 자취하고 있었다. 언니 집에는 언니 친구가 같이 있으니 다음에 가기로 하고 언니가 마련해 준 내 자취방으로 향했다. 첫 달 방세도 미리 주고 바로 들어가 살 수 있게 모든 준비를 해 준 언니가 고마웠다.

"오늘 너랑 같이 자야겠다."

"그래도 돼?"

"내일 회사도 같이 가야 하니까 오늘은 같이 자자."

언니는 처음 외지에 와서 혼자 잘 나를 생각해서 같이 자겠다고 했다. 아마 언니가 부산에 처음 온 날을 기억해서였을 것이다.

'언니는 혼자 부산에 와서 얼마나 외로웠을까?'

내게 그런 외로움을 주고 싶지 않았을 것이다.

언니가 부산에 오기 전에는 매일 같이 잤고 최근에는 추석에 같이 잤다. 언니는 회사 이야기를 주로 해 주었고 주위 친구들 이야기도 해 주었다.

"사회생활에서는 대인 관계가 좋아야 해. 주위 사람들에게 잘하면 언젠가 너도 도움을 받을 거야."

언니는 내가 회사에 잘 적응할지 걱정이 되는 모양이었다. 언니나 엄마나 잔소리가 심해졌다.

"알았어. 내가 필요하면 언니에게 갈게."

언니의 남자 친구가 생길 뻔한 이야기, 처음 부산에 왔던 이야기를 하며 밤을 새웠다. 언니와 같이 자면 엄마와 같이 자는 느낌을 받았다. 동생 서진이도 나와 같이 자는 것을 좋아했었다.

자취방에서는 언니가 세세한 것까지 설명하여 주었다. 언니가 밥을 하면서 물 맞추는 요령까지 가르쳐 주려 하였다.

"언니! 나 밥할 줄 알아."
"그래도. 집에서 솥에 하는 밥과는 달라. 이것은 냄비잖아."
"설거지는 그때그때 해야 나중에 더 편해. 속옷 빨래는 매일 하고 겉옷은 주말에 하고, 저녁에 힘들어도 꼭 씻고 자라. 방은 매일 닦아야 해. 머리카락이 방바닥에 굴러다니는 거 보면 아주 안 좋더라."

나도 아는 것이 대부분이었지만 난 언니가 계속 말을 하도록 내버려 두었다. 언니의 말은 명절에 같이 자면서 웃으며 듣던 이야기가 아니었다.
'이것은 해라! 저것은 하지 마라! 이럴 땐 이렇게 해라!'
밤새 언니의 이야기를 많이 들었는데 아침에 생각나는 것은 드물었다. 언니의 손도 생각보다 거칠었다는 것만 생각났다.
'언니나 엄마나 아빠나 왜 손들이 거칠어졌을까?'
언니의 손을 잡고 자면 잠이 잘 왔다. 무서운 꿈을 꾸어도 무섭지 않았다. 어젯밤에도 언니의 손을 꼭 잡고 잤다. 추석 때 잡은 손과 달랐다. 손바닥에 작은 굳은살이 생겼고, 손가락 마디가 두꺼워졌다. 회사를 옮기고 더 어려워졌다고는 하였다.
"언니 많이 힘들어?"
"아니! 많이는 아니고 조금 힘들 때가 있어. 너도 일이 손에 익을 때까지는 힘들 거고 주위 사람들도 그렇게 친절하지는 않아. 시간이 지나야 해. 그때까지 잘 참아야 할 수 있어. 너무 힘들면 내게 오고. 거기에 언니 그냥 아는 친구가 있어. 너무 힘들면 그 언니에게 도움을 받아도 될 거야."

회사에는 언니와 같이 갔다. 과장님 앞에서 입사 원서를 쓰고 각서도 썼다. 한 줄도 읽어 보지 않았다. 찍으라고 손가락으로 가리키는 곳에 도장을 찍고 쓰라고 하는 곳에 써넣었다.

"오래도록 같이 잘해봅시다. 어려운 일이나 상담할 일이 있으면 언제나 찾아와요!"

"예! 감사합니다."

과장님은 머리가 벗겨지고 얼굴엔 온화한 미소가 떠나지 않았다.

'말도 어쩌면 저렇게 조용조용히 사람을 편하게 할 수 있을까?'

딸 정도의 어린 나에게 존댓말을 꼬박꼬박 하였다. 언니는,

"사람들 함부로 믿지 마라! 특히, 저 과장님."

"좋으신 분으로 보이던데?"

"언니 말 명심해! 절대로 사람 믿지 마!"

고개를 끄덕였지만, 꼭 그래야만 하는지 이해되지 않았다.

과장님은 나를 조태성 대리에게 인계하였다.

"조 대리! 임현진 씨 안내 부탁해요."

언니는 조 대리를 만나기 전에 떠났다. 조 대리는 아무 말 없이 나를 작업장으로 안내하였다.

"성 주임! 새로 온 사원입니다! 안내해 주세요!"

성혜경 주임은 언니보다 조금 더 나이 들어 보였다. 우선 탈의실로 데리고 갔다. 탈의실이라고 쓰인 작은 우드락 간판이 보였다. 탈의실 안은 대중목욕탕에 있는 옷장과 모양이 매우 흡사한 옷장이 가득 있었다. 내게 빈 옷장 몇 개를 짚어 주며 마음에 드는 것을 고르라 하였다. 비슷비슷하여 고른다는 것이 무슨 의미가 있을까 싶었다. 난 문에서 가장 먼 곳에 있는 것을 골랐다. 누가 문을 벌컥 열기라도 할 것 같은 생각이 들었다. 내 옷장은 누가 쓰던 것이고 이미 각종 사진이 붙어 있었다. 성 주임은 작업복을 주면서 갈아입으라고 하였다. 그리곤 가만히 서서 나를 보았다. 내가 머뭇거리자 성 주임은 미소를 짓더니,

"앞으로 여기 사람들 다 여기서 같이 갈아입을 건데 어떻게 하려고? 같은 여자들인데 어때서?"

같은 여자라도 누가 보는 앞에서 옷을 갈아입어 본 적이 거의 없다. 학교에서 체육복으로 갈아입을 때도 엄마가 입는 긴 치마를 입고 갈아입었다. 그때는 늘 보던 친구들이었다. 지금은 처음 보는 사람이었다. 돌아서서 작업복으로 갈아입었다. 파란색 작업복에 목 부위엔 흰 깃이 달려 있었다.

"작업복은 일주일에 한 번씩 세탁하니까 저 앞에 놓고 가면 돼. 새 작업복은 세탁실 옆에서 매주 새로 받고."

내가 빨지 않아도 된다는 소리는 반가운데 서로 작업복이 섞일 수 있다는 말이었다. 가족이 아닌 남이 입던 옷을 입어야 한다는 것이 꺼림칙하였다.

"처음엔 익숙하지 않아 힘들겠지만, 요령만 피우지 않으면 금방 배울

수 있어."

작업장 문을 여는 순간 처음 맡는 화학 약품 냄새가 코로 '확' 들어왔다. 마스크를 주었는데 벗으나 쓰나 별 차이 없었다.

"마스크는 꼭 써야지 네 건강을 지키는 거야. 보이지 않는 먼지가 많이 날려."

성 주임은 내가 같이 일할 조를 소개하였다. 여러 명이라 첫날은 이름을 다 기억하지 못하고 내 옆에 있는 이유리 언니만 기억하였다. 나보다 한 살 많은 언니였고 나와 붙어서 손발이 되어야 한다는 언니였다. 하얀 피부에 크지 않은 눈이 차갑게 보였다.

"잘 해보자!"

맑은 목소리에 뚜렷한 발음이었다.

처음 맡은 일은 원단을 나르는 일이었다. 운동화 밑창을 뺀 옆 날개와 앞날개 부분을 만드는 부서였다. 원단을 가져다가 설정된 똑같은 모양을 프레스 기계로 찍어 내어 다음 부서로 넘기면 밑창과 날개를 붙여 운동화를 만들었다. 첫날이라서 간단하게 설명을 한 것이고 여러 부서가 있었다. 운동화의 날개도 내피와 외피가 다르고 앞날개와 옆 날개도 다른 운동화가 있었다. 유리 언니는 우리 부서가 그래도 낫다고 하였다.

"본드 칠하는 부서는 화학 약품을 계속 맡아서 폐병 걸리기에 십상이야."

약품 냄새는 어디나 다 났다. 다만 직접 약품을 다루는 부서보다는 낫다는 말이었다. 공정은 연이어 계속되기 때문에 누구 하나가 멈추면 다음 부서 전부가 손을 놔야 했다. 그러면 주임이나 대리의 잔소리를 듣고 욕을 얻어먹는다고 하였다.

오전 내내 원단을 받아와서 작은 수레로 이동하여 쌓았다. 많이 쌓았다 싶으면 없어지고 이제 되었다 싶으면 여기저기서 불러댔다. 걸을 수 없어 종종걸음으로 뛰어다녔다. 쉬는 시간이 없었다. 이렇게 온종일 어떻게 일을 하나 싶었다.

"처음엔 익숙하지 않아서 그렇지, 바쁘겠지만 손에만 익으면 적당히 쉬어가면서 할 수 있어. 난 2주일 정도 되니까 손에 익더라."

이렇게 이야기해 주는 사람이 있어 다행이었다. 온몸에서 땀이 비 오듯 쏟아졌다. 수건을 어깨에 두른 이유를 알 것 같았다. 유리 언니가 자기 수건을 주었다. 벨이 울리고 오전 작업 마무리를 하였다. 오후에 다시 일할 수 있게 정리하였다. 유리 언니를 따라 식당으로 가는데 다른 부서는 계속 일하고 있었다.

"처음엔 전부 쉬어서 점심을 먹었는데 물량이 몰리고 식당도 작으니까 식사 시간이 달라."

"힘들지?"

"예. 조금."

"내일은 온몸이 아플 거다. 일주일은 여기저기 쑤시고 아파. 그걸 넘기면 쉬워진다?"

내일이 아니라 오늘부터 아팠다. 다리도 붓는 것이 느껴졌다. 오전 내내 한 번도 앉아 보지 못하였다. 앉아서 일하는 부서가 부럽다는 생각이 들었다. 유리 언니는 앉아서 하는 일은 그만큼 다른 데가 아프다고 하였다.

점심은 생각보다 잘 나왔고 밥은 자율로 먹고 싶은 만큼 내가 퍼먹을 수 있었다. 배식구 주변에 '음식을 남기지 맙시다!', '양은 먹을 만큼만.' 등의 구호가 여기저기 붙어 있었다. 남기면 혼이 나야 할 것 같아 조금만 펐다. 유리 언니는 다른 조언도 해 주었다.

"여기서 조 대리하고 김 과장이 제일 악질이야! 두 놈만 조심하면 돼! 지들 기분대로 지랄한다?"

"김 과장님은 좋은 분 같던데요."

"말은 좋게 하지? 좋은 아저씨 같아 보이지? 그놈이 더 나쁜 놈이라니까? 너 회식할 때도 그놈 옆에 절대로 가까이 가지 말고 술을 줘도 절대로 먹지 마! 그놈한테 당한 사람이 한둘이 아니야!"

"저는 술 못 마시는데요."

엄마가 늘 하던 이야기다. 엄마는 누구에게나 잘 속았다. 엄마의 얼굴은 누구에게 잘 속을 사람으로 보인 모양이었다. 아버지가 모르는 일도 많았다. 계를 해서 떼이고, 장날에 장에 가서 속아서 물건을 사오고, 병든 병아리를 건강하다고 사오고. 한둘이 아니었다. 엄마는 사람 얼굴을 보고 믿을 만한지를 판단하였다. 평생을 속고도 또 속는 것이 신기한 일이었다.

"엄마는 사람 좀 믿지 마!"

"생긴 것은 착하게 생겼더라고."

"사기꾼은 다 착하게 생긴 사람들이야!"

우리가 화가 치밀어 소리를 치면, 되레 역정을 내신다.

"사람이 사람을 못 믿으면 누굴 믿고 사니?"

"속고 후회하느니 안 믿고 안 속는 것이 낫지."

엄마도 속고 난 뒤에는 속이 상하셨을 것이다. 늘 하는 소리가,

"열 길 물속을 알아도 한 길 사람 속은 모른다더니."

였다. 내가 더 답답한 것은 그렇게 말하면서도 얼마 있으면 또 속을 것이었다.

아버지가 모르는 일 중에 집문서를 다 날릴 뻔 한 일이 있었다.

아줌마 한 명하고 아저씨 한 명이 우리 마을에 왔다. 이장님이 마을 회관으로 마을 사람들을 모이라고 방송을 하였다. 이장님도 무엇인지 모르고 '교육'이라고 하니까 어느 교육청 기관인 줄 아셨다.

그들은 교육 보험에 가입하면 우리가 고등학교에 진학할 때 등록금과 입학금도 나오고 입학 장려금도 나온다고 하였다. 고등학교 등록금보다 훨씬 더 많은 돈이 나온다고 하여 가입자를 모집하였다. 다달이 얼마를 내어야 한다고 하다가 시골에선 그럴 돈이 없다고 하자 1년에 한 번만 내어도 된다고 하였다. 엄마는 우리가 고등학교에 보낼 수 있다는 말에만 집중하였다. 그들은 1년에 한 번만 내는 대신에 집이나 땅문서를 자신들이 가지고 있다가 1년 뒤에 되돌려 준다는 조건을 덧붙였다. 엄마의 말에 따르면 '말이 되는 것 같기도 하고 안 되는 것 같기도' 하였다고 했다. 엄마는 집문서를 찾아보았지만 결국 찾지 못하였다. 할아버지가 보관하고 있었기 때문이다. 우리 마을 몇 집이 땅문서를 갖다 줬다가 경찰이 나서서 되팔기 직전에 겨우 되찾았다. 땅을 사려는 사람이 우리 마을 사정을 잘 아는 사람이었다. 사려는 사람이 땅 주인도 잘 알고 있었다. 땅을 팔 사람이 아닌데 판다고 하여 땅 주인에게 직접 물어보다가

발각이 되었다. 그때도 엄마는,

"열 길 물속을 알아도 한 길 사람 속은 모른다더니."

라고 되뇌었다. 우리 집에 돈이 많다면 누군가의 꼬임에 넘어가 돈을 다 날렸을 것이었다. 다행히 우리 집엔 그럴만한 돈이 없었다.

'어떻게 사람 속을 알 수 있을까? 나도 내 속을 모르는데.'

조 대리는 첫날 보자마자 반말을 했지만 별다른 점은 없었다. 나보다 나이가 많으니 그러려니 했다. 다음 날부터는 이름을 잘 부르지 않았다.

"야!, 너!, 이것이!, 저것이!, 저게!"

"야! 너 어제 온 애! 그래! 이거 빨리빨리 안 치워?"

모든 사람을 물건으로 보았다. 욕도 잘했다. 대놓고 저렇게 욕하는 사람은 처음 보았다. 나이가 많고 적은 것은 그에게 전혀 문제가 되지 않았다. 자기가 하고 싶은 말은 마음대로 하였다. 사람은 다른 동물보다 적응력이 뛰어남이 틀림없었다. 여기 있는 모든 사람들은 이 상황에 적응하고 있었고 나도 서서히 적응되어 갔다.

유리 언니 말대로 첫날 일하고 다음 날 온몸이 아파서 일어날 수 없었다. 다리뿐 아니라 온몸이 붓고 얼굴도 부어 있었다. 아침을 해 먹을 힘이 없었다. 팔이 아파서 들 수도 없었다. 어제 먹다 만 밥을 조금 물에 말아 먹었다. 다행히 엄마가 싸 준 멸치조림이 있었다. 멸치조림을 보니 밭일을 하시고 밤마다 앓던 소리를 내던 엄마가 떠올랐다. 심한 날은 소리를 내며 앓았다.

"아이고!"

"엄마 어디 아파?"

"팔 좀 주물러 봐라!"

등이며 어깨, 팔, 다리 성한 곳이 없었다. 그래도 우리가 돌아가며 주물러 드리면 좋아졌다고 주무셨다. 대신 잠꼬대를 앓는 소리로 하셨다.

"아이고 팔이야! 푸!"

'엄마는 그 고통을 어떻게 견디셨을까?'

친구들과 이야기해 보면 우리 집과 비슷한 형편의 엄마들은 전부 밤마다 아프다고 하였다. 사촌 정아는 달랐다.

"그래? 우리 엄마는 건강해서 잘 아프다고 안 하셔."

'맞아! 큰엄마는 건강하시지.'

큰엄마는 건강하시다가 제사 전날이나 명절 사흘 전부터 갑자기 아팠다. 머리가 아프기도 하고 몸살이 걸리기도 하였다. 우리 엄마는,

"형님은 아프니까 들어가서 쉬세요."

했고, 큰엄마는

"그럴까? 동생이 수고하겠네."

"수고는요!"

늘 건강하시다가 해마다 주기적으로 아프셨다. 사촌 오빠가 결혼하면서는 새언니와 이야기하기 바빴다. 안방에 새언니와 정아와 동생 정이를 앉혀 놓고 오랜만에 본 새언니의 이야기를 들으며 정겹게 시골 이야기를 해 주었다. 새언니는 얼굴도 예쁘게 생겼고 손도 하얗고 자그마한 것이 엄마들 손과는 달랐다.

우리 엄마는 부엌에서 전을 부치다가 일손이 필요하면 우리를 불렀다.

우리는 엄마의 지시대로 일했고, 설거지는 당연히 우리가 해야 했다. 전도 우리가 부치고 엄마가 나물 반찬이나 국을 끓였다. 동생은 명절에 큰집에 가기 싫다고 투정을 부렸다. 언니도 오랜만에 고향이라고 오면 큰집에 가서 같이 일을 했다. 언니가 우리 집에 오는 때는 추석이나 설 때이기 때문에 큰집에서 음식 장만하는 일은 당연한 일이었다. 가끔 큰엄마가 방문 밖으로 나올 때도 있었다.

"형님, 그 나물 비빌 때 쓰는 큰 그릇 어디 있죠?"
그러면 안방 문을 열고,
"찬장 위에 없어?"
"여기 없는데요?"
"물건도 하나 제대로 못 찾아?"
하시다가 팔짱을 낀 채 어깨를 움츠리고 부엌까지 와서 물건을 찾아주었다.
"여기 있잖아? 눈 뒀다 뭐해?"
"거기 있었네요. 새 찬장이 들어서서 못 찾았어요."
손가락으로 가리키고 엄마라 말을 마치기 전에 춥다면서 방으로 얼른 들어갔다.

큰엄마는 가끔 부엌에 나와서 엄마가 만든 토란대 무침이나 고사리를 집어 먹어 보면서 확인을 하였다.
"이건 좀 짠데? 요즘은 다 싱겁게 먹잖아. 고사리는 간이 맞네."
그러곤 다시 얼른 안방으로 들어갔다.

명절이면 엄마는 더 앓는 소리를 하였다. 엄마의 앓는 소리는 언니와 둘이 방을 사용하기 전까지 들었었는데…….

'그 뒤로 얼마나 더 아팠을까? 얼마나 자신도 모르게 앓았을까?'

회사에 자칫 지각할 뻔하였다. 지각하였다면 조 대리에게 엄청난 욕을 먹었을 텐데 다행이었다. 아파서 늦었다는 어느 언니에게,

"회사가 병원이야? 돈을 받았으면 받은 만큼 일을 해야 할 것 아냐? 매일 아프다고? 그렇게 아프면 회사 그만두고 병원에 취직하지 그래? 너 말고도 오겠다는 애들 천지야!"

라며 면박을 주었고, 그 언니는 얼굴이 창백해서 계속 죄송하다고만 하였다. 조 대리는 회사에 대한 사랑이 많은 사람이었다. 회사에 조금이라도 피해가 가는 일은 절대로 가만 보지 못하는 사람이었다. 그래도 일주일이 지나니 정말 적응이 되어갔다. 우선 아픈 것이 덜하였다. 일을 하면서 다른 사람들의 얼굴이 조금씩 보였다. 요령도 생겼다. 너무 빨리 많은 원단을 쌓아 놓아서는 안 되겠다 싶었다. 다음 사람이 일을 안 하는 것처럼 보일 수 있었다. 적절한 속도로 다음 사람이 일하는 속도를 보아가며 걸음걸이로 속도를 조절하였다. 유리 언니는 내가 빨리 적응해서 좋다고 하였다.

그래도 아침에 일어나기 힘든 것은 여전하였다. 저녁에 아침밥을 지어 놓고 찬밥이나마 아침으로 먹고 다녔다. 아침에 일어나서 밥까지 해 먹을 여유는 없었다. 너무 차면 물을 조금 넣고 데워 먹었다.

동생에게 연락이 왔다. 2월 10일에 내 졸업식이 있다고 하였다.

'조 대리에게 어떻게 말하지?'

졸업식에 참석한다고 하면 나오지 말라고 할 것 같았다.

'가지 말까?'

판단이 서지 않았다. 어떻게 말을 해야 할지 고민하고 있는데 유리 언니가 먼저 말을 꺼냈다.

"곧 졸업 있지 않아?"

"졸업이 있는데 보내 줄까요?"

"보내 주겠지. 일단 말은 해 놓아야지."

조 대리보다 성 주임에게 이야기하였다. 졸업식 전에 5일 정도 등교하는 날이 있었다. 그것은 바라지도 않고 졸업식 당일만 참석하고 싶었다. 그것도 그렇게 간절한 것은 아니었다. 엄마를 보고 싶었다. 어떻게 생각하면 참석하고 싶은 마음이 사라지기도 하였다. 누가 어디 고등학교에 갔다는 이야기를 주고받으며 내게도 어디 고등학교에 갔느냐고 물어보는 상황에 부닥칠 것이었다. 졸업 당일에 식만 참석했으면 싶었다. 내가 혹시 내년에 고등학교에 가지 못한다면 마지막 졸업식일 수도 있었다.

성 주임은 큰 기대 하지 말라고 하였는데 조 대리가 불렀다.

"야! 임현진! 이리와 봐!"

짧은 거리에도 오라고 불렀다.

"너 졸업한다며?"

"예!"

"과장님이 특별히 부탁해서 3일 특별 휴가를 준다니까 다녀와!"

"감사합니다!"

"과장님에게 꼭 인사해라!"

조 대리는 윗분들에게 참 예의가 바른 사람이었다. 회사에서는 조 대리에 대한 신임이 대단하였다. 조 대리가 건의하면 거의 다 들어준다고 하였다. 몇 명은 조 대리의 말에 전적으로 따르는 사람이 있다고 하였다. 속으로 조 대리를 좋아하는 사람도 있다고 하였다. 유리 언니는 늘 비웃었다.

"정신 나간 애들이지."

졸업식에 참여할 수 있다는 것을 엄마에게 전하였다. 엄마는 졸업식에 못 올까 봐 걱정을 많이 하셨다. 제일 반가운 것은 엄마와 아버지를 만난다는 사실이었다. 엄마는 보자마자 눈가가 붉어졌다. 목소리도 떨렸다.

"나 잘 있어."

"힘들지?"

"별로 크게 힘들지 않아."

"밥은 잘 챙겨 먹고?"

"내가 잘 챙겨 먹고 있어. 점심은 회사에서 먹고."

엄마는 3일을 아까워하셨다. 전에 해 준 반찬도 있는데 김치나 마른반찬을 또 해 주셨다. 아버지가 술을 자주 드신다고 걱정이었다.

"겨울에 일이 없으니까 드시는 거겠지."

졸업식 당일에만 학교에 가는 것도 어색해서 전날 학교에 갔다. 졸업식 예행연습만 한다고 해서 등교했더니 내가 예상한 것처럼 고등학교 얘기에서 내 부산 생활에 대한 얘기를 묻기에 바빴다.

'무슨 말을 할 수 있을까? 조 대리 이야기? 아침부터 저녁까지 원단을 나르는 이야기? 아침에 온몸이 아파 겨우 일어나 출근하는 이야기?'

그저 미소를 지으며 애매모호 하게 대답하였다. 정아가 물었다.

"학교는 다녀?"

"내년부터 다니려고."

"힘들지?"

"조금."

다른 친구들도 내가 시큰둥하게 대답하자 자기들끼리 이야기 하였다. 전주는 전주팀끼리, 남원은 남원팀끼리 어떻게 생활할 것인지, 학교는 어떤지 서로 자랑인지 불평인지 모를 이야기들을 주고받았다. 내게 관심을 두지 않아 편했다.

졸업식 당일에는 우리 집 가족 전부가 왔다. 5일 정도 등교하는 기간에 결석 처리가 되어 개근상이나 정근상도 없었다. 엄마가 문구점에서 산 조화와 졸업장 한 장을 들고 전 가족이 학교 운동장에서 사진을 찍었다.

단합 대회

 늦은 봄이 되면서 회사에서는 단합 대회를 한다는 공고가 붙었다. 각 조장이 소집되었다. 회사 전체 인원이 모여 체육 대회를 하면서 점심때는 회식한다고 하였다. 회사에서는 고기와 경품을 내놓았다. 조태성 대리와 김재연 과장은 사장님께서 특별히 전 직원을 위해 사재를 털어 기부하였다고 틈만 나면 이야기하고 다녔다. 미선이 언니는,

 "사재를 털었는지 공금을 썼는지 어떻게 알아? 줄려면 식당에 딱 맞춰서 준비하게 해야지, 우리보고 일도 하고 저것도 다 준비하라고? 작년에도 그러더니 올해도 그러네."

 처음에는 언니의 말이 무슨 뜻인지 몰랐지만, 준비하는 과정에서 언니의 말이 이해되었다. 회사에서는 삼겹살을 내놓았을 뿐, 나머지 준비는 우리가 알아서 해야 했다. 각자 준비물을 나누고 상추나 쌈장 하나도 다 사야 해서 돈을 걷었다. 채솟값이 올라 삼겹살보다 채솟값이 더 들어갔다. 우리가 먹을 것이니 하나하나 씻고 준비하는 것은 퇴근 후에

모여서 하였다.

"이것은 수당도 없는 노동이라니까? 단합 대회는 없어졌으면 좋겠다. 삼겹살을 그냥 나눠 주면 집에 가서 알아서 먹을 텐데."

시골집에서였다면 된장에 참기름과 풋고추를 썰어 넣어 쌈장을 만들어 먹었을 텐데 대부분 시골에서 올라와 자취하는 사람들이었다. 집이 부산인 조 대리가 된장을 가져올 리는 없고 작은 것 하나도 전부 돈을 내고 사야만 구할 수 있었다. 조 대리는 술을 꼭 사야 한다고 하는데 술을 먹을 사람은 조 대리 말고는 없어 보였다. 성 주임이 술을 조금 먹을 줄 안다고 들었고 미성년자들이 대부분이었다.

"지가 먹을 것을 왜 우리가 사냐?"

"월급 많은 지가 사 오라고 해!"

조 대리에게 직접 말을 하는 사람은 없었다.

단합 대회를 하는 바람에 이번 달엔 생활비가 많이 나갔다. 생활비만 축낸 것이 아니고 휴일에 전혀 쉬지 못하고 일요일에도 평소처럼 출근했다.

회사에서는 단합 대회 장소를 관광버스를 빌려 멀리 가려고 준비하고 있다고 하였다가 갑자기 해운대로 장소를 바꾸었다.

"버스 빌리는 데 돈 드니까 저렇지! 우리는 해마다 해운대여! 해운대 모래사장 조개들도 우리 회사 직원은 알아볼 거다!"

일요일에 각자 시내버스를 타고 아침 9시까지 해운대 남쪽 끝으로 모이라고 하였다. 난 해운대도 좋았다. 부산에 와서 한 번도 해운대를 가보지 못하였다.

일요일에는 늦게까지 잠을 잤다. 아침을 조금 먹고 다시 자다가 점심이 다 되어서 일어났다. 그렇게 잠을 자도 피로는 풀리지 않았다. 날씨도 좋은데 집에만 있다고 언니가 두 번 찾아와서 밥을 사 주었다. 언니는 친구들과 매주 여기저기 놀러 다녀 부산 지리를 거의 다 알았다.

"너 새로 사귄 친구 없어?"

부산에 와서 사귄 친구가 없었다. 기껏해야 회사 동료뿐이었다. 옆에서 늘 같이 일하는 유리 언니가 제일 가까운 사이였다. 인사를 하는 사람들은 많은데 회사 밖에서 만난 사람은 없었다. 회사 소식은 늘 유리 언니에게 들었다. 작은 것까지 터놓고 이야기하는 사람은 유리 언니밖에 없었다.

나는 시골에서도 집에 있는 것이 편해서 마을 밖을 나가는 것도 드물었다. 시골 학교에서는 늘 가까운 산으로 소풍을 갔다. 친구들은 해마다 똑같은 곳으로 간다고 불평이 많았지만 나는 언제나 새로웠다.

'우리 마을 근처에 이런 곳도 있었나?'

시골에서도 마을 근처를 벗어나 본 적이 거의 없다. 그럴 필요를 느끼지 못한 탓이다. 외갓집도 그리 멀리 있지는 않았다. 외갓집을 간다 해도 집 안에만 있었다. 버스를 거의 타 보지 않아 탈 때마다 멀미를 하였다. 그래서 꼭 버스의 앞이 보이는 앞자리를 찾아 앉았다. 부산에 와서는 처음 시내버스를 탈 때도 멀미를 하였다. 부산의 지리는 회사와 내가 살고 있는 집을 찾아갈 수 있으면 충분하였다. 지리를 모르면 경찰 아저씨들에게 물어보면 되었다.

'여유가 없어서 주위에 관심이 없었을까?'

아마도 그럴 것 같다. 나는 여유가 없었다. 시간의 여유도 없고 경제적인 여유도 없었다. 중요한 건 마음의 여유가 없었다.

시내버스는 해운대를 향해 꽤 먼 거리를 가고 있다. 부산이 큰 도시라는 생각이 든다. 도로 중간중간은 공사가 한창이었다. 지하철을 만든다고 철판을 깔아 놓고 그 위를 덜커덕거리며 조심스럽게 버스가 지나고 있다. 큰 도로였을 텐데 공사 때문에 도로 중앙 차선에 차가 다니지 못하였다. 버스는 제대로 달리지 못하고 경운기처럼 움직이고 있다.

우리 집엔 경운기가 없었다. 필요도 없었다. 큰아버지는 마을에서 제일 먼저 경운기를 샀다. 마을 사람들을 돌아가며 태우고 마을 한 바퀴를 돌았다. 할아버지 할머니는 조금 타시다가 못 타시겠다고 내려달라고 하였다.

"뼈 부러지겠다! 내려줘라!"

큰아버지는 어디서 배우셨는지 경운기 운전을 아주 잘하셨다. 장날에 장에 내다 팔 물건을 경운기에 가득 싣고 가고 올 때는 마을 어른들을 가득 태우고 오셨다. 경운기도 속력을 내면 무섭게 달렸다. 몇 년 동안은 경운기를 아무 사고 없이 잘 몰고 다니셨다. 큰아버지의 경운기 운전 실력을 나날이 늘었다.

장에 다녀오던 어느 날 늘 하시던 대로 마을 어른들을 경운기에 태우고 집으로 오시다가 논으로 굴러떨어졌다. 급격히 굽은 도로에서 속도를 줄이지 않고 달리다가 길 밖으로 뒤집어졌다. 두 바퀴를 굴렀다는데 큰아버지는 뛰어내려 다치지 않으셨다. 마을 아주머니 두 분이 많이 다치셔서 한 달을 입원하셨고 집에 와서도 거의 반년 동안 지팡이를 짚고 다니셨다. 경운기가 떨어진 곳이 논이어서 그나마 다행이라고 하셨는데, 다치신 분들은 자신의 병원비를 대느라 경제적으로 많이 힘들어하였다. 큰아버지의 경운기는 멀쩡하여 트랙터를 살 때까지 잘 이용하였다. 마을 사람들의 시선을 받으며 경운기 운전석에 앉아 계시던 큰아버지와 버스 기사 아저씨가 닮아 보였다.

아홉 시까지는 해운대까지 가야 하는데 늦지 않을는지 조금 걱정이 되었다. 조 대리의 번뜩이는 눈빛과 막말이 들리는 듯하였다.

해운대 정류장에 아홉 시가 조금 넘어 도착하였다.

"해운대가 어디에요?"

버스 기사 아저씨에게 물었다.

"여기가 해운대입니다."

나를 위아래로 쓱 훑어보더니 사무적으로 대답하였다.

"백사장이다!"

나도 모르게 나지막한 말을 중얼거리고 있었다. 달려서 모래사장으로 들어섰다. 사람들이 많이 모여 있는 곳으로 달렸다. 낯익은 얼굴들이 보였다.

"야! 너 왜 지금 와? 사장님과 이사님들은 전부터 기다리고 계시잖아?"

"버스가 밀려서요."

"그거 계산하고 미리 와야지!"

"죄송해요."

"빨리 너희 조로 안 가?"

유리 언니가 손을 흔드는 곳으로 갔다.

"저것들이 느려 터져서 뺀질거리기나 하고, 잘 해 줄 필요가 없어요."

뒤에서 조 대리의 목소리가 들려왔다.

'언제 잘해준 적이 있었나?'

해운대 모래사장엔 커다란 흰색 텐트 여러 개가 설치되어 있었다. 사장님이 계시는 본부석에는 김 과장과 나이 지긋한 처음 보는 분들이 서성이고 있었다. 다른 텐트보다 크고 나이 드신 분들이 있는 것으로 보아 그곳이 본부석임을 알 수 있었다. 유리 언니는 누가 이사님이고 누가 차장님인지 알고 있었다. 나는 전부 처음 보는 사람들뿐이었다. 모래사장엔 태양 빛이 점점 강렬해지고 있었다.

"그늘 있는 계곡이나 산도 많은데 매년 백사장에서 뭐하자는 것이야?"

누군가 뒤에서 하는 소리가 들렸다. 해수욕장이 아직 개설되지 않아 물속에 들어가기에는 추웠고 모래사장에서 놀기엔 한낮의 햇빛이 따가웠다.

거의 열 시가 다 되어서 전 사원을 모래사장에 세웠다. 마치 중학교 조회를 하는 모습 그대로였다. 사장님을 처음 보았다. 연세가 지긋하다고 들었는데 생각보다 젊어 보였다. 아버지 나이 정도로밖에 안 보였다. 대머리에 환갑이 넘으셨다고 들었는데 대머리도 아니었고 나이도 생각보다 훨씬 젊어 보였다. 오히려 이사님들이 나이가 많아 보였고 대머리인 이사님도 많았다.

열을 맞추어 서고 사장님께 인사를 하였다. 사장님의 축하 말씀이 있었다.

"지난해에도 매출이 늘고 올해에도 순이익이 많이 늘었습니다. 매년 회사가 발전하는 것은 전부 전 사원 여러분의 노력 덕분입니다. 오늘 우리 단합 대회를 맞이하여 모두 즐겁고 기쁜 마음으로 서로 화목 하는 계기가 되길 바랍니다. 올해에도 더욱 성장하는 우리 회사를 만듭시다!"

사원들의 구시렁거리는 소리가 들려왔다.

"이익이 늘면 뭐해? 지들 배만 부르지."
"상여금이 있었잖아?"
"우리는 쥐꼬리만 한 상여금이고, 저는 코끼리 몸통만 한 상여금이겠지."

사장님이 우리에게 하실 말씀이 그토록 많은지 처음 알았다.

"에! 그래서, 이와 마찬가지로, 그래가지고…"

말을 많이 하여야 연설을 잘하는 것으로 아시는 것 같았다.

배에 힘을 잔뜩 주고 큰 목소리로 연설하시는 사장님의 쩌렁쩌렁한 목소리는 해운대 파도 소리에 묻혀갔다.

"조용히 하세요!"

김 과장이 낮은 목소리지만 배에 힘을 주고 이를 악물며 소리를 질렀다. 조 대리의 눈이 사람들을 훑어보았다.

사장님의 단합 대회 개회 선언까지 한 시간을 그렇게 서 있었다.

"해 뜨기 전에 빨리하지!"

여기저기서 무슨 말들이 많았다.

"그러면 다음으로 사장님의 개회 선언이 있겠습니다."

사장님이 단합 대회를 한다고 해야 단합이 되는 모양이었다.

"지금부터 우리 회사 단합 대회 개회를 선언합니다!"

"박수!"

조 대리의 손뼉을 치라는 소리가 나기 전에 많은 사람들이 손뼉을 치고 있었다. 계속 서 있었더니 다리가 굳는 느낌이었다.

사장님은 개회 선언을 하시고 나서 마지막으로 한 말씀 더 하셨다.

"여러분이 태양 아래 뜨거울 것 같아 텐트를 충분히 준비하였습니다. 오늘 열심히 운동도 하시고 더우면 그늘에서 많이 드시기 바랍니다."

사장님의 한 말씀이 끝날 때마다 손뼉을 쳤고 조 대리는 어디서 배웠는지 휘파람 소리를 내면서 환호를 하였다.

유리 언니는,

"삼겹살밖에 더 샀어?"

누가 옆에서 거들었다.

"술도 일부는 샀잖아!"

"술은 지들이 먹을 거잖아!"

그렇게 한낮의 단합 대회는 전국적으로 유명한 유흥지인 해운대에서 시작되었다. 사진사가 따라와서 열심히 찍어 대었다.

"언니, 저분은 누구야?"

"우리 사진을 찍어 지역 신문에 기사로 낼 예정이라고 하더라."

"회사 단합 대회가 유명해?"

"우리 회사는 사원을 위해 이렇게 노력하고 있다. 그런 거지 뭐."

그래도 주최 측은 다양한 경기를 준비해 왔다. 부서별로 조를 짜서 각 팀으로 나눠 경기를 진행하고 박스 안에 무엇이 들었는지 모를 경품을 잔뜩 쌓아 놓았다.

두 명씩 짝을 지어 업고 달리기를 하는데, 조 대리의 등에 업히려는 사람이 없었다. 성 주임이 마지못해 업혔다. 우리 조가 지고 있었다. 조 대리는 엉거주춤 업힌 성 주임에게 꽉 잡으라고 소리를 질렀다. 성주임은 조 대리의 양팔을 꽉 잡고 조 대리는 성 주임의 허벅지 무릎 부위를 단단히 잡았다. 조 대리의 승부욕은 평소 그의 욕설만큼 강했다. 우리 팀이 상대편보다 조금 뒤쳐져 들어오자마자 조 대리는 마구 달려나갔다. 우리는 환호성을 질렀다.

"와!"

"……"

조 대리는 모래사장의 움푹 파인 곳에 발이 걸려 휘청하더니 성 주임을 업은 채 앞으로 쓰러졌다. 성 주임은 조 대리가 비틀거리는 순간에도 조 대리 팔을 잘 붙들고 있었다. 팔이 단단히 잡힌 조 대리는 자신의 몸

무게와 성 주임의 몸무게를 온전히 얼굴로 지탱하며 모래사장에 박혔다. 성 주임은 넘어진 조 대리 위에 잠깐 그대로 앉아 있었다. 정적이 흐른 후에 다른 조들의 웃음소리를 들으며 조 대리는 얼굴의 모래를 털었다. 일으켜 주는 사람이 없어 스스로 일어섰다.

누구도 조 대리 곁에 가까이 가지 않았다. 조 대리는 강한 사람이었다. 우리는 그를 잘 알고 있었다.

그로 인해 우리 팀은 완전히 패배하였다. 다른 사람들 때문에 졌더라면 한 달은 욕을 먹었을 텐데 참 다행이었다. 조 대리는 많이 다치진 않았지만, 한쪽 얼굴을 모래에 쓸렸다. 원래 얼굴이 검은 편이라서 상처가 잘 보이진 않았다. 점심을 먹는 중에도 조 대리의 화는 풀리지 않았다. 한쪽에서 혼자 술만 들이켜고 있었다.

김 과장이 부르지 않았더라면 그렇게 단합 대회가 끝날 때까지 앉아 있었을 것이었다. 김 과장의 부름을 받고 달려가더니 사장님 옆에서 웃고 있는 그의 모습을 볼 수 있었다.

"저 인간 화가 풀렸나 보네?"
"사장님 앞이라 표정 관리 하는 거지."

사장님 테이블 위에는 산처럼 쌓인 별도로 마련된 음식이 있었다. 점심 식사도 우리 맘대로 먹으면 안 되었다. 사장님의 건배가 있어야 했다. 컵에 술을 따르고 우리는 음료수나 물을 따라 들고 일어섰다.

"……, 건배!"

뭐라고 이야기하는지 잘 들리지 않았다. 건배 소리만 들렸다. 전부 컵을 하늘을 향해 들었다가 마셨다. 신에게 성배를 들어 올리는 모습이 연상되었다.

사장님은 즙이 많은 과일을 맛있게 드셨다. 즙이 입가를 타고 줄줄 흘러내리는데도 입은 계속 쩝쩝거리며 드셨다. 게걸스럽게 먹는다는 표현이 이것을 말하는 것 같았다. 턱을 타고 과일즙이 뚝뚝 떨어지는 중에도 입으로는 '습! 습!' 소리를 내며 과즙을 빠는 소리가 멀리까지 들려왔다. 다른 한 손에는 무슨 고기인지 뼈가 붙어 있는 고기를 들고 한 입 베어 무는 모습이 참 먹음직스럽다고 생각되었다.

'손수건으로 입가를 좀 닦아 드리지.'

나는 그런 생각이 들었다.

그 옆에 서 있는 사람들의 얼굴엔 무엇이 즐거운지 계속 미소가 지어져 있었다.

사장님 일행은 각 텐트 아래에서 조별로 음식을 먹고 있는 곳을 둘러보았다. 우리 조는 열심히 삼겹살을 굽는데 가스버너가 시원찮아서 잘 익지 않았다. 조 대리는 사장님보다 조금 먼저 와서,

"사장님 오신다. 사장님 오신다."

낮은 목소리로 미리 말을 하고 다녔다. 나는 그것이 옛날에 왕이 행차할 때 앞서서 소리 질렀다는,

"임금님 행차요!"

하는 소리와 겹쳐서 들렸다.

"음식이 맛있습니까?"

사장님은 자신이 내었다는 돼지고기 이야기를 듣고 싶어 했다.

"고기가 아주 맛있어요."

가스버너 때문에 아직 우리는 고기 한 점 못 먹었는데 유리 언니가 대답했다. 옆에서 조 대리가 한소리 거들었다.

"사장님 고기 한 점 예쁘게 싸 드려야지?"

"깜빡했네요."

유리 언니는 나이가 있어서인지 여유가 있었다. 나는 한마디도 못 하고 있는데 유리 언니는 말도 잘했다. 그리고 돼지고기 삼겹살 한 점에 마늘과 고추 한 조각을 참기름이 들어간 쌈장을 찍어서 상추에 싸 드렸다. 사장님은 무엇이든지 잘 드셨다.

"아주 맛있습니다. 쌈장과 고기가 아주 잘 어울립니다."

언니가 사장님에게 삼겹살 쌈을 입에 넣어 드리자 사장님은 우걱우걱 드셨다. 옆에 있던 과장님은 나에게 맥주 컵을 쥐여주었다.

"현진 씨! 사장님에게 맥주 한 잔 올리세요."

누구에게 술을 따르는 것에 대한 거부감은 없었다. 과장님과 조 대리가 권하니까 싫어지는 기분이었지만, 거부할 분위기는 아니었다. 이미 조 대리가 옆에서 맥주 뚜껑을 따서 가지고 왔다.

"미인이 따라주는 맥주 한 잔 받아 볼까?"

'술은 누가 따르느냐에 따라 기분이 달라질까?'

두 손으로 병을 잡고 넉넉하게 따라 드렸다.

"이게 뭐야?"

과장님이 소리를 쳤다.

컵에서는 거품이 넘쳐 사장님 양복 상의로 떨어지고 있었다. 사장님은 급하게 입으로 들어가는 맥주에만 신경을 쓰셨다.

"죄송해요."

"현진 씨! 맥주 안 따라 봤어요?"

과장님이 눈을 흘겼다.

'안 따라 봤습니다!' 목에서 기어 나오려 하였다.

"사장님! 죄송합니다."

사장님의 와이셔츠 속으로 맥주가 들어간 모양이었다.

"앗 차가워! 에이!"

손으로 거칠게 상의를 털며 사장님의 짜증스러운 소리가 신경에 거슬렸다.

"사장님 입으신 이 양복은 현진 씨 석 달 치 월급을 모아도 못 사는 옷이야!"

옆에 계시던 낯선 이사님의 말씀이었다. 사장님은,

"괜찮아. 됐어."

말로는 괜찮다고 하면서도 양복 상의를 계속해서 거칠게 털어 내었다. 사장님 일행은 바로 옆자리로 이동하였고 조 대리는 남아서 내게 손가락질과 낮은 목소리로 윽박질렀다.

"너는 어디서 배웠어? 사장님 옷을 버리면 어떻게 해? 누구 엿 먹일 일 있어? 네 옷 열 벌로도 사장님 옷 한 벌 못 사!"

조 대리는 더 소리를 지르려다가 사장님 쪽을 힐끗 쳐다보고 곧바로 사장님 일행이 있는 곳으로 뛰어갔다.

"참 지랄도 한다. 빨면 되지. 단합 대회 하는데 양복을 왜 입고 왔어?"

유리 언니가 입을 내밀었다.

"언니! 어쩌죠?"

"괜찮아! 지가 따르라고 한 거잖아! 걱정 마!"

내가 무엇인가 큰 잘못을 한 것 같은데 유리 언니의 말에 조금은 안도가 되었다.

사장님은 유리 언니가 싸 준 삼겹살은 정말 맛있게 드셨다.

"언니! 돼지고기 다 안 익었었잖아!"

"사장님은 뭐든 다 잘 드셔. 회도 좋아하신다더라고."

유리 언니는 나를 보고 미소를 지었다.

오전에 늦게 시작하는 바람에 오전에는 두 개 행사만 신행되고 대부분 일정은 오후에 있었다. 풍선 터트리기나 이어달리기도 하였다. 무슨 경기가 있든지 우리끼리 즐기며 놀았다. 이때 조 대리는 술에 취해 발음이 어눌해 있었다.

단합 대회는 오후 늦게 끝났다. 경품을 나눠 주었고 사장님은 전부 수건을 하나씩 주었다. 나는 수건 하나라도 기분 좋은데 유리 언니는 그렇지 않았다.

"우리가 열심히 일해서 돈 벌었다면서 우리에게 달랑 수건 하나가 뭐냐?"

커다란 박스 속에는 작은 비누 세트나 식용유 세트가 들어 있었다.

김 과장은 우리 조에게 특별히 회를 사겠다고 끝나고 남으라고 하였다. 조 대리가 같이 가는 것이 내키지는 않았지만, 특별히 우리 조를 생각한 성의를 봐서 가기로 하였다. 집에 가도 혼자 밥을 먹을 것이었다.

내가 살던 시골은 내륙이어서 회를 먹어 본 적이 없었다. 처음 먹은 회의 맛을 느끼지 못하고 상추 세 장에 작은 회 하나를 된장에 찍어 먹었다. 김 과장은 우리에게 소주를 받으라고 하였다.

"술 못 먹는데요."

"그냥 받아 놓고 건배만 해!"

우리는 미성년자였다.

조 대리와 김 과장의 술이 몇 잔 돌자 우리에게 따라만 놓으라던 술을 한 잔씩 해도 된다고 하였다.

"추석에 차례 지내고 음복하지? 술은 어른들 앞에서 한 잔씩 하면서 배우는 거야."

마실 뻔하였다. 혀끝에 술을 적셔 보았다. 온몸이 부르르 떨려왔다. 유리 언니 눈을 보자 내가 실수를 하고 있다고 생각되었다. 유리 언니는 나를 화장실로 같이 가자고 불러내었다.

"너 어떻게 하려고 술을 입에 대고 그래?"

"안 먹었어."

"그래도! 이따가 저 인간들 노래방 가자고 할 거다. 그때 약속 있다고 같이 빠져. 저 인간들 수법이야."

유리 언니 말대로 그들은 노래 한 곡 하고 가자고 하였다. 유리 언니와 나는 약속이 있다고 겨우 빠져나왔다. 조 대리와 김 과장의 말소리가 들려왔다.

"요즘 애들은 상사가 가자는 데도 빼고 그래!"

"애들이 싸가지가 없어요."

유리 언니는 절대로 술을 마시거나 남자 직원들과 같이 가지 말라고 신신당부하였다. 얼마 안 있어 그 이유를 짐작할 수 있었다.

미선 언니의 일탈

◇◇◇◇◇◇◇◇

　미선 언니가 시내를 잘 돌아다닌다거나 남자 친구가 많다는 것은 회사 직원 전부 다 잘 아는 이야기였다. 내가 보기에 미선 언니가 특별히 예쁘다거나 몸매가 뛰어나거나 하는 것은 없어 보였다. 다만 화장은 아주 잘해서 자연스럽게 보이면서도 세련되게 보였다. 우리는 로션 하나로 1년을 버티거나 스킨과 로션 정도만 있으면 충분하였다. 미선 언니는 어디서 배웠는지 화장하는 기술이 남달랐다. 회사 탈의실에 있는 미선 언니의 옷장에는 화장품도 아주 많았다. 우리는 거의 청바지 하나만 입고 다니는데, 미선 언니는 다양한 옷을 입고 다녔다. 그렇게 차려입으니 멋있게 보이기도 하였다.

　"미선이는 밥은 굶어도 화장은 못 굶을 것이다."
　미선 언니가 화장을 잘하는 것과 옷을 잘 입는 것이 흉일 수는 없었다.
　미선 언니는 돈도 잘 빌렸다. 나와 별로 친하지 않은데도 내게 돈을 빌려줄 수 있느냐고 물은 적이 있었다. 집요하게 빌려 달라고 하였다. 시골집에 전부 붙여 준다고 해도 포기하지 않았다.

"그래도 따로 저축하는 것이 있을 거 아니야?"

"조금 모으고 있는데 그것은 만기 되려면 아직 멀었어요."

"내게 빌려주면 은행 이자보다 더 쳐 줄게."

"나중에 친언니와 상의해 볼게요."

"아직도 언니 말을 듣고 살아?"

"예."

"알았어."

정말 다행이었다.

이런 일이 있고 난 다음에는 돈을 빌려 달라고 하지 않을 줄 알았다. 그러나 며칠 후에 또 말을 꺼냈다.

"자기! 언니와 상의해 봤어?"

"예! 언니가 저축 통장 깨지 말라고 해서요."

"언니에겐 통장 깼다고 하지 말고 빌려줘. 은행 이자의 두 배를 미리 떼고 남은 돈만 빌려줘. 딱 한 달만 쓰고 다시 이자 두 배를 더 쳐서 갚아 줄게."

"언니! 이건 아버지 약값에 써야 해요."

"아버지가 많이 아프셔? 그러면 내가 한 달 만에 빌린 돈의 반은 더 얹어 주는 건데 좋지."

뭐라고 대꾸해야 할 말이 생각나지 않았다. 무조건 싫다고 하는 것도 예의가 아닌 것 같고 빌려주기 싫긴 한데 어쩔 수 없었다. 미선 언니는 은행까지 따라와서 오십만 원을 빌려 갔다.

"잘 쓰고 다음 달에는 갚을게."

"꼭 줘야 해요."

"그럼. 내가 어디 가니? 월급날 줄게."

한 달 만에 이십오만 원을 번다고 생각하니 그리 나쁘진 않았다.

'같은 회사 다니는데 떼어먹기야 하겠어?'

돈을 빌려 간 뒤로도 미선이 언니는 멀리서 일부러 다가와 살갑게 인사를 하였다. 주위를 잘 살피지 않는 내게 대부분 먼저 다가왔다. 우연히 마주쳐도 그냥 지나가지 않고 손이라도 잡아 주고 지나갔다. 싫지는 않았다. 말을 따뜻하게 잘하였다.

"많이 힘들지?"

"조금만 참으면 좋은 일 있겠지."

그러나 미선 언니는 한 달이 다 되었는데도 돈 갚을 생각을 안 하였다. 내가 먼저 돈을 달라고 해야 할 것 같은데 말이 떨어지지 않았다. 미선 언니는 항상 나를 보고 밝게 인사를 하였다. 월급날이 지났는데도 아무 말이 없었다. 용기를 내어 말을 해 보기로 마음을 먹고 다가가면 웃으며 손을 흔들고 바쁘게 지나갔다. 입을 열려고 하면 저만치 가고 있었다. 점심시간에 말을 하려고 해도 좀처럼 만나기 힘들었다. 가까이 가면 누군가와 같이 있었다.

'그래도 알아서 주겠지. 이러다가 잊어버리면?'

내겐 아주 소중한 돈이었다. 일주일을 엿보다가 겨우 이야기할 수 있었다.

"언니! 지난달에 빌려 간 돈 주기로 했었는데…"

"아! 그거? 진작 말하지. 누가 달라고 해서 주었는데 다음 주에 줄게."

"지금은 없어?"

"있는데도 안 주겠어? 다음 주에 내 돈 빌려 간 사람이 준다고 했거든."

그다음 주에도 언니는 아무 말이 없었다.

"언니! 이번 주에 돈 준다고 했었는데."

"아직 나도 돈을 못 받았어. 그 사람이 어제 준다고 했었는데 며칠 더 있어 달라고 하잖아. 돈 받으면 바로 줄게."

그렇게 한 달이 지나도 줄 생각이 없어 보였다. 월급날 이야기를 하면,

"나 오늘 꼭 써야 하는 데가 있어. 아주 중요한 곳이야. 며칠만 참아 주라. 응?"

속상해도 하소연할 데가 없었다. 빌려준 내가 잘못한 일이었다. 유리 언니에게 사정을 이야기했더니, 그전에 있었던 일을 들려주며 걱정했다.

"왜 빌려주었어? 그 애한테 돈 빌려주고 못 받는 애들이 한둘이 아니야! 지 놀 것은 다 놀고 입을 옷은 다 사 입으면서 빌린 돈은 안 갚는 애야."

"언니, 나 어떡해…"

"내가 한 번 이야기해 볼게."

유리 언니가 이야기해 보았지만 어림없었다. 유리 언니를 만난 뒤로는 태도도 변했다.

"그까짓 돈 몇 푼 빌렸다고 다 소문내고 다녀?"

"언니 그게 아니고 언니가 안 주어서."

"내가 언제 안 준다고 했어? 너 나를 완전히 빚쟁이로 만든다?"

"아냐. 미안해. 꼭 필요한 돈이라서."

"나도 지금 빌려준 돈 못 받고 있다. 그래도 너처럼 보채지는 않는다."

물질이 전부는 아니라고 들어왔지만, 내게 돈은 정말 소중하였다. 내가 힘이 들어도 이겨낼 수 있는 것은 그것이 학교도 가고 내가 하고 싶은 것을 할 수 있는 유일한 방법이었기 때문이다. 새로 적금을 들었다. 미선 언니는 만나기만 하면 일부라도 달라고 졸랐다. 언제부턴가 미선 언니는 나를 피해 다녔다. 탈의실에서 보면 여전히 밖에 나갈 때는 화장하고 늘 새로 화장품을 샀다. 새 옷을 샀다고 자랑도 하고 멋진 옷을 입고 시내에서 누구를 만났다는 자랑을 늘어놓았다.

"미선 언니! 지난번에 빌려 간 돈 좀 해결해 줘."

"줄게 걱정하지 마! 누가 떼어먹냐?"

'지금 떼어먹고 있잖아!'

나는 모든 생활의 불편을 감수하고 돈을 모으고 있는데 그렇게 모은 내 돈으로 풍요롭게 생활하는 미선이 언니가 정말 미웠다.

돈을 못 받을 수 있겠다는 생각이 들면서 나를 위해 쓰지 못한 것이 후회되었다. 엄마에게 줄 수도 있었고 맛있는 것을 먹거나 예쁜 옷을 더 사 입을 수도 있었다.

'그 돈으로 여행을 갔더라면……'

난 여행을 가 본 기억이 없다. 가 보지 못했다. 다른 지역에 사는 사람들이나 그들이 살고 있는 것을 보고 싶었다. 돈이 있으면 다른 나라도

가 보고 싶었다. 그들은 어떻게 살아가고 있는지 궁금했다. 이룰 수 없는 꿈일 수도 있겠지만 언젠가 어른이 되면 해 보고 싶었다. 그 돈이 있어도 여행하지는 못했을 것이지만, 이렇게 없어질 수 있는 돈이라고 생각하니 별생각이 다 들었다.

'그냥 무조건 없다고 할걸.'

미선 언니에게 받을 돈이 있어서인지 누가 이야기 중에 미선 언니의 이름만 불러도 내 신경이 온통 그곳으로 향했다.

회사에서 미선 언니의 이야기는 끊임없이 계속 나돌았다. 점심시간에 모였다 하면 미선 언니의 이야기였다.

"미선이 걔 밤에 술집에 나간대."

"누가 그래?"

"김 과장하고 술집에서 만났다던데?"

"조 대리하고 그렇고 그런 사이잖아."

"조 대리하고?"

"몰랐어? 둘이 새벽에 여관에서 같이 나오는 것을 본 사람이 있어."

"남자 잘못 만나서 병원 다니고 그랬잖아."

무엇이 진실인지 전혀 알 수는 없었다. 대부분 전해 들었다는 이야기 뿐이었다. 자신이 직접 보았다는 것도 얼마든지 다른 이유가 있을 수 있는 이야기였다. 그래도 어떤 이야기는 그럴 수도 있겠다는 생각이 들었다. 그런 이야기를 들어서인지 조 대리는 다른 사람들에게 사납게 대하면서 미선 언니에게는 다정스럽게 이야기하는 것처럼 보이기도 하였다. 퇴근하는 미선 언니의 화장이 짙어진 것은 사실이었다. 그렇다고 소문이 전부 사실이라는 증거는 하나도 없었다. 나는 퇴근하는 미선 언니가 골목길 모퉁이에서 검정색 고급 승용차를 타고 가는 것을 한 번 보았다. 무슨 사연인지 모르지만 그게 흠일 수는 없었다. 아는 사람의 차를 탈 수도 있을 것이었다. 하지만 다음 날이면 미선 언니에 대한 갖가지 이야기들이 쏟아졌다.

내가 미선 언니에게 관심 있는 것은 오로지 빌려준 돈을 받을 수 있느냐는 것이었고 미선 언니의 사생활은 관심 밖의 일이었다.

화장하지 않은 미선 언니를 본 것은 처음이었다. 아침에 화장기 없는 푸석푸석하게 부은 얼굴이었다. 탈의실에서 옷을 갈아입고 내 옆을 지나치는데 술 냄새가 났다.

"언니 술 마셨어?"

"냄새나니?"

고개를 끄덕였다.

"어제 조금 마셨다."

언니의 말투는 나이 든 아주머니 말투였다. 나보다 한 살 위인데 누가 보면 다섯 살은 더 위로 보였다.

"언니 술 마셔도 돼?"

"무슨 상관이야!"

무심하게 한 마디 내뱉고 나갔다.

어떤 날은 점심시간에 탈의실 구석에 쪼그리고 앉아 졸고 있는 미선 언니를 볼 수 있었다. 고달프면 잠이 많이 왔다. 나도 잠이 쏟아져서 힘든 적이 많았다. 눈치가 보여 함부로 잠을 잘 수 없었다. 언니들은 너무 피곤하면 점심시간에 탈의실 바닥에서 잠시 쪽잠을 자곤 하였다. 그렇게 짧은 잠이라도 자고 나면 훨씬 나았다.

미선 언니가 누워서 자는 것도 아니고 두 팔로 무릎을 감싸고 무릎에 얼굴을 묻고 자고 있었다. 그냥 나오려다가 탈의실에 돌아다니는 큰 수건을 어깨에 덮어 주었다.

"고맙다."

언니는 자고 있지 않았다. 아무 말 없이 탈의실을 나왔지만, 미선 언니 팔뚝이 젖어 있었다.

'무슨 힘든 일이 있었을까?'

이곳에서 힘들지 않은 사람은 한 명도 없을 것이다. 이야기하다 보면 전부 사연들이 있었다. 과거에도 힘들었고 현재 이곳에서도 힘들게 살고 있었다. 나도 그들 중의 한 명이었다. 깊은 대화를 해 보진 않았지만, 미선 언니도 그럴 것이었다.

이즈음 내 일은 원단을 나르는 일이어서 하루에도 수십 번 물류 창고를 드나들었다. 창고는 사람이 숨으면 참기 힘들 정도로 매우 컸다. 일과 시간에 누가 창고에서 이야기하는 소리가 들렸다. 대수롭지 않게 여겼다. 처음에는 작은 소리로 이야기 하더니 점차 소리가 커졌다. 이젠 남을 의식하지 않고 내지르는 여자의 목소리가 들렸다.

조 대리와 미선 언니가 물류 창고 물류 컨테이너 뒤에서 싸우고 있었다.

"조용히 해결하자!"

조 대리가 그렇게 작은 소리로 사정하는 모습을 보는 것은 매우 낯설었다.

"내가 지금 그렇게 생겼어요?"

미선 언니의 목소리에는 독기가 서려 있었다.

"내가 다 해결할게."

"어떻게요? 당장 아기는?"

"누가 듣겠다. 조용히 하자니까. 내가 다 해결 한다잖아."

"말로만 하잖아요?"

미선 언니의 목소리는 점차 커져갔다. 조 대리는 미선 언니의 손목을 잡고 회사 밖으로 나갔다.

'무슨 일일까?'

조 대리는 결혼을 해서 아기가 있다고 들었다. 그리고 미선 언니가 겉보기에는 나이가 많은 이십 대 중반으로 보여도 아직 어린 나이였다. 화장한 얼굴이나 말투는 정말 나이가 많아 보였다. 그래도 조금만 이야기해 보면 어리다는 것을 금방 알 수 있었다. 머리가 혼란스러웠다.

유리 언니에게 넌지시 물어보았다.

"언니! 조 대리와 미선 언니가 친해?"

"너 무슨 소리 들었구나?"

"아니! 그런 거 같아서…"

"둘이 사귄다는 말도 있고 집이 같은 방향이라서 같이 잘 다닌다는 말도 있는데 뭐가 진실인지 어떻게 알겠어? 남녀 간의 일인데."

"그래도 미선 언니는 나이가 어리잖아."

"옛날에는 시집갈 나이야. 춘향이 나이가 열여섯 살이라잖아."

"언니는 남자 친구 있어?"

"없어. 너나 남자 조심해."

'왜 남자를 조심해야 하는 걸까?'

시골에서는 남녀 공학인 중학교였다. 같은 마을에도 남자 동창이 있었다. 내가 무심해서 그렇지 동창 중에서도 서로 사귀는 애들이 몇 명은 있었다. 나도 편지를 한 번 받았었다. 내가 답장을 하지 않아 저절로 없던 일이 되었지만, 그 남자애가 궁금할 때가 있었다. 시내버스에서 남학생이 타면 신경이 쓰이는 것은 사실이었다. 잘생긴 남학생이 가까이 있으면 얼굴을 들어 그 애를 볼 수 없었다. 그건 순전히 나만의 생각이고 내 마음이었다. 그 학생은 나를 전혀 의식하지 않으리라고 생각하면서도 가슴이 두근거렸다.

'지금 내가 누구를 만날 수 있을까?'

내가 남자 친구를 만난다는 것은 현재로는 사치였다.

'언젠가는 남자 친구도 생기겠지.'

막연한 생각만 있었다. 남자 친구보다 돈을 모아 내년에 학교에 가고 부모님도 도와 드리고 싶었고, 또 동생들도 있었다. 남자 친구는 깊이 생각할 여유가 없었다.

미선 언니는 3일간 결근하였다. 병가를 내었는지 무단결근이었는지 알 수 없었다. 3일 후에 무척 수척해진 모습으로 나타나 오전만 일하고 들어갔다. 그래도 씩씩하게 다니던 모습이 보기엔 좋았었는데 무슨 일인지 아파 보이는 것이 안돼 보였다.

조 대리의 신경질적인 말투는 도를 더해 갔다. 가만히 일하는 사람에게 트집 잡을 것만 생각하는 사람으로 보였다. 나는 별로 트집잡힐 일이 없는데도 날 선 소리를 들었다.

"빨리빨리 안 움직여?"
"원단을 잘 펴서 날라!"
"뒷정리가 이게 뭐야?"

내가 천천히 움직여서 작업 일정에 차질을 준 적은 없었다. 원단은 원래 두꺼워서 잘 접히지 않았다. 그냥 두어도 펴져 있었다. 일반 옷감의 천과는 재질이 달랐다. 물류 창고 정리는 하는 사람이 따로 있었다. 하나도 내게 해당하는 말은 없었다. 나는 그 정도였고 다른 사람들은 조금이라도 잘못하는 것이 보이면 여지없이 조 대리의 큰 소리와 욕설이 나왔다. 조 대리 때문에 회사를 그만두어야겠다는 사람이 나올 지경이었다. 그것을 중간에서 잘 무마해 주는 것은 성 주임이었다. 그래도 성 주임은 같은 여자이고 우리 사정을 윗분들에게 잘 전달하는 편이었다.

미선 언니를 회사 밖에서 처음 본 것은 친언니와 광안리 식당가에 식사하러 갔을 때였다. 짙은 화장에 미니스커트를 입고 어떤 남자와 팔짱을 끼고 가는 모습을 보았다. 미선 언니는 나를 보지는 못하고 나만 언니를 보았다. 내가 뚫어지라 쳐다보자 친언니는 사람을 그렇게 빤히 쳐다보는 것 아니라고 말렸다. 미선 언니는 누가 보더라도 어른처럼 보였다.

광안리에서 미선 언니를 본 며칠 후에 미선 언니가 내가 일하는 곳으로 찾아왔다. 흰 봉투를 수레에 쌓여 있는 원단 위로 툭 던지며 말했다.

"나머지는 조금 있다가 줄게."

삼십만 원이 들어 있었다. 이제 못 받을 줄 알았는데 이 정도라도 감사할 일이었다.

"고마워, 언니."

"너희 아버지가 많이 아프다면서?"

"응. 누가 그래?"

"유리가."

"고마워."

유리 언니에게 돈 받은 이야기를 하였더니 유리 언니가 우리 아버지 병원비를 가져갔으면 얼마라도 갚아야 할 것 아니냐고 싸웠다고 하였다. 내가 모르는 사이에 그런 일이 있었다. 유리 언니도 고마웠다. 이젠 전부 다 받지 않아도 될 것 같았다.

"내년에 고등학교에 갈 수 있겠어?"

고개를 끄덕이는 나를 보고 유리 언니가 웃어 보였다.

미선 언니에게 돈을 빌려주었다가 받은 사람은 거의 없었다. 미선 언니와 빌려 간 돈을 달라고 싸우는 것은 흔한 일이었다. 주로 물류 창고나 탈의실에서 언성이 높아졌다. 미선 언니는 눈빛도 점점 강렬해져서 두 눈을 부릅뜨면 사람을 주눅이 들게 하였다. 미선 언니의 목소리도 점점 변해갔다. 날카로우면서도 쉰 듯하고 전보다 굵어진 목소리가 섞여 나왔다. 유리 언니는,

"쟤 담배 펴서 목소리 변한 거 봐."

라며, 염려했다. 언제부터 화장실에 담배 연기가 들어온다고 생각했는데 미선 언니였다.

"서면에서 미선이를 봤는데 불량배들하고 같이 어울려 다니고, 길거리에서 버젓이 담배를 꼬나물고 있더란다. 넌 쟤랑 어울리지 마라."

유리 언니는 내가 돈을 빌려주었을 때부터 미선 언니와 어울리는 것을 걱정하였다.

"내가 어떻게 어울려."

사원들 사이에서 미선 언니의 이야기는 끊임없이 계속되었다. 특별한 이야깃거리가 없는 회사이기도 했다. 아침부터 저녁까지 똑같은 일을 기계적으로 반복하는 일에서 특별한 이야기가 있을 리 없었다. 어제와 오늘도 같은 일인데 휴일이나 지나야 무슨 이야기들이 나왔다.

여전히 조 대리는 미선 언니를 어려워하는 것 같았다. 우리는 조 대리 뒤에서 눈을 흘기는데 회사에서 유일하게 미선 언니만 조 대리 앞에서 눈을 흘겼다. 조 대리도 함부로 하지 않았고 미선 언니 말은 잘 들었다. 유리 언니도 이상하다고 여긴 모양이었다.

"조 대리가 크게 약점을 잡힌 것 같다."

내가 생각해도 그래 보였다. 다른 사람에게는 다 뭐라고 소리를 치면서 미선 언니에게 소리치는 것은 보지 못하였다.

회사는 직원이 많았다. 당연히 주말에 미선 언니를 본 사람도 많았다. 대다수가 모 유흥주점에서 보았다고 하였다. 나는 이해되지 않았다.

'주점에서 일하려면 왜 회사에 다닐까? 주점만 다녀도 될 텐데.'

미선 언니는 점점 야위어 갔다. 처음에는 몸매가 날씬하여 좋다고 하였는데 살이 빠지는 모양이었다. 뱃살은 있었다. 그것은 누구나 있는 정도의 뱃살이었다.

어느 날은 눈에 멍이 들어서 왔다. 누구에게 맞은 것이 확실하였다. 이즈음에는 화장실에서 대놓고 담배를 피웠다. 연기는 창문을 열고 밖으로 길게 내뿜었다. 회사 내에서는 미선 언니를 대부분 멀리하였다. 미선 언니와 가까이 지내는 사람들이 점점 없어졌다. 밥 먹을 때도 같이 일하는 사람들과 먹다가 언니 혼자 먹는 일이 많아졌다. 우리 식당은 좁아서 혼자 먹는 것은 불가능하였다. 옆자리와 앞자리에 누군가는 같이 먹어야 했다. 미선 언니는 차츰 옆자리와 앞자리에 친한 사람 없이 혼자 밥만 먹었다. 내가 근처에 앉으면 말을 붙여 보았지만, 대화 주제가 없었다.

점심시간에 미선 언니가 나를 찾았다. 뜻밖이었다.

"나 회사 그만두려고."

"왜?"

"몸이 안 좋아서 고향에 가서 좀 쉬어야겠어."

"고향이 어딘데?"

"함양. 여기서 멀어. 너한테 빌린 돈은 나중에 갚을게."

"아냐! 괜찮아! 지난번에 거의 다 주었잖아!"

"한 달 정도 쉬었다가 다시 올 거야. 미안하지만 그때 갚을게."

가까이서 보니 얼굴이 말이 아니었다. 썩 예쁜 얼굴은 아니어도 피부는 고왔는데 검게 변했다. 잡티도 많이 생겼다. 얼굴에 뭐가 많이 났고

볼살이 쪽 빠져 있었다.

"많이 아파?"
"여기저기. 그래."
"건강해서 와."
"고맙고 미안하다."

언니는 그 날 떠났다. 내 손을 잡고 인사를 하는 눈에는 눈물이 살짝
비쳤다.

미선 언니가 떠난 뒤에도 한동안 말이 많았다. 술집에서 몸을 버렸다
고 하고 남자를 잘못 만났다고도 하였다. 돈을 떼어먹는 나쁜 년이라고
도 하였다. 조 대리가 나쁜 놈이라고도 하였다.

언니도 사연이 있어서 여기에 왔을 것이다. 나쁜 사람인지는 알지 못
하겠다. 사생활도 어떠했는지 나는 모른다. 그저 내 마음이 편하지 않을
뿐이었다.

'미선 언니는 왜 변했을까?'

첫 미팅

미선이 언니가 회사를 그만두고 나서 미선 언니처럼 남자와 잘 어울리는 사람은 드물었다. 적어도 드러나지는 않았다. 미선이 언니의 이야기는 남자를 함부로 만나면 안 되고 술집 아르바이트도 절대로 해서는 안 된다는 교훈처럼 진해졌다. 하지만 겉으로 내색은 안 해도 우리 대부분은 젊었고 이성에 관심이 많았다. 연예인은 공개적으로 좋다고 해도 되는 상대였다. 연예인 누구를 좋아한다고 대놓고 이야기해도 흠이 되지 않아서이지, 좋은 남자 친구 한 명쯤 있으면 좋겠다는 생각을 대부분 하고 있었다. 나도 그랬다. 내가 좋아하는 상대가 나를 좋아해 줄는지, 언뜻언뜻 생각날 때가 있었다. 다른 사람들과 대화를 하다가 한 번씩 생각하는 것이었다. 내 이성은,

'내 형편에……'

아직 아니었다. 나는 월급의 거의 전부를 적금에 넣고 있어 생활이 빠듯했다. 적어도 고등학교는 졸업하고 남자를 만나면 좋겠다는 막연한 생각만 있었다. 그건 엄마의 말이기도 했다.

특별히 친하지 않은 권미경이 나를 찾았다.

"현진아! 이번 주말에 시간 있어?"

"그렇긴 한데 왜?"

주말에 늘 시간이 있었다. 거의 집에만 있었다. 힘들어서 쉬었고, 청소하고 밀린 빨래를 하다 보면 아까운 일요일이 다 지나가고 있었다.

"주말에 남학생들과 미팅이 있는데 같이 갈래?"

미팅은 한 번도 해 본 적이 없었다. 바쁘게 하루하루 살기도 버거워 남자에게 관심을 둘 마음의 여유가 전혀 없었다.

"왜? 남자 친구 있어?"

미온적인 나를 미경이가 다그쳤다.

"없어."

처음 미팅에 대한 호기심은 있었다. 입고 나갈 옷이 없었다. 미팅 자체에 약간의 두려움도 있었다.

"나가서 뭐하는데? 나 미팅해 본 적이 없어."

"같이 이야기하고, 밥 먹고, 맘에 들면 사귈 수도 있고, 그렇지 뭐."

회사에서는 늘 작업복만 입고 있었다. 출퇴근에 입는 옷도 청바지에 블라우스와 티셔츠 하나뿐이었다.

"입고 나갈 옷도 없어."

"내일 서면 나가서 사면 되지."

서면은 번화가인데 말로만 들었지 가 보진 못하였다. 약간의 설렘이 일었다.

'이번 기회에 옷도 한 벌 장만할까?'

내가 쭈뼛거리자 미경이가 보챘다.

"부담 갖지 말고 내가 하라는 대로 그냥 앉아 있기만 하면 돼!"

"옷도 없다니까?"

"내일 내가 같이 가 줄게. 옷 한 벌 있어야 하잖아. 맨날 청바지 하나만 입을래?"

미경이 말이 틀리진 않았다. 청바지 말고 다른 옷 한 벌은 있어야겠다고 생각하고 있었다. 혼자 옷을 사 본 경험이 없어 어떤 것이 좋은 것인지 모르지만. 다행히 미경이가 같이 가 준다고 하였다.

미경이는 옷을 보는 눈이 달랐다. 내게 이것저것 입어 보라고 시키며 디자인과 색을 골라 갔다.

"이거 괜찮다."

"얼마인데?"

너무 비쌌다. 나의 두 달 치 생활비보다 많았다. 좋아 보이는 것은 비싸고 싼 것은 너무 허름해 보였다.

"요즘 옷이 다 이 정도는 해."

옷은 한 번 사면 몇 년은 입는 것이니 눈 감고 사기로 하였다. 그렇다고 무턱대고 비싼 옷을 살 수 없었다. 미경이가 권한 디자인은 내가 입기에 어색하였다. 평범한 바지와 티셔츠를 골랐다. 구두는 엄두도 내지 못하였다. 이미 많은 지출을 하였고 회사에서 일 년에 한 번씩 상여금 형태로 주는 운동화가 있었다. 나도 미경이가 권해 주는 원피스나 투피스를 고르고 싶었다. 그런 옷은 유행을 타 얼마 안 있어 못 입게 될 것 같았다. 유행에 덜 민감한 옷으로 골랐다. 미경이는 자꾸 자기가 본 옷이 마음에 든다고 하였다. 나도 마음에는 들었다. 고민 끝에 골랐다. 미경이 덕에 옷을 한 벌 장만하였다.

옷을 사고 미경이와 약속한 주말이 다가오면서 지나가는 남학생을 한 번씩 보게 되었다. 그냥 지나치던 남학생들이었지만 이제 누군가를 만난 다는 생각에 눈길이 갔다.

'어떻게 생겼을까?'
'나를 좋아할까?'
'무슨 이야기를 할까?'

미경이가 이야기한 서면의 한 카페를 찾았다. 이런 곳을 말로만 들었 지 와 본 적이 없었다. 지리도 어눌하고 정확한 지점을 잘 몰라 버스를 타고 미리 갔다. 서두른 덕에 30분 전에 도착하였다. 아직 미경이는 오 지 않아서 빈 테이블에 혼자 앉아 있었다. 모든 게 어색하기만 하였다. 하지 않겠다고 할 것을 괜히 했다는 후회가 들었다. 앉아 있는 자리가 몹시 불편하였다.

미경이가 오고 회사에서 얼굴이 익은 두 명도 같이 왔다.

"벌써 왔어?"

"늦을 것 같아서."

조금 있으려니 멋을 부린 남학생 네 명이 들어왔다.

"여기!"

미경이의 손짓에 손을 든 남자는 반갑게 미경이를 맞았다.

처음이긴 하지만 이 모든 것이 낯설었다. 중학교도 남녀 공학이었고 남학생들과는 스스럼없이 지냈었다. 오늘은 동창의 남학생들과는 많이 달랐다. 처음 보는 사람들이라 해도 온몸의 근육이 굳어 버리고 있는 느낌이었다. 내가 낯을 많이 가린다는 것을 알았다.

마주 앉은 사람들과 어색한 대화가 오고 갔다. 나는 물 잔을 자주 들었다 놓으며 홀짝였다. 미경이가 나서서 남학생들을 소개하였다. 인문계 고등학교 2학년이라고 하였고 우리는 자기 친한 친구들로 같이 나왔다고 하였다.

"어느 학교에 다니세요?"

내 앞의 남학생이 내게 처음 던진 말이었다.

"저는 회사에 다니고 있어요. 내년에 고등학교 진학할 예정이에요."

"아! 예."

그의 표정에서 실망한 표정이 스쳐 지났다. 잠깐 침묵이 있은 후에 덧붙였다.

"어느 고등학교에 입학할 예정인데요?"

"회사 근처의 야간 고등학교에 가려고요."

"아! 예."

더는 학교에 관한 이야기는 없었다. 나머지 친구들과는 많은 대화가 오고 가는데 내 앞의 남학생과는 거의 대화가 없었다. 미경이는 이 자리에서 음식을 시키자고 하였다. 메뉴판을 보고 있어도 무슨 요리이고 무슨 맛인지 모르는 음식들만 나열되어 있었다. 난 미경이가 시키는 것을 그대로 시켰다.

"말이 없으시네요."

내 앞의 남학생이 답답했는지 한 마디 던졌다.

"거기도 없으신 거 같은데요."

마른 국수 같은 것을 포크로 돌려먹으면서도 서로 말없이 음식에만 열중하였다. 앞에 남학생들이 사라져 버리면 좋겠다는 생각이 들었다. 그러면 음식을 맛있게 먹을 수 있을 것 같았다. 미경이가 한소리 했다.

"우리 밥 먹으러 왔어? 왜 대화가 없어?"

'무슨 주제를 가지고 토론하는 것도 아니고 억지로 무슨 대화를 어떻게 할까?'

잠자코 내 앞의 남학생이 무슨 말을 하는지 기다리고 있었다. 떨림이나 설렘은 차츰 없어졌다. 빨리 이 자리를 벗어나고만 싶었다. 이렇게 어색한 자리는 처음이었다.

"집이 부산이 아니신 거 같은데 어디서 생활하세요?"

"자취하고 있어요."

"힘들지 않아요?"

"익숙해져서, 별로."

"여고생들이라고 소개를 받았거든요."

"그래요?"

미경이가 나섰다.

"세 명은 고등학교에 다니고 여기 현진이만 내년에 고등학교에 진학할 거예요."

그러고 보니 나는 여고생이 아니었다.

"돈 많이 버세요?"

"먹고살 만큼만 벌어요."

"이 음식 맛있죠? 자주 드세요?"

"처음 먹어 봐요."

"이건 흔한 음식인데요."

'아! 흔한 음식이구나!'

갑자기 집에 라면이 다 떨어졌다는 것이 생각났다.

'집에 갈 때 잊지 말고 사가야겠다!'

남학생 중의 한 명이 누군가를 가리키고 키득거렸다.

"쟤 옷 입은 거 하고 신발 봐 봐!"

그들이 가리킨 것은 카페에서 나가는 우리 또래의 소녀였다. 바지 차림에 운동화를 신고 있었다. 그게 무슨 화젯거리가 되는지 알 수 없었다.

"촌스러운 바지에 저 운동화하고는. 서면 나오면서 창피하지도 않았나 봐."

네 명이 같이 키득거렸다.

'촌스러워?'

테이블 밑에는 그 소녀가 입은 바지와 같은 바지를 내가 입고 있었다. 나도 운동화를 신고 있었다. 그러고 보니 다른 카페 손님들은 치마에 구두를 신고 있었다. 바지도 나와는 다르게 세련되어 예뻐 보이는 바지였고 구두를 신고 있었다. 나는 그들 말대로 촌스러운 복장이었다.

'그래서 미경이가 치마와 구두를 사자고 했었구나!'

"주말에는 뭐 하세요?"

내 앞의 남학생은 나와 대화를 하려고 했다.

'주말에 나는 뭐 할까?'

"특별 근무를 하거나 집에서 쉴 때도 있고."

"주말에도 일하나요?"

안쓰럽게 쳐다보는 것인지 비아냥거리는 것인지 알 수 없었다.

"예!"

그러고 보니 지금까지 서로의 이름을 알지 못했다. 물어보지도 않았고 나도 묻지 않았다. 미팅하면 파트너를 정한다는데 그것도 없었다. 다음 장소를 이동한다는데 전부 여기 앉아 있었다. 차츰 남학생은 남학생끼리의 대화가 늘어났다. 그들끼리 웃고 이야기하고 우리는 우리끼리 웃었다. 나를 뺀 세 명의 대화였다.

그들은 촌스러운 여자를 보면 낄낄거렸다.

"와! 저렇게 입고도 시내를 나오네?"

"서면 물 다 흐려놓는다."

"방금 일하고 나오는 모양이네."

그들의 기준으로 서면에 나오면 안 되는 사람은 나였다. 고개를 숙이면 내 바지와 운동화가 보이고 고개를 들면 모두 나를 비웃는 듯한 눈들이 보였다. 컵의 물로 목을 계속 축이다 보니 화장실에 가고 싶었지만 참고 있었다. 일어서는 자체가 부끄러웠다.

'내가 무엇을 잘못한 것일까? 무엇이 부끄러울까?'

"이름이 어떻게 되세요?"

내 앞 남학생이 물었다.

"임현진이요."

"이름은 참 예쁘네요."

이름은 예쁘다고 하였다.

'이름만. 다른 것은?'

끝내 남학생은 자신의 이름을 밝히지 않았다. 내가 묻지 않아서 말하지 않았을 수도 있었다.

엄마는 무슨 일을 하든지 우리 형편 이야기를 자주 하였다.

"우리 형편에, 우리 형편에…"

"송충이는 솔잎을 먹어야 하는 법이여! 뱁새가 황새를 따라가면 가랑이가 찢어지는 법이여!"

'내 주제에 무엇을. 내 형편에 어림없지. 내 형편에 미팅은 무슨…'

지금 이 자리가 빨리 끝나가기만 바랐다. 다락방이어도 내 집에 가서 눕고 싶었다.

'내가 왜 여기에 있을까?'

화장실에 빨리 가고 싶었다. 이들이 다 떠날 때까지 거기서 있고 싶었다. 내가 일어나면 내 뒷모습을 보고 낄낄거릴 것을 생각하면 참고 있었다. 참을 수 있는 데까지 참으려 하였다. 다쳤던 다리가 다시 아팠다. 다나았는데 오늘 다시 아팠다.

"일하면서 공부하기 힘들지 않을까요?"

"아직 안 해 봐서 잘 모르겠어요."

"난 맨날 공부만 하라고 해도 못 하겠던데, 일요일에도 일하나요? 특별 근무인가 뭔가."

"아니요. 쉬어요."

"일을 많이 해서 그런지 손이 참 거치네요. 안 됐다."

'나를 조롱하는 것이 아니라 위로하는 것이겠지?'

내 손을 보아도 특별히 거친 것은 없었다. 시골에서 농사를 지으면 많이 거칠어지기도 한다. 아버지의 손처럼 거친 손도 있다. 나는 지금 하는 일이 시골의 일과는 다르다.

'붓을 잡고 본드를 칠하는데 손바닥을 본 것도 아니고 내 손이 거칠다니 무엇을 본 것일까? 내 손등이 거칠까?'

그저 평범한 손등이었다.

"팔뚝이 튼튼해 보이십니다."

내 팔뚝이 굵다고 하는 것 같다. 그러고 보니 내 팔뚝이 굵어 보인다. 다리를 다치기 전까지는 원단을 날랐다. 무거운 원단을 나르다 보면 힘에 부치고 그것을 이겨내려 노력하다 보면 팔 힘이 세지는 것은 당연하였다. 어느새 내 팔뚝이 굵어져 있었다. 그것은 맞는 말이다. 내 팔뚝이 1년 전보다 훨씬 굵어져 있다는 것을 오늘 알았다. 지금 하는 일도 쉬운 것은 아니다. 운동화에 종일 본드 붓칠을 하다 보면 오후에는 운동화를 들기도 힘들어진다. 붓도 본드의 점성 때문에 오후엔 잘 나가지 않았다.

바지를 입어서 그렇지 다리도 굵었다. 온종일 서서 일을 하다 보면 저녁엔 다리가 많이 부었다. 다리를 머리보다 높게 이불 위로 올려놓으면 좋다고 하는데, 효과는 없었다. 병으로 장딴지를 문지르면 다리가 가늘어진다고 하지만 며칠 동안 문지르다 보면 병을 들고 잠자고 있는 나를 발견하였다. 다리에 신경 쓰는 것보다 온몸의 피곤이 더하였다.

일이 손에 익는다고 고통이 없어지진 않는다. 고통을 참는 인내력이 커지는 것이다.

"일하다 보니 팔뚝이 굵어졌나 봅니다."

"예!"

내가 당황하지 않자 그가 당황하는 눈치였다.

'내가 너무 뻔뻔했나?'

"오늘도 일하시고 나오신 거죠? 피곤해 보입니다."

"예, 조금 피곤해요."

'나를 염려해 주는 것일까?'

남학생들은 무엇이 우스운지 서로 마주 보며 웃었다. 무슨 특별한 대화가 오가는 것은 없었다.

"무척 성숙해 보이시네요?"

"제가요?"

나보고 성숙해 보인다는 말은 처음 들었다.

"예! 처음엔 대학생인 줄 알았어요."

"저도 처음에 그렇게 보았어요."

옆자리 남학생도 그렇다고 하였다.

'그렇게 나이 들어 보이나?'

남학생들이 먼저 화장실을 가겠다고 같이 일어났다. 남학생도 화장실을 같이 가는 것은 처음 보았다. 곧이어 우리도 화장실을 가려 같이 일어났다. 화장실에서 미경이는 나에게 푸념했다.

"학교에 다닌다고 해야지."

"왜?"

"다 고등학교 다닌다고 했는데,"

"오늘 미팅은 망쳤어."

옆에 있던 애가 거들었다.

"미안해. 처음이라 잘 몰라서."

미경이를 제외한 두 명은 입술이 나와 있었다. 나 때문에 모든 일이 망쳐진 것 같아 미안하였다. 미경이는 다른 애들을 다독였다.

"애란아, 현진이는 첫 미팅이라서 잘 몰라서 그래."

"회사 다니는 것이 뭐 대단한 자랑이라고…"

애란이라는 애가 한마디 던졌다.

화장실에 다녀온 뒤에 나의 첫 미팅은 그 카페에서 그렇게 끝났다. 집으로 오면서 일찍 끝나서 다행이라고 생각했다.

'내가 대학생으로 보인다니.'

정말 대학생이 되기까지 미팅은 하지 않아야겠다고 생각했다.

'내게 소녀의 시간은 없을까?'

송아지

　월급이 많다는 사람은 한 번도 본 적이 없다. 여러 이유로 해서 다들 빠듯하게 살았다. 나도 방세를 주고, 쌀을 사고, 반찬을 사고 나면 저축할 여유가 없었다. 부산에 와서 처음 두 달까지는 한 푼도 남는 것이 없었다. 이렇게 생활하다가는 아무것도 얻지 못할 것 같았다. 기본 생활비를 제외하고 저축 먼저 하였다. 상여금이 있는 날은 무조건 은행에 넣고 보았다. 생활비를 최대한 아껴서 돈을 모아야겠다고 생각했다. 집세가 많이 나갔다. 언니가 얻어 준 자취방도 비싼 것은 아니지만, 그보다 싼 방도 있었다. 최대한 저렴한 자취방을 수소문하였다. 회사의 친분이 있는 사람들에게 부탁하였는데 소식이 왔다.

　소개받고 이사한 집은 아주 저렴한 집이었다. 집세가 다른 집의 3분의 1도 안 되었다. 집주인은 거실에서 안방 위로 설치된 다락방에 방문을 달아 월세로 내놓았다. 회사 동료가 살던 집인데 다른 회사로 옮기면서 나를 소개하여 주었다. 마당이 없는 집이었다. 집의 벽과 담장은 사람 둘이 겨우 지나갈 정도의 공간이 있었다. 그것도 거실 쪽으로만 있고 집의 뒷부분은 집의 방 벽이 담이었다. 대문을 들어서면 담장 밑에 방치된 플라스틱 국화 화분 네 개가 버려지듯이 있었다.

집엔 방이 두 개가 있고 방을 연결하는 마루가 곧 거실로 사람 한 명 누울 정도 되었다. 거실은 미닫이 유리창안에 있었다. 마루 끝에 미닫이 유리문을 달아 거실로 만든 것 같았다. 큰 방 문 옆에 거실 벽처럼 보이는 곳에 있는 아주 얇은 문을 열면 나무계단이 숨어 있었다. 얇은 문은 단단히 닫혀 있었다. 힘을 주어 손잡이를 잡아당기면 윗부분과 아랫부분이 파르르 떨리며 열렸다. 합판 한 겹에 책만 한 불투명한 유리 한 장을 사람 키 정도 높이에 끼워 넣어 만든 문이었다. 이 문을 열고 네 계단을 오르면 책상 하나만 한 공간에 냄비 하나 올려놓을 수 있는 가스레인지가 있었다. 부엌인 셈이다. 간단한 요리와 밥을 해 먹을 수 있었다.

부엌이라고 해야 할 곳까지는 서서 움직일 수 있지만, 그다음부터는 머리와 허리를 굽히고 다녀야 했다. 다시 세 계단을 오르면 사람 두 명 정도 누울 공간이 있었다. 이곳은 아주 낮아 기어서 이동해야 하고 이불장 하나 놓을 공간도 없었다. 이곳이 방이었다. 접는 상을 펴면 앉아서 공부할 수 있겠다 싶었다. 부산이 따뜻한 곳이라더니 이 방에서는 난방을 하지 않고도 겨울을 날 수 있다고 하였다. 난방 시설 자체가 없는 방이어서 오히려 난방비를 아낄 수 있을 것 같았다.

부엌에 담 쪽으로 유리창이 있고 방 위 천장은 지붕이었다. 지붕에는 작은 유리창 하나가 뚫려 있었다. 방 청소를 하면서 열어 보려 하였지만 오래된 녹이 눌어붙어 있어 열리지 않았다. 오히려 다행이다 싶었다. 혹시 누가 이곳으로 들어오지 않을까 하는 걱정을 없애 주었다.

전 식구가 사용하는 화장실 하나가 대문 옆 한구석에 있었다. 내가 사용할 수도는 거실 밖 좁은 마당 쪽으로 설치되어 있었다. 씻을 때는 밖에서 대야에 물을 담아 사용했다. 밖에서 내 방으로 오려면 대문을 열고 거실에 있는 미닫이문을 연 다음 내 방 계단 앞에 있는 얇은 문을 열어야 했다. 야근이라도 하면 늦게 들어와야 하는데 주인집에 피해가 될까 봐 소리를 내지 않고 움직였다. 거실에 붙은 미닫이문은 잘 열리지 않아 살짝 들고 밀어야 했다. 힘을 주어 옆으로만 밀면 '끼익 끼익' 소리가 났다. 씻을 때도 소리 나지 않게 물을 대야에 따라 씻고 계단에 오를 때도 발뒤꿈치를 늘 들고 다녔다. 그래도 계단에서는 삐그덕 소리가 들렸다. 요령이 생기면서 나무 계단의 가장자리나 못이 박힌 곳을 골라서 살살 밟으며 이동하였다.

내가 있는 곳은 2층에 해당하고 주인집 안방은 1층이었다. 밤에는 안방에 있는 사람의 숨소리도 들려왔다. 잠꼬대하는 주인집 초등학교 5학년 남자아이의 목소리가 옆에 자는 것처럼 생생하게 들렸다. 내 숨소리를 거기서 들을 수도 있겠다 싶어 한동안 이불을 뒤집어쓰고 잤다. 기침이 나올 때도 이불 속으로 들어갔다. 밥상 위에는 보자기를 깔아 그릇을 올려놓아도 소리 나지 않도록 하였다. 그래도 아주머니의 귀는 예민하였다.

"원래 다락방이라 방음이 잘 안 돼! 조용히 생활하자!"
"너무 늦게 안 다니면 좋겠다. 야근을 꼭 해야 하는 거야?"

대문은 열 때마다 녹슨 쇳소리를 냈다.

회사는 수출 물량이 많아 일거리가 많았다. 다른 사람들은 야근하지 않으려 한다는데 나는 야근을 바랐다. 야근 수당이 낮보다 나았다. 할 수만 있으면 더 늦도록 하고 싶었다. 나 혼자 하는 일이 아니라 같이 일하는 조가 함께 움직여야 해서 마음이 맞아야 했다. 그것도 버스 시간도 맞춰야 했다. 야근을 싫어하는 다른 사람들에겐 조장의 독려가 있기도 하였다. 나는 한 번도 거절한 적이 없어 당연히 야근하는 사람으로 알려졌다. 주인아주머니는 전에 세 살던 사람보다 야근을 많이 한다는 말을 자주 하였다.

"여자가 밤늦게 다니는 것이 아니야! 일찍 다녀야 해! 늦은 밤은 위험해! 엄마 같아서 하는 소리야!"
아저씨는 나보다 훨씬 늦은 시간에 위험하게 퇴근하셨다. 시내버스 운전을 하신다는 아저씨와는 거의 마주치는 일이 없었다. 새벽에 들어올 때도 있었지만 남자여서 괜찮은 거 같았다.

아주머니는 퉁퉁한 편에 늘 화장기 없는 거무스름한 얼굴이었다. 팔뚝은 아주 굵었다. 아주머니는 원래 시장에서 장사하였다는 말도 있고 술집에서 술을 팔았다는 말도 있었다. 팔을 보면 장사를 했던 것 같았다. 특별한 날 시내에 나간다고 화장을 한 것을 보면 아주 진하고 선이 굵은 화장을 하였다. 눈동자를 중심으로 위와 아래에 아주 검게 칠해 판다 곰이 생각났다. 눈 위에로는 진한 파란색을 칠해 멍든 것처럼 보였다. 선명한 붉은 입술은 원래 입술 모양보다 조금 크게 발라 두꺼운 입술이 더 두꺼워 보였다. 눈썹이 원래 거의 없어 새로 그려 넣었는데 두꺼운 붓글씨 펜으로 그린 것같이 검고 두껍게 칠했다. 눈과 입을 빼고는 밀가루보다 더 흰색의 새하얀 화장을 했다. 나는 무대 위 무용수들의 과장된 화장이 떠올랐다.

애기는 없어 아들 하나를 늦게 낳았다고 하는데 늦게 결혼한 것이 아닌가 생각되었다. 휴일에 집에 있어 보면 아주머니 친구들이 하나둘씩 모여들었다. 안방에서 술을 드시거나 화투를 치셨다. 어떤 날은 서로 목소리를 높여 싸우기도 하였다. 그다음 주에 다시 모여 큰소리로 웃고 떠드는 것을 보면 아주 친한 사이로 보였다. 가끔 주인집 아들이 투정을 부렸다.

"엄마! 매일 술이야?"
"엄마! 조용히 좀 해. 공부 좀 하자!"

나는 주인집 아들인 민혁의 공부하는 모습을 한 번도 보지 못하였다.

"니가 언제부터 공부했다고 그래! 어른들 노는데 조용히 해! 니 방 가서 공부해!"
"내 방에서도 시끄러워!"

아주머니는 민혁에게 일본제 게임기를 사 주었다. 민혁이는 어머니의 바람대로 자기 방에서 늘 게임을 하였다. 밖에서 세수하다가 민혁이의 게임 중 환호하는 소리에 깜짝 놀라는 일이 많았다.

나는 시골집에서부터 아침을 먹던 습관이 있어 늘 아침을 챙겨 먹었다. 아침을 거르면 회사에서 일할 수 없었다. 종일 서서 일을 해야 하는데 머리가 멍해지고 집중이 되지 않았다. 사고의 위험이 있었다. 다행히 아침 일찍 재첩국 파는 분이 금방 끓인 재첩국을 골목마다 다니며 팔았다. 한번 사면 이틀이나 사흘은 먹을 수 있었다. 김치가 떨어지면 아침밥을 재첩국에만 말아 먹고 다녔다. 그것이라도 먹으면 오전을 버틸 수 있었다. 회사 식당에서 주는 점심과 야근을 하면 저녁도 해결되었다.

야근을 자주 하면서 일찍 퇴근하는 것을 거의 잊어버렸다. 초저녁에 퇴근하다 보면 시내버스에서 교복 입은 많은 학생들을 만났다. 교복이 그렇게 예뻐 보이긴 처음이었다. 단발이건 장발이건 얼굴도 예쁘고 말소리도 깨끗하였다. 나는 색이 조금 바랜 청바지에 와이셔츠나 티셔츠를 입고 다녔다. 나는 어른이었다. 학생들은 버스비를 할인받는데 나는 학생이 아니었다. 야간 고등학교에라도 다닌다면 교복이 있고 학생 할인을 받을 수 있었다. 버스 기사 아저씨에 따라 학생으로 봐 주시는 분도 있고 학생증을 보자는 사람도 있었다. 많은 사람 앞에서 '학생이다', '아니다'를 이야기하는 것이 창피하여 언제나 어른 표를 끊고 다녔다. 서너 정거장 정도는 걸어 다녔다. 여고생들은 어깨가 처질 정도의 가방을 들고 다녔다. 무거워 보이는 가방을 나도 들어 보고 싶었다. 그 속에 무엇이 있는지 열어 보고 싶었다.

'어떤 책들이 있을까? 노트는 어떻게 썼을까?'

내년에는 꼭 야간 고등학교에 입학해야겠다고 생각했다. 지금은 돈을 모아야 할 것이고 내겐 명확한 내일이 있었다.

생활비를 아끼면서 통장에 적은 돈이지만 쌓여 간다는 기쁨이 있었다. 누구의 도움 없이 내가 번 돈이었다. 언젠가는 꼭 필요한 곳에 쓸 것이다. 2년, 3년이 길게 느껴졌다. 빨리 시간이 가서 많은 돈이 모이기를 바랐다.

엄마가,
"인생이 내 마음먹은 대로 되면 고생할 사람 한 명도 없을 것이다!"
라고 하셨듯이, 내 인생도 내 마음대로 할 수 있는 것이 거의 없었다. 내가 하고 싶은 대로 하지 못할 명확한 이유가 생겨났다.
돈을 많이 모으려 했었다. 그래야 고등학교도 가고 대학교도 갈 수 있다. 시집을 가게 된다면 대학 졸업 이후일 테니 그때 생각해도 된다. 지금은 대학교까지만 생각하기로 하였다. 그것마저도 마음대로 할 수 없는 일들이 생겼다.

집에서는 아버지가 술로 사신다는 이야기가 자주 전해져 왔다.
'언니가 부산으로 가고 나서 너무 많이 드시는 것 같아. 술로 사시나 봐.'
내가 옆에 있다고 해결되는 것은 아니었지만, 무엇인가 도움을 드리고 싶었다. 아버지는 할 일이 없으셨다. 밭이나 논이 적어 할 일이 부족하셨다. 어린 가축을 사 드려야겠다고 생각했다. 돼지는 있고 '송아지'를 사 드리면 풀을 베어야 하니 아버지 소일거리가 될 것이다. 크면 새끼를 낳을 것이고 논일을 시킬 수도 있었다. 통장의 모아 놓은 돈을 전부 털어 보았다. 송아지를 사기에는 부족하였다. 조금 모자라는 것은 언니에게 빌리면 되겠다 싶었다. 언니의 동의만 있으면 언니 돈은 내가 천천히 갚으면 될 것이고.

송아지가 크면 적은 밭이나마 밭을 갈거나 한 마지기 논을 가는 데 이용할 수도 있을 것이었다. 우리 집엔 산비탈을 개간한 밭이 조금 있었다. 개간한 밭은 자갈이 많았다. 아버지와 어머니는 할아버지 산에 나무를 베고 나무뿌리를 캐내었다. 캐낼 수 있는 바위는 캐내고 너무 큰 바위 세 개는 밭에 섬처럼 박혀 있었다. 그렇게 해서 우리 집에 산비탈 밭이 생겼다. 조금 좋은 밭이 마을 어귀에 하나 더 있었는데 그것은 할아버지가 주신 밭이었다.

밭은 농작물을 심기 전에 갈아 주어야 한다. 경운기나 소를 이용해서 쟁기로 갈아야 하는데 우리는 큰아버지 경운기의 도움을 받았다. 경운기는 큰집 일을 다 마치고 우리 밭을 갈아 주었다. 큰집에는 농사가 많았다. 아버지는 큰아버지가 경운기를 가져올 때까지 혼자 삽으로 밭을 파서 갈았다. 아버지 혼자 그 밭을 전부 삽으로 파서 가는 데는 많은 노력이 필요했다. 종일 일을 하시니 점심을 내가 가지고 밭으로 갔다.

"아버지 힘드시죠?"

"괜찮다."

하시면서도 아버지는 밭둑에서 점심을 드시다가,

"소가 있으면 좀 수월할 텐데."

집에 소가 있으면 밭일 뿐 아니라 논일도 시킬 수 있고 송아지를 낳으면 그걸 팔아 이윤도 남길 수 있었다. 소는 겨울이 아닌 철에는 풀을 먹이고 겨울에는 볏짚을 먹일 수 있어 사룟값이 거의 들지 않았다. 경운기만 못하겠지만, 산비탈 밭은 경운기보다 소가 나을 수도 있었다. 비탈진 곳에 소의 접근이 더 쉬울 수 있었다.

큰아버지는 다른 집일을 마치고 시간 나면 우리 밭에 오기 때문에 우리 밭일은 늘 늦었다. 우리 밭일은 잠시 와서 하면 되는 일이었고 돈거래도 없는 일이었다.

"조금 기다리면 내가 와서 할 텐데 뭣 하러 삽질이여?"

"바쁘면 나 혼자 해도 되는데…"

"다른 일을 마치고 오느라 조금 늦었어."

큰아버지는 늦게 오셨고, 아버지가 삽으로 대부분 밭을 갈아엎었다.

"이 밭은 맨 자갈이라서 경운기 쟁기가 다 고장 나겠다."

산을 개간한 밭이라 고운 흙이 아니고 경사도 있어서 경운기를 움직이기에 불편하게 생긴 것은 맞는 말이었다. 아버지는 큰아버지에게 늘 미안해하였다.

"경운기 고장 나겠으니 그냥 놔둬요. 내가 해도 되는데."

"이왕 왔으니 마치고는 가야지."

어느 해에는 큰아버지가 너무 늦게 밭을 갈아 주었다. 그 해는 감자 파종하는 시기를 놓쳐 수확을 거의 못하였지만, 아버지는 아무 말도 하지 않으셨다. 그 뒤로는 아버지가 삽으로 밭을 갈았다. 큰아버지는 그것을 몰랐다.

"언니! 시골집에 송아지 한 마리 사 드릴까 하는데."

내 생각을 언니에게 말했다.

"무슨 돈이 있어서?"

"조금 모아 놓은 것에다가 언니가 조금 보태 주면 될 것 같아."

"너 고등학교는 안 가?"

"다시 모으면 되고 고등학교 가는 데 큰돈은 들지 않더라고."

"대학교는? 너 대학교도 간다며?"

"다시 모으면 되지."

언니는 내 고집을 알고 있었다.

내가 모은 돈 전부하고 조금 부족한 것은 언니가 채워 넣기로 하였다. 언니는 아니라고 하지만, 내가 산 것이니 내가 갖겠다고 하였다.

내가 갑자기 시골집에 들르자 엄마와 아버지는 내게 무슨 일이 생긴 줄 알고 많이 놀라셨다.

"아버지! 제가 모은 돈하고 언니 돈 보탰어요. 송아지 사시라고요."

"네가 무슨 돈이 있다고."

막무가내인 아버지를 설득하느라 시간이 걸렸다.

"애들이 주는 것이니 받고 송아지 키워서 불려서 갚아 주면 좋죠."

엄마의 말에 마지못해 받으셨다.

"내일 당장 사자. 잘 키워서 갚으마."

아버지는 작은 소시장 바닥을 열 번은 더 도셨다. 본 송아지를 또 보고, 다시 와서 또 살펴보고 아버지 마음에 드는 암송아지를 사 오셨다. 그렇게 아버지에게 송아지를 선물하였다.

아버지는 돼지우리 옆 재를 쌓아 두던 곳을 외양간으로 개조하셨다. 송아지를 사 오던 날부터 아버지는 종일 송아지 옆에 앉아 있었다. 가만히 송아지를 바라보기도 하고 송아지에게 무슨 말을 걸어 보기도 하였다. 손을 내밀어 송아지 얼굴을 쓰다듬고 송아지 머리를 매만졌다. 밤에도 송아지 옆에 앉아 송아지가 잠드는 것을 보고 싶어 하셨다. 매일 송아지를 쓰다듬고 송아지 옆에만 붙어 있어 어머니의 핀잔을 많이 들었다.

"배 아픈 사람 배 쓰다듬듯이 매일 송아지만 쓰다듬고 있어요?"

"현진이 송아지여!"

"그걸 누가 몰라요?"

아버지의 술 드시는 날이 줄어들었다. 엄마는 아버지가 술 드시는 것이 준 것은 잊었고 송아지와 붙어 있는 것만 불만이셨다.

"송아지가 잘 크면 좋지."

"다른 일은 안 하고요?"

아버지에게 다른 일이 없었다. 어디 가서 돈을 벌어 오라는 말을 이렇게 하셨다. 엄마는 아버지가 하는 일마다 손해를 본 것도 잊은 모양이었다.

아버지는 밭일을 하실 때도 밭둑에 송아지를 묶어 놓고 일을 하셨다. 논일을 하실 때는 논둑 옆에 송아지를 묶어 놓았다. 송아지를 비누로 목욕도 시켰다. 마을에선 뭐하러 소 목욕을 사람 씻기듯이 매일 하느냐고 말들이 많았다.

"어째 소를 매일 목욕 시켜?"

"사람이나 소나 깨끗해야 병균이 달려들지 않는 법이죠."

"그렇게 안 해도 소는 원래 들에서도 잘만 크는 짐승 아닌가?"

"사람이나 짐승이나 마찬가지죠, 위생 상태가 좋아야 건강하죠."

"그러면 유기농 풀만 먹이지 그러는가?"

"그러고 싶은 마음에요."

아버지는 농약을 친 논이나 밭의 근처의 풀은 건드리지 않고 멀리 산 속에서 풀을 뜯어 와 송아지에게 먹였다. 송아지 먹일 풀이 조금이라도 이상하다 싶으면 냇물에 씻어 먹였다. 흙이 묻었거나 밭 주인이 언제 농약을 쳤는지 모르면 집에 와서도 씻어서 먹였다. 사람이 먹는 보리쌀을 한 줌씩 몰래 주다가 엄마에게 들켜 큰 소리가 났다.

"사람 먹을 것도 없는데 송아지만 먹이면 다예요?"

그래도 엄마 몰래 콩이나 보리를 한 줌씩 송아지에게 먹였다. 송아지는 아주 잘 자라 주었고 아버지도 잘 따랐다. 송아지는 사 올 때 어려서 목에 줄을 매어 끌고 다녔다. 송아지가 하루가 다르게 자람에 따라 송아지를 다루기가 아버지 힘에 부쳤다. 송아지는 아버지 마음대로 움직여 주지 않았다. 송아지가 마을 앞의 밭으로 들어가 깻잎을 뜯어 먹었다. 밭 주인이 싫은 소리를 하였다.

"송아지를 잘 다루어야지 남의 깨밭을 뭉개면 되는가?"

"사람이면 그렇게 했겠어요? 송아지니까 그런 걸 그렇게 뭐라고 해요?"

아버지는 마을 어른과 말다툼을 하였다. 아버지가 마을에서 싸우는 것은 처음 있는 일이었다. 누가 보더라도 아버지의 억지였다. 평소 아버지를 아는 분이기에 그냥 넘어갔다.

주위에서는 어리지만, 코뚜레를 해야 한다고 하였고 아버지는 아직 어리다고 하였다. 송아지가 자주 남의 밭으로 뛰어다녔다. 통제가 안 되자 아버지는 마을 사람들에게 부탁하여 송아지에 코뚜레를 뚫어 주었다. 송아지를 움직이지 못하게 단단히 묶고 콧구멍 양쪽을 구분하고 있는 얇은 막을 나무 가지를 날카롭게 깎아 뚫었다. 아버지는 송아지가 아파하는 것을 차마 보지 못하였다. 코뚜레를 한 송아지는 줄을 놓아도 강아지처럼 아버지를 졸졸 따라다녔다. 아버지도 송아지를 강아지처럼 키웠다.

아버지는 마을 회관이나 마을 어른들 앞에서 매일 자랑을 하셨다.
"우리 현진이가 사 준 송아지여!"
마을 사람들은,
"현진이가 효녀네!"
아버지는 그 말을 듣고 엷은 미소를 지었다.

아버지의 그 송아지가 두 달 만에 죽었다.
아버지는 저녁에 송아지를 씻기러 냇가로 가고 계셨다. 마을 앞길은 냇물을 끼고 나 있었다. 냇물은 좁은 시멘트 길을 따라 옆으로 붙어 3m 정도 아래에 있었다. 길옆엔 난간이 없고 돌을 드문드문 놓아 경운기나 손수레가 빠지지 않도록 하였다. 아버지가 끌고 가던 송아지와 큰아버지가 타고 오시던 택시가 만났다. 택시는 경적을 울렸고 놀란 송아지는 냇물의 풀 더미로 뛰어내렸다. 풀이 난 곳은 실제 높이보다 낮게 보였다. 송아지는 그 자리에서 다리와 목뼈를 다쳐 일어나지 못하였다.

딱히 누구의 잘못도 아니었다. 마을 어른들은 좁은 길에서 경적을 울린 사람이 잘못 하였다고 하였으나 그렇다고 송아짓값을 물릴 정도는 아니라고 하였다. 아버지는 송아짓값을 물어 달라고 하지 않으셨다. 송아지를 살려 달라고만 하셨고 눈물을 보이셨다.

"내 송아지가 아니여! 우리 현진이 것이여!"

마을 어른들이 회관에 모여 회의를 하였다. 송아지를 마을에서 사서 잡자고 하였다. 아버지는 송아지를 팔지 않고 묻어 주려고 했다가 무슨 이유에선지 갑자기 마음을 바꿔 마을에 팔기로 하셨다. 큰아버지는 아버지를 위로하셨다.

"그러게 왜 송아지를 매일 씻기고 그려! 송아지를 매일 씻기는 사람이 어딨어?"

큰어머니도 거들었다.

"그래도 죽은 송아지인데 마을에서 거의 제값을 쳐 주어서 다행이네요. 원래 짐승은 사람 손을 타면 오래 못살아요."

큰아버지나 큰엄마의 말은 아버지 귀에 들리지 않았다. 그럼에도 큰엄마의 이야기는 계속되었다.

"송아지가 죽어서 우셨다면서요? 삼촌이 송아지와 정이 많이 드셨는데 안타까워요. 이제 죽은 송아지는 잊으세요."

아버지는 막걸리를 벌컥벌컥 들이켜시고 막걸리 바가지를 던지듯이 내려놓았다.

안전사고

◇◇◇◇◇◇◇◇◇

회사에는 크고 작은 사고가 늘 있었다. 우리 회사에서는 프레스가 가장 위험하였다. 위에서 강한 힘으로 내려와 프레스에 붙어 있는 칼날이 질긴 원단을 모형대로 잘랐다. 거기에 손을 넣어 잘린 사람이 많았다. 손끝을 잘리는 것은 자주 있는 일이고 손가락 전체가 잘리는 경우도 있었다. 손가락을 잘렸다가 우유에 담아 다시 붙인 사람도 있었다. 안전 장갑이 개발되어 장갑을 착용하게 하였지만, 불편하여 적응하기까지 시간이 걸렸다. 면장갑을 착용하다가 두껍고 무거운 안전 장갑을 착용하면 감각이 무뎌져 기계 안으로 손이 더 자주 들어갔다. 하루 종일 일을 하는데 땀이 많이 차서 습진이 생기는 사람도 많았다. 숙련된 사람들만 프레스를 만졌고 그 근처에서는 늘 긴장감이 돌아 말도 함부로 하지 않았다.

접착제를 바르는 부서는 보이지 않는 고통이 있다고 호소하였지만, 누구 하나 듣는 사람이 없었다. 회사에서는 그럴 리가 없다고 했다. 안전한 접착제를 사용하고 있으며 사용법대로만 사용하면 인체에 해가 없다고 하였다. 하지만 오랫동안 근무한 분은 여기저기가 서서히 아파서 생활을 할 수 없다고 하였다. 문제는 원인이 드러나지 않고 원인을 모르니 병원에서도 치료 방법을 몰랐다. 일단 고통을 줄여 주는 약을 처방하여 주었고, 나중에는 회사를 떠나야 했다. 회사를 떠난 분 몇이 모여 회사 앞에서 피켓을 들고 서 있었는데 하루 만에 사라졌다. 회사에서 내쫓았다고도 하고 보상을 조금 해 주었다고도 하였다. 그분 때문에 접착제나 고무 냄새가 해로울 수 있다는 경각심을 갖게 되어 회사에서는 마스크를 꼭 쓰고 일하게 하였다. 회사에서 준 마스크는 매우 불편하였다. 숨을 쉬기 불편하여 피로가 가중되었다. 회사에서 제공된 마스크 대신에 면 마스크만 쓰고 일하는 사람이 많았다.

내가 일하는 곳에서 안전사고는 지금까지 한 번도 없었다. 일어날 일이 없었다. 창고에서 원단을 필요한 곳에 작은 수레로 이동하고 정리하는 일이다. 계속 움직여야 해서 앉아 쉴 틈이 없었다. 피곤해서 꺼리는 것이지 특별히 주의를 요구하는 곳은 전혀 없었다. 처음 자기 부서를 배정받으면 좀처럼 타 부서로 이동하는 것을 서로 꺼렸다. 안전에 대한 생각보다 자기 일이 손에 익으면 그것이 제일 편했다. 프레스로 원단을 자르는 것이 아주 위험해도 한 번 이곳에서 기술을 익힌 사람들은 거기서 계속 일하고 싶어 하였다. 앉아서 적당한 속도와 위치에 원단을 얹어 놓고 프레스에 붙은 칼날이 원단을 찍어 내듯이 오려내면 그것을 빼고 새 원단을 얹어 놓았다. 온종일 이것을 반복하다 보면 눈 감고도 가능한 수준이 되었다. 좀처럼 사고가 나지 않지만 아주 드물게 잡생각을 하다가 보면 손가락이 잘렸다. 여기에서 일하는 사람들은 앉아서 하는 일이라 아주 편하다고 생각하였다. 사고는 재수가 없는 사람이 나는 것이고 자신에게는 절대로 그러한 일이 일어나지 않을 것이란 확신이 있었다.

아침 작업이 시작되었을 무렵에 프레스 기계 앞에서 비명이 들려왔다. 작업을 멈추라고 하고 기계를 멈추라는 소리와 울부짖는 소리가 뒤엉켜 무슨 일인지 전혀 파악할 수 없었다. 유리 언니 건너편의 언니가 팔을 잡고 있었다. 성 주임이 바로 손을 감아 흰 붕대만 보였다. 그래도 경험이 많은 성 주임이 프레스에서 잘린 손가락을 수습하였다.

"우유! 우유! 우유 가져와!"

옆에 있던 언니가 식당으로 달려가서 우유를 얻어왔다. 잘린 손가락 두 개는 온전한데 하나는 잘린 상태에서 여러 번 잘렸다. 그 상태로 응급조치하고 손가락을 우유에 담아 들고 병원으로 갔다. 한동안 기계가 멈춰 서고 서로 걱정을 하고 있었다. 조 대리는,

"안전에 신경 쓰면서 작업은 계속합시다!"

라고 했지만, 작업할 기분이 전혀 아니었다. 그래도 쉴 수는 없었다.

"큰 걱정하지 마세요. 요즘엔 의술이 발달 돼서 봉합할 수 있습니다. 어서 일해!"

조 대리의 다그침에 다들 없었던 것처럼 자기 일을 하였다. 점심이 이렇게 맛없기는 처음이었다. 나 말고도 많은 사람들이 밥을 남겨 잔반이 많았다. 유리 언니는 이런 사고가 지난해에도 두 번 있었다고 하였다.

"손가락이 붙었어?"

"붙기는 하였는데 제대로 기능을 하기는 힘들어서 둘 다 못 돌아왔어."

"어떡해…"

"경비실에 이경준 아저씨 손을 잘 봐. 오른손이 없을걸?"

"맞아, 흰색 장갑만 끼고 다니시고 친절하신데."

"그분도 회사 초기에 손을 거의 다 잘리셨다고 들었어."

"병원비는 어떻게 해?"

"회사에서 병원비는 주겠지. 그러면 뭐해. 장애인 되고 회사 잘릴 텐데."

유리 언니는 회사에서 다치면 여러 가지로 자기만 손해라고 절대로 다치지 않게 주의하라고 당부하였다.

회사에서는 한 번 사고가 나자 다음 주에 연이어 사고가 났다. 이번에는 회사 트럭이 물건을 내리려 후진하다가 하역하는 직원을 다치게 하였다. 바로 후송되었는데 문병 다녀온 사람들 말은 다리가 정상으로는 돌아오지 못할 것이라고 하였다. 그 날 퇴근 시간에 특별 안전 교육이 있었다.

다치고 싶어서 다치는 사람은 없을 것이다. 개인의 부주의로 인한 사고도 있고 회사의 작업 진행 방식에도 사고의 요인은 있었다. 하지만 회사는 오로지 개인의 부주의로 인한 사고만 이야기하였다.

"작업량이 많으니까 다 소화하려고 무리하다가 사고가 나지 뭐."

상처를 입은 언니는 부산에서 봉합할 수 없었는지 서울로 이송되었다. 서울로 가도 손가락 두 개는 붙여서 어느 정도 기능을 할 수 있지만, 나머지 하나는 힘들 것이라고 하였다. 그 언니는 얼굴이 자그마하고 로션만 발라도 얼굴에서 빛이 날 정도였다. 큰 눈에 손으로 쓸어내린 것 같은 코가 옆모습도 아름답게 만들었다. 다른 사람과 눈이 마주치면 살짝 웃어 주던 언니였다. 나보다 두 살이나 위인데 말수도 적고 내 앞에서도 수줍어하였다. 어른들은 얼굴은 예쁜데 손가락 장애가 있으면 남자들이 싫어할 것이라고 하였다. 다치면 시집갈 때 힘들 수 있다고 다치지 말라고 하였다.

　나도 안전에 대한 생각은 다른 사람들과 마찬가지였다. 물류 창고와 작업대를 오고 가는데 위험한 것은 전혀 없었다. 수레에 싣는 원단의 양은 프레스 기계에서 일하는 속도를 보아가며 내가 정하였다. 조 대리나 성 주임이 일을 재촉하여도 다른 사람들에게나 필요한 말이었다. 다른 사람들이 일을 많이 하면 많이 가져다주면 되었다.

　평소처럼 물류 창고에서 원단을 수레에 담고 있었다. 싣는 중에 창고 지붕에서 소리가 들리는 듯하였다. 지게차가 컨테이너 위에 원단 상자를 올려놓다가 상자가 제자리를 찾지 못하고 나를 향해 떨어지고 있었다. 이런 일은 전혀 예상하지 못한 일이었다. 내가 운동 신경이 있었더라면 피할 수도 있었을 것이다. 기껏 피한다는 것이 뒤로 돌아 한 발짝 내민 것이 전부였다. 상자는 내 왼쪽 다리 위로 떨어졌다. 머리 위로 떨어졌으면 더 큰 일 날 뻔하였다. 회사 창립 이후로 이런 사고는 처음 있다고 하였다. 지게차 운전기사는 입사한 지 두 달이 안 되어 해고되었다. 나중에 그런 사실을 알고 해고는 하지 말아 달라고 김 과장에게 부탁하였더니 본인이 그만두었다는 소리만 들을 수 있었다.

　그 날부터 병원에 입원하였다. 친언니가 바로 저녁에 찾아왔다.

　"언니! 시골집에는 절대로 연락하지 마!"

　언니는 나를 잠시 쳐다보더니 고개를 끄덕였다. 장딴지 뼈가 부러지고

발목에 인대가 손상되었다. 머리나 가슴 위로 떨어지지 않기를 천만다행이었다. 의사 선생님은,

"안정을 취하고 누워 있어야 합니다."

라며 다리에 깁스하고 움직이지 못하게 하였다. 걱정이던 병원비는 회사에서 보험 처리를 해 준다고 하여 해결되었는데 일을 못 하게 되어 월급이 거의 없었다.

'이번 달 적금은 어떻게 하지?'

물건이 다리 위로 떨어질 때 물건에 맞아 주저앉아 있었다. 그다지 큰 고통은 없었다. 조금 있다가 사람들이 달려오고 다리 위의 물건을 치우면서 다리의 통증도 같이 왔다. 응급조치랄 것도 없었다. 들것에 실려 바로 병원으로 왔다. 병원에서는 다리를 석고로 고정했는데, 별 대수롭지 않게 반응하는 의사 선생님이나 간호사 언니의 말에 안심하였다. 적어도 심각한 중증은 아니었다.

병원 입원실에는 여섯 명의 환자가 누워 있었다. 세 분은 할아버지, 할머니이고 두 분은 중년의 아줌마 아저씨였다. 그중 아저씨가 제일 거동이 자유로워 어른들의 시중도 들어주고 TV 채널을 돌려가며 자주 호탕하게 웃으셨다.

나는 언니가 가고 혼자 입원실에 누워 있었고 다른 네 분은 보호자가 환자 옆에서 같이 쪽잠을 잤다.

'왜 내가 여기 있어야 할까?'

부모님이 모르시는 게 다행이다 싶은데…….

'엄마는 무엇을 하고 계실까? 나는 무엇 때문에 여기 있을까?'

딸이 많았지만 감기만 걸려도, 소화가 안 되어 체하기만 하여도 엄마

는 머리도 만지고 배를 쓰다듬어 주었다.

'엄마의 손이 약손이었을까?'

고통이 없어졌다. 지금은 엄마의 손이 그립다.

병원의 밥은 맛이 없다. 다이어트를 시키는 것 같다. 아침 일찍 재첩국에 밥만 말아 먹던 것에 비하면 맛있는 반찬인데 전혀 맛이 없다. 적응하지 못한 탓이다.

사흘 동안은 언니가 왔고 유리 언니랑 아는 언니들도 다녀갔다.

조 대리도 왔다 갔다. 의외였다.

"재수가 없다고 생각해라. 회사 창설 이래로 물류 창고에서 안전사고가 난 것은 네가 처음이다."

"그래도 다른데 다치지 않은 것이 얼마나 다행이냐?"

가는 길에 한마디 덧붙였다.

"이제 원단 배송은 못 하겠구먼."

혼잣말인지 나를 들으라고 하는 말인지 모르겠다.

이제 그 일은 더는 못할 것이다. 다리를 한동안 절 텐데 힘을 써서 움직이진 못할 것이다. 다 나았다고 해도 몸 상태가 어떻게 될지 예측할 수 없었다.

'빨리 나아서 출근해야만 할 텐데.'

한 푼이라도 벌어야 생활을 하고 고등학교에 진학할 수 있을 것이다.

한 달이 되면서 지팡이에 의지해서 움직일 수 있었다. 의사 선생님에게 퇴원을 요청했다.

"다른 사람들은 더 입원하겠다고 하는데……."

퇴원의 책임을 내게 돌리고 퇴원하였다. 딱 한 달을 누워 있었다. 지팡이를 짚고 설 수 있을 정도가 되기까지. 얼른 회사에 나가고 싶었다. 한 푼이라도 더 벌어야 하는데 병원에 누워만 있을 수는 없었다. 혹시 시골집에 내가 병원에 입원했다고 알려지면 부모님께 걱정만 끼쳐 드릴 것이고 당장 부산으로 오실 텐데 돈만 더 드는 상황이 될 것이었다.

자췻집에는 한 달을 못 들어갔다. 그래도 수도세와 전기세의 기본료는 내야 한다고 하여 언니가 월세를 내주었다. 지팡이를 짚고 내 다락방 나무 계단을 오르내리는 것이 불가능하였다. 무릎을 꿇고 기어서 다녔다. 내려올 때는 뒷걸음으로 내려올 수 있었다.

회사에서 해고를 당하지 않을까 걱정이 되었다. 내가 하던 일은 다른 사람이 할 것이고 새로 사원을 뽑았다면 내가 할 일은 없어지는 것이다.

서둘러 김 과장을 만났다.

"좀 더 쉬지 어떻게 왔어?"

"이제 움직일 수 있어서요."

"지팡이를 짚고 움직이는 게 정상은 아니지."

"일하려고요."

"그 몸으로?"

"다리만 조금 불편하지 다른 데는 괜찮아요."

"글쎄, 새로 사원을 뽑아서 현진이가 하던 일을 하고 있고…"

"다른 부서는요?"

"모레 다시 와 봐. 일단 알아보자."

인사를 하고 나왔지만 내 개인 사정으로 회사를 못 나오게 된 것은 아니었다. 내가 아픈 것도 내 잘못은 아니란 생각이다. 내 몸 상태에 따라서 일할 부서를 마련하는 것은 회사의 일이지 내가 사정해야 하는 일은 아니란 생각이 들었다. 다친 것도 속상한데 일자리까지 없어진다면 내겐 부당한 일이다.

의사 선생님은 지금 움직이지 말고 잘 관리해야지 잘못하면 평생 장애를 입을 수도 있다고 하였다. 버스 정류장까지 걷는 내내 쉬었다가 가기를 반복하였다.

'이 몸으로 일할 수는 있을까? 병원에서 더 쉴 걸 그랬나?'

병원에 있다고 해서 특별한 것은 없어 보였다. 누워 있다가 운동하라고 해서 병원 복도를 가끔 왔다 갔다 하는 것이 전부였다. 그래도 그게 운동이 되었나 보았다. 지팡이를 놓지 않았는데도 통증이 왔다.

집에 오는 데 오랜 시간이 걸렸다. 버스를 타고 내리는 것부터 내려서 집에 오기까지 쉬엄쉬엄 오느라 시간이 꽤 걸렸다. 출근하는 것도 은근히 걱정되었다. 아침 버스는 늘 붐비는 데다가 나를 태워주지 않고 갈 버스도 많을 것이고 걷는 것도 시간이 오래 걸릴 것이 예상되었다.

'하루라도 빨리 나아야 하는데, 더는 통증이 없어야 하는데.'

찬물로 찜질하고 생전 처음 기도를 하였다. 내 기도를 들어줄 아무 신이나 듣기를 바랐다.

'얼른 나아서 일할 수 있게 해 주세요. 아프지 않게 해 주세요.'

다행인 것은 하루가 다르게 낫고 있는 것을 느낄 수 있었다. 통증도 없어지고 걷는 속도도 빠르게 회복되었다. 여전히 자취방에서 움직일 때는 무릎을 꿇고 다녔다. 회사에서는 내 일자리가 없다고 미루다가 유리 언니가 찾아왔다. 앞서서 운동화 밑창에 본드 붙이는 자리가 있다고 김 과장의 이야기를 전하였다. 난 무척 고마웠다.

"다행이다. 고맙기도 하고."

"수출 물량이 늘어서 사람을 더 써야 해서 자리가 난 거야. 물량이 안 늘었으면 절대로 자리를 내줄 인간들이 아니지."

그래도 일을 할 수 있다는 소식이 반가웠다.

"거기서는 꼭 마스크 쓰고 일해."

본드 냄새에 중독될 수도 있었고, 얼마나 인체에 피해가 가는지 알려진 것이 없어서 더욱 위험하였다. 나는 그래도 앉아서 일 할 수 있어서 다행이라 생각했다. 무엇보다 돈을 벌 수 있다는 사실이 다행이었다.

다음 주부터 출근이어서 조금 더 다리가 나을 시간이 있었다. 출근은 걷다가 쉬는 시간을 고려하여 평소보다 한 시간 정도 일찍 나섰다. 퇴근은 상관없지만 늦게 출근해서 싫은 소리를 듣는 것은 고역이었다. 조 대리를 만나면 여지없이 상스런 욕을 들을 것이다.

김 과장은 늘 하던 말투로 아주 부드럽게 미소를 지으며 이야기하였다.

"일자리가 없는데 내가 자리를 마련해 주어야 한다고 이사님께 특별히 부탁했어."

"감사합니다."

그 말이 듣고 싶었을 것이다. 갑자기 수출 물량이 늘어 일손이 부족하다고 듣고 있었다. 나도 여기에서 일한 지 꽤 되어서 공장 분위기만 보면 어느 정도 파악이 가능하였다.

새 일은 손에 익지 않아 모든 면에서 어설펐다. 본드가 작업복이나 맨살에 묻었다. 조 대리는 기다렸다는 듯이 잔소리를 해댔다.

"본드가 옆 날개에 묻으면 어떡해? 운동화 버리잖아! 운동화 한 짝 만들고 퇴근할 거야? 왜 이렇게 꾸물거려?"

조 대리는 앞에서 대놓고 이야기하는 것뿐 아니라 뒤로 돌아서며 들으라는 것인지 혼잣말인지 모를 이야기도 곧잘 하였다.

"회사가 지들 공짜로 밥 먹여 주는 데야?"

조 대리의 애사심은 남달랐다. 내가 조 대리를 몰랐더라면 벌써 울고 뛰쳐나갔을 것이다. 무엇보다 서운한 것은 유리 언니와 떨어져서 일해야 한다는 것이다. 나는 새로 사람을 사귀는 데 시간이 걸렸다.

다들 낯설기도 했지만 사십 대 초반 정도 되는 아주머니 한 분이 계셨는데, 조 대리 못지않았다. 내 다리가 불편한 것을 알면서도 심부름을 자주 시켰다. 밑창 나르는 사람이 따로 있는데도 종종 내게 가져오라고 시켰다.

"현진아! 빨리 갔다 와라! 다른 사람이 바쁘면 도와주면서 해야지."

다리만 빨리 나면 그까짓 심부름 정도는 기꺼이 해 줄 수 있었다. 아직은 지팡이를 짚고 다녀야 하고 부러진 뼈가 빨리 붙어야 하기에 불편하였다. 작업을 마치고 나서도,

"뒷정리 부탁해."

콧소리를 내고 퇴근해 버렸다. 그래도 지금은 학교에 가지 않아 시간상으로 여유가 있어서 뒤처리를 하라는 대로 다 하였다. 깨끗이 치우고 가면 다음 날 아침부터 나를 찾았다.

"여기 솔 어디다 놨어? 정리를 어떻게 하는 거야?"

내가 가져다주면,

"말을 해야 알 거 아냐?"

하며 되레 역정을 내셨다. 아침부터 소리 지르는 것은 조 대리나 마찬가지였다. 한동안 조 대리 때문에 속상했는데 단련이 된 모양이었다.

'저런 모습이 언제까지 갈까?'

나와 나이가 비슷한 수빈이와 혜진이를 만났다. 혜진이는 나와 동갑인데 중학교 졸업하고 바로 고등학교에 진학하여 야간 고등학교에 다니고 있었다. 혜진이에게 고등학교 정보를 얻을 수 있었다. 수빈이는 나처럼 내년에 진학할 막연한 생각만 있다고 하였다. 수빈이는 말도 거의 없고 잘 웃었다. 혜진이는 활발하고 씩씩하여 부러운 면이 많았다. 아주머니의 잔소리가 거슬렸는지 혜진이가 아줌마에게 한마디 하였다.

"아줌마는 누가 새로 오기만 하면 그래?"

"내가 뭘 어쨌다고?"

나는 혜진이를 눈짓으로 다독였다.

"괜찮아! 아마도 집에서 시어머니를 모시고 살던지 아저씨가 속을 썩이고 있을걸?"

"맞아, 시어머니 잘 모시고 산다고 자랑했는데 어떻게 알았어?"

나는 혜진이에게 웃어 주었다.

조 대리가 욕을 하면,

"지금 저에게 욕하셨어요?"

하던 혜진이. 조 대리가 움찔하는 것은 처음 보았다. 나와 같은 나이이면서도 언니 같은 느낌이 들었다.

'나는 왜 저런 말을 하지 못할까?'

내가 부당한 대우를 받아도 마땅히 대답할 말이 떠오르지 않다가 집에 가면 생각이 났다.

'이럴 땐 이렇게 대답하고 저럴 땐 저렇게 말을 하면 상대방이 꼼짝 못 할 텐데.'

왜 한참 지나고 나서 할 말이 떠오르는지. 억울한 일은 다 겪고 나서 대응할 방법이 생각났다. 그러니 더욱 속상하고 억울하였다.

씩씩한 혜진이가 내가 못하는 것을 해서 더욱 부러웠다. 싫으면 싫다고 하였다. 가끔 회사에서는 업무를 마치고 조별 회의가 있을 때가 있었다. 혜진이는,

"나 지금 학교 가야 해요."

한마디 하고 나갔다. 누구도 그에 대해 말을 하는 사람이 없었다. 다들 그러려니 하고 넘어갔다. 나 같으면 말도 못하고 이러지도 저러지도 못했을 텐데 혜진이는 당당하였다. 누가 뒤에서 싫은 소리를 하여도,

"할 테면 하라지 뭐."

하며 대수롭지 않게 넘어갔다. 그런 혜진이 덕에 아주머니의 잔소리도 빨리 잦아들었다.

내가 회사에 다시 나가면서도 사고가 계속 이어졌다.

우리 부서에는 불이 났다. 본드는 휘발성이 강해서 우리 부서 근처는 금연 구역이었다. 남자들도 라이터를 회수하여 보관하였고 담배는 아예 피우지 못하게 하였다.

화장실을 가는 중에 어디서 매캐한 냄새가 났다. 곧이어 어디서 어떤

불씨가 튀었는지 복도에서 불꽃이 확 일었다. 얼른 벽에 붙은 빨간 비상벨을 누르고 '불이야!'를 외쳤다. 남자 직원들이 소화기를 들고 곧바로 화재 진압을 하였다. 우리 부서는 매달 화재 진압 훈련을 하고 있었다. 그 덕인지 전부 일사불란하게 움직였다. 작업장 밖의 복도에서 난 불이 작업장 안으로 번져 들어왔다. 작업장 안으로 번졌다면 큰 사고로 이어질 뻔하였다. 남자 직원들이 재빠르게 계속 소화기를 쏟아 부었고, 불길이 잦아지는 중에 소방차가 출동하여 완전히 진화하였다. 그 날은 종일 작업하지 못하였고 다음 날도 뒤처리하느라 본 작업은 하지 못하였다. 소방서에는 처음 여자 화장실 근처 쓰레기통에서 불이 났다고 밝혔다. 누구의 부주의로 인한 화재인지는 밝혀지지 않았다. 소방서 직원들이 우리 부서 직원 전체를 면담하며 화재 원인을 조사하느라 바쁘게 움직였다. 우리 부서 사람들은 전부 담배를 피우지 않는다고 하였다. 회사에서는 빨리 정상 가동을 하려 하였다. 소방서에서도 인명이나 큰 재산 피해가 없다고 하며 적당히 마무리되었다.

과장님이나 부장님은 내가 빠르게 화재를 발견하고 적절히 대처하여 큰 화재를 막았다고 칭찬을 했다. 곧 포상이 있을 것이라고 성 주임이나 조 대리도 공공연히 말하고 다녔다. 불이 났는데 누구나 불을 끄려고 하지 불을 빨리 꺼서 상을 받고자 하는 사람은 없을 것이다. 내겐 지극히 당연한 일이었다. 그런데 하루 이틀이 지나면서 말이 이상해졌다.

특히 우리 부서의 아주머니는,

"불이 난 것을 어떻게 발견했어?"

하며 물어왔는데, 단순히 물어보는 것으로 알고 내가 본 그대로 이야기하였다.

"하필 왜 네가 거기 있었을까?"

"화장실 가다가…"

"화장실 근처 쓰레기통에서 불이 났다던데?"

"그런데요?"

"뭐 생각나는 것 없어?"

"없는데요."

"너 담배 안 펴?"

"예?"

"왜 놀래?"

"한 번도 안 피워 봤어요."

아주머니 말이 무슨 뜻인지는 시간이 지나면서 이해되었다. 집에 가서 갑자기 아주머니 말이 떠올랐다.

회사에서도 아주머니와 똑같은 질문들을 내게 하였다. 조 대리나 과장님이나 임원분들 모두 돌아가며 아주머니의 질문을 녹음한 것처럼 물었다.

포상이 있을 것이라는 이야기도 없어졌다.

'네가 불을 냈지?'

직접 물어보지 않은 게 다행이었다. 뒤에서 수군거리는 소리가 내가 들을 수 있게 들려왔다.

"쟤가 불내고 지가 화재 경보 울려 조기 진화한 것처럼 한 애야."

"정말?"

"어쩌면 그럴 수 있니?"

"근데 회사에 어떻게 다녀?"

"증거가 없었대."

일일이 찾아다니며 내가 아니라고 말해도 들어 줄 사람도 없을뿐더러 그런 증거도 없었다. 내 앞에 와서 대놓고 물어보면 대답이라도 해서 답답한 마음을 덜 수 있을 것 같았다. 그래도 이런 일이 이젠 익숙해져서 시간이 지나면 해결될 것이란 믿음이 있었다. 오해가 풀리기도 하고 전혀 풀리지 않기도 하고.

그래도 친구라고 혜진이가 조심스럽게 물었다.

"너 이상한 소문 알아?"

"무슨 소문?"

"네가 불을 냈다고 하는 이야기."

"내가 왜?"

"담배 피우다가."

나는 아무 말 없이 혜진이를 바라보고 미소를 지었다.

"나도 네가 담배 피우지 않는다는 거 알아. 그런데 사람들이 말을 만들어 내잖아."

"내버려 둬. 그러다가 말겠지."

내가 해결할 수 있는 것은 하나도 없었다. 혜진이처럼 나를 아는 사람은 알 것이고 나를 모르는 사람은 나를 욕할 것이다.

얼마 후에 화장실에서 담배를 피우는 우리 부서 아주머니를 목격한 사람이 하나둘 늘어났다. 아주머니는 다른 부서로 발령이 났다. 그뿐이었다.

야간 고등학교

◇◇◇◇◇◇◇◇◇

내가 진학하고자 하는 고등학교에 관해 틈나는 대로 알아보고 있었다. 주로 현재 고등학교에 다니고 있는 언니들의 이야기를 통해 고등학교에 관한 정보를 하나씩 모았다. 우선 회사에서 가까운 곳에 있는 학교를 중심으로 내가 진학할 수 있는 학교를 알아 두었다. 입학이 가능할 것 같은 학교와 일하면서 다니는 것에 대한 배려가 많은 학교를 찾았다.

그리 멀지 않은 곳에 많은 사람이 추천하는 적당한 학교가 있었다. 내가 낮에 학교를 다닌다는 것은 불가능했다. 낮에 학교에 가면 밤에 일해야 하는데 그런 일자리가 있을 리 없었다. 낮에 일을 마치고 나서 밤에 공부하는 야간 학교밖에는 선택의 여지가 없었다. 한편으로 생각하면 야근하는 것보다는 쉬워 보였다. 생각보다 수업료도 저렴하여 큰 부담은 없었다. 내겐 전문계 상업고가 적당하였다. 고등학교를 졸업하고 바로 취직도 가능하고 성적이 좋으면 대학교에 진학할 수도 있었다.

같이 일하는 혜진이의 조언이 많은 도움이 되었다. 회사 언니들과 친구들의 조언도 들어가며 가고자 하는 학교를 정했다.

진학하고자 하는 고등학교가 결정되고 겨울이 다가오면서 두 번째 입학 원서를 작성하였다. 원서 크기에 맞게 붙이기 위해 새로 사진도 찍었다. 작년 이맘때쯤 고등학교 입학 원서를 썼었다. 그때도 사진을 찍었었다. 사진을 충분히 주어 남은 사진 몇 장을 가지고 있었다. 작년에 고입 원서를 쓰고 남은 사진으로는 회사 입사 원서를 작성할 때 사용했다. 올해 찍은 사진은 머리 모양이 달라서인지 작년과 많이 달라 보였다. 머리 길이도 어깨를 닿을까 말까 하는 단발에서 어깨를 살짝 덮는 길이에 얼굴도 변해 보였다. 매일 거울 속에서 보던 얼굴이라 자각하지 못했는데 사진을 놓고 보니 확연한 차이가 났다.

고등학교 입학 원서에는 중학교 성적을 쓰는 난이 있었다. 내가 쓰는 것이 아니고 중학교에서 써 주어야 하고 성적을 증명할 성적 증명서를 출신 중학교에서 발급받아야 했다. 중학교 선생님들의 도장도 필요했다. 지금은 가고 싶지 않은 고향의 중학교에 가야 했다. 내가 무엇을 잘못한 것은 없는데 고향의 누군가를 만난다는 것이 부끄러웠다. 부모님이나 친척을 만나는 것 외에 동창이나 선생님을 만날 수 있다는 것이 싫었다.

'지금 뭐하느냐고 물어보면, 어떻게 지내느냐고 물어보면 무어라 대답하지? 회사를 열심히 다니고 있다고 하나? 돈을 모으고 있다고?'

마땅한 말이 떠오르지 않았다. 그래서 나를 아는 사람들을 만나기가 더욱 꺼려졌다.

'자존심일까?'

내가 사람들을 만나 부끄러워해야 할 일을 한 적이 없었다. 나는 동창의 누구보다 열심히 살고 있었다. 내가 고등학교에 진학하지 않은 것이,

진학하지 못한 것이 죄는 아닌데.

중학교엔 나를 가르치신 선생님 몇 분이 아직 계셔서 반가웠다. 그분의 도움을 받아 원서를 작성하였다. 선생님은 졸업한 제자에게 내가 생각한 것처럼 이것저것 나의 일상을 물어보지 않으셨다. 그저,

"애 많이 쓰지?"

하셨다. 처음엔 낯설게 느껴지는 말이었다.

'그게 무슨 말일까?'

선생님은 다시 말씀하셨다.

"네가 고생이 많다."

자세히 물어보지 않으시는 선생님이 고마웠다. 아마 알고 계실 것으로 생각했다.

내가 고등학교에 간다는 사실은 엄마를 기쁘게 하였다.

"교복 입은 사진 한 장 보내라. 엄마가 입학식 때 가 볼까?"

"요즘 누가 고등학교 입학식에 엄마가 와? 합격해야 입학을 하지. 오려면 졸업식 때 와."

"넌 합격할 거야."

엄마는 당연히 합격할 것으로 아셨다.

"1년을 놀아서 아는 것도 다 잊었는데 어떻게 될지 잘 모르겠어."

동생 서진이도 고등학교 진학에 관심이 많았다.

"언니랑 같이 학교 다니는 사람들은 1년 후배들이겠네?"

"나랑 같은 나이도 많아. 서진이는 제때에 진학해라."

"나도 돈을 모아야 하잖아?"

서진이는 벌써 일을 할 생각을 하고 있었다.

"너는 일하지 말고 바로 고등학교에 진학해야지."

"어떻게 그래?"

"내가 수업료를 보낼 테니까 너는 공부만 열심히 해."

"언니는 학교도 다니고 회사도 다니면서 어떻게 내 등록금을 벌어?"

"그런 걱정하지 말고 공부만 해. 수업료가 뜻밖에 싸서 같이 다닐 수 있을 거 같아. 너는 중학교 졸업하고 바로 진학하자."

엄마는 내가 돈을 버는 것을 썩 좋아하지 않았다.

"서진이 걱정하지 말고 너나 잘 다녀. 서진이는 내가 알아서 할게."

서진이는 나처럼 1년을 쉬지 않고 바로 고등학교에 보내고 싶었다. 한 해 쉬면서 배운 것을 다 잊어버렸다. 입학시험 준비를 하느라 중학교 책을 펴면 전부 새로운 내용이었다. 입학한다고 해도 잘 따라갈 수 있을지 자신이 없었다. 일단 부딪혀 보기로 하고 원서를 쓰고 있었다.

입학시험이 원서를 쓴 고등학교에서 있었다. 야간 고등학교에 응시하는 학생들은 나처럼 1년 동안 돈을 벌어 입학하는 학생이 많았다. 그들과 처한 상황이 같으니 자신감이 조금 생겼다. 열등감을 느끼지 않게 되었달까.

시험장의 책상과 의자, 교실을 가만히 둘러보았다. 합격하면 내가 공부할 곳이었다. 화장실도 깨끗하고 시설도 좋아 보였다. 교실 뒤 게시판에 붙여진 별로 중요하지 않을 내용도 좋았다. 책상도 중학교에 쓰던 것보다 훨씬 좋아 보였다. 매끄런 책상 표면을 손으로 쓰다듬어 보았다.

책상에 낙서가 거의 없었다. 의자도 좋아 보였다.

　1년 동안 책을 본 적이 없으니 아는 것이 별로 없었다. 아는 것이 별로 없어 기억나는 대로 답안지를 작성하였다. 너무 놀았다는 생각이 들었다. 불합격할 수도 있을 것 같아 불안한 마음도 들었다. 시험 감독 선생님은 대부분 합격할 수 있을 것 같으니 편하게 보라고 하였다. 입학 정원보다 응시자는 많지 않았다. 같이 시험을 본 학생들도 나와 비슷한 상황을 이야기하는 것을 듣고 마음이 편해졌다. 그 날 면접도 보았다. 특별한 것은 없었다. 고향이 어디인지, 가족과 현재 상황 정도를 물어보았다.

　입학은 어렵지 않았다. 불합격자는 거의 없어 보였다. 대부분 낮에 일하고 밤에 공부하려는 학교이기에 그런 학생에 대한 배려가 있었다. 간혹 낮에 집에 있다가 밤에 학교만 다니는 학생이 있었다. 우리 반에도 두 명 있었는데 내신 성적을 잘 받으려 야간 고등학교로 진학한 아이였다. 일반 고등학교에서의 성적이 애매하였던 모양이다. 1등은 늘 그 아이 중 한 명이 했다. 그 아이는 장학금을 받았다. 다른 아이는 일하며 공부하는 아이들보다 별로 나은 성적이 아니었다.

　우리 학교도 다른 학교처럼 입학식을 하였다. 우리 반 담임 선생님은 젊은 남자 선생님이셔서 다른 반 학생들이 부러워하였다. 매우 점잖게 말씀하셨고 우리에게 늘 존댓말을 하셨다. 나도 저런 분 같은 남자를 만나면 좋겠다는 생각이 들었다. 쉬는 시간에는 맨 뒤에 앉아 있던 아이들이 담임 선생님을 두고 서로 내 남자라고 말하는 소리가 교실에 울렸다.

교복은 학교에서 지정한 상점에서 치수를 맞추고 한 달가량 후에 나왔다. 다 똑같은 교복인데도 서로의 교복을 쓰다듬고 누구 것이 더 잘 나왔다고 하고 누구 치마가 너무 길다는 이야기들을 하였다.

입학하고 2주일 정도는 저녁이지만 학교에 간다는 생각만 해도 설렜다. 새로운 것을 배운다는 기쁨이 있었고 여고생이 되었다는 것 자체가 즐거웠다. 회사의 작업복을 입고 있던 때와 교복을 입고 있을 때 전혀 다른 마음이었다. 작업을 서둘러 마치고 간단하게 저녁을 먹기도 하고 저녁 먹을 시간을 놓치면 집에 가서 밤늦게 저녁을 해결했다.

2주일이 지나면서는 수업 시간에 많은 학생이 졸기 시작했다. 많아야 다섯 명 정도가 교탁 주위에 앉아 선생님의 얼굴을 보고 있었다. 한 명이 쓰러지면 너도나도 쓰러졌다. 잠도 전염이 되었다. 선생님들도 우리의 상황을 알고 계셔 심하게 나무라진 않으셨다. 간혹 의욕이 넘치는 선생님은 이해를 못 하셨다. 낮에 일하고 밤에 공부하는 귀중한 시간을 아깝게 잠으로 보내서야 하겠느냐고 심하게 나무랐다. 그것을 모르는 아이는 없었다. 한 자라도 더 알고 싶은데 몸이 따르지 않았다. 어떤 분은 정신력의 문제라 하였는데, 체력 때문인지 정신력 때문인지, 어떤 게 맞는지 모르겠다. 쉬는 시간에는 전부 엎드려 잤다. 낮에 일하지 않는 실장도 자주 졸았다.

우리 회사에서는 사원들이 야간 고등학교에 가는 것을 탐탁지 않게 생각했다. 다른 회사에 다니는 친구들의 이야기를 들어보면 회사에 따라 배려해 주는 회사가 있고 그렇지 못한 회사도 있었다. 회사 입장에서는 조금 일찍 끝내 주어야 하고 야근을 시킬 수 없을 것이었다. 일을 마치고 등교하려면 시간이 촉박하였다. 내가 자리를 뜨면 주위의 사람들 누군가가 뒷정리를 해야 해서 주변 사람들의 도움이 없으면 힘들었다. 어떤 회사는 학교에 다니는 아이들로 일하는 조를 편성하여 조금 일찍 일을 마치게 하여 주었다. 부러워하였지만 그런 회사는 많지 않았다. 그래도 학교가 회사에서 멀지 않아 서두르면 지각하지 않을 수 있었다. 대부분 빵 하나와 우유로 저녁을 해결했다. 시간 절약이 되었다. 그렇게 서둘러도 지각하는 경우가 있었다. 담임 선생님은 내 형편을 많이 이해해 주었다. 우리 반 경란이가 내게 샘을 내는 것은 그것 때문이었다. 경란이는 자주 지각하였는데 경란이와 같은 회사에 다니는 친구들은 지각하는 일이 거의 없었다. 경란이는 늘 핑계가 있었다. 담임 선생님은 경란이를 가끔 나무랐다.

"현진이는 늦어도 혼내지 않고 왜 나만 저래?"

큰 소리로 말하는 것을 선생님이 들으셨을 텐데 못 들은 척하셨다. 경란이가 나를 의식하고 있다는 것을 그때 알았다.

담임 선생님은 입학하고 일주일 후부터 개별 상담을 하셨다. 교무실에서 번호순으로 돌아가며 하였다. 나는 쉬는 시간에 하였는데 수업 시간이 겹쳐 다음 쉬는 시간에 다시 교무실을 가야 했다. 나처럼 그런 아이들이 더러 있었다. 경란이는 그것도 못마땅해 하였다. 자기는 한 번 상담하는데 누구는 두 번씩 상담한다고 시샘하였다. 경란이가 담임 선생님을 좋아한다고 공개적으로 말하고 다녔었는데 언제부턴가 담임 선생님은 미운 선생님이 되셨다.

입학하고 일주일 정도 되면서 경란이 주위에는 친한 애들 다섯 명이 늘 붙어 다녔다. 걔네들은 청소 구역이 배정되어도 거의 하지 않았다. 비질을 한 번도 안 해 본 것처럼 먼지를 부채로 부치듯이 바닥을 부치고 쓸었다. 나는 경란이가 회사에서 어떻게 일하는지 그게 궁금했다. 회사에 그렇게 일하는 사람을 본 적도 없었다. 만약에 회사에서 그랬다면 누군가가 지적을 했을 것이고 곧 해고당했을 것이었다. 담임 선생님은 종례 시간에 청소에 대해 한마디 하셨다.

"일부 학생들은 자신이 맡은 지역 청소를 잘 하지 않고 있는데 내일부터 그러면 남아서 하고 가도록 하겠습니다. 계단 청소는 누구죠?"

"현진인데요?"

"계단은 항상 잘 청소가 되어 있어 다른 선생님들도 칭찬이 많습니다. 우리 반이 계단 청소를 하면서 아주 깨끗해졌다고 합니다. 다른 학생들도 주어진 곳은 열심히 하기 바랍니다."

내가 배정받은 계단은 쉬는 시간에 선생님과 학생들이 늘 다니는 곳이었다. 우리 학교는 3층 건물이어서 1층에서 3층까지 우리 반 담당이었다. 시멘트 계단의 발 딛는 끝 부분에는 노란 황동으로 된 미끄럼 방지용 요철이 가로로 길게 붙어 있었다. 그곳엔 새까만 때가 껴서 쓸거나 걸레질을 해도 더러웠다. 나는 연필 깎는 칼로 매일 황동에 붙은 때를 파내었다. 그렇게 파다 보니 계단 전부가 깨끗하게 보였다. 그다음부터는 쓸고 닦기만 해도 깨끗하게 보였다. 시멘트에 붙은 껌도 같이 떼어내었다. 같이 청소하는 애들은 내가 결벽증이 있다고 하였지만, 처음 한 번만 그렇게 하면 그다음엔 칼로 파내지 않아도 깨끗하였다. 담임 선생님이 청소에 대해 나를 칭찬하자 경란이가 담임 선생님에게 따졌다.

"선생님! 현진이는 왜 지각해도 가만히 두세요?"

"현진이 회사는 멀고 회사 사정도 있잖아."

"불공평한 거 아니에요? 누구는 회사 안 다니나요? 다른 애들도 청소 열심히 하는데 현진이만 청소하나요?"

"경란이 너 정말 그럴래?"

담임 선생님은 처음으로 큰 소리를 냈다.

며칠 후 집에서 교복을 갈아입는데 블라우스 등에 껌이 붙어 있었다. 늦게까지 떼어내도 잘 떨어지지 않았다. 다행히 블라우스가 두 벌 있었다. 학교 의자 등받이에 껌이 뭉개져 있었다. 칼로 긁어낸 뒤 연습장을 등받이에 붙이고 앉았다. 쉬는 시간에는 치마 앞에 껌이 붙었다. 책상 밑에도 껌이 붙어 있었다. 치마에는 많이 붙지 않았다. 쉬는 시간 내내 책상과 의자에 붙은 껌을 칼로 긁어내었다. 누군가 일부러 붙인 모양이었다. 껌을 씹고 있는 경란이가 야릇한 미소를 지었지만, 확증은 없었다. 경란이 옆에는 경란이 친구 네 명이 같이 있었다.

'왜 그랬을까? 내가 무엇을 잘못했을까?'

사물함에 열쇠를 채워 놓았는데 망가져 있었다. 사물함 속이 흩어져 있었다. 책을 다시 정리하고 사물함 문에 붙은 낙서를 떼어냈다.

'선생님에게 꼬리 치지 마라!'

내가 선생님에게 잘 보이려 노력하는 것으로 알았나 보았다. 조금씩 이상한 일들이 있었지만, 이젠 노골적으로 표현하였다.

"현진이는 청소를 하나도 안 해요!"

경란이와 그 친구들이 종례 시간에 선생님에게 앞다퉈 말하였다.

"현진이가 청소를 안 한 것이 사실이야?"

"계단 청소 다 하고 왔는데요."

담임 선생님이 종례하시다 말고 계단에 다녀왔다.

"임현진! 계단에 쓰레기가 한가득이다. 얼른 치우고 와!"

선생님이 화를 버럭 내셨다. 내가 청소한 계단에 쓰레기들이 널려 있었다. 내가 청소를 했다고 하여도 이제 믿을 사람이 없을 것이란 생각이 들자 허탈하였다.

나 때문에 종례가 늦어졌다. 경란의 삐죽이는 입술이 보였다.

"현진이를 남겨서 청소를 시켜야 하는 거 아니야?"

들으라고 하는 소리였다.

담임 선생님은 나를 남으라고 하셨다.

"나는 현진이가 청소했다고 믿는다. 내일부터는 청소 후에 누가 쓰레기를 버리는지 지키고 있어야 할 것 같다."

담임 선생님의 말씀이 한 편 고마웠다. 경란이는 왜 나를 괴롭히려 드는지 이해할 수 없었다.

다음 날부터는 계단 청소 후에 지키고 있었다. 경란이는 내가 보는 앞에서도 쓰레기통을 일부러 계단에 엎었다.

"네가 거기 있으니까 놀라서 쓰레기통을 엎었잖아?"

"놀라서 엎었잖아?"

"놀라서 엎었잖아?"

"놀라서 엎었잖아?"

경란이 친구들 네 명은 하이에나처럼 항상 붙어 다니고 항상 같은 말을 반복하였다. 다시 쓰레기를 쓸어 담았다.

회사에서 힘들게 일하고 왔을 텐데 왜 나를 괴롭히는지 속만 상하였다. 그렇다고 누가 나서서 나를 도와주는 아이도 없었다.

나와 같은 회사 다니는 은빈이와 미화가 있었다. 차츰 이런 상황을 파악한 은빈이가 친구가 되어 주었다. 같이 다니고 대놓고 비아냥거리면 그 말을 맞받았다. 은빈이가 대들면서 같이 큰소리를 치자 노골적인 괴롭힘은 없어졌다. 차츰 은빈이와 같이 붙어 다니게 되었다. 회사에서 같이 등교하고 하교할 때에도 같이 갔다. 밤에 하교하는 것이 무서워 서로 의지가 되었다.

우리의 수업 시간은 많지 않지만, 그래도 다 마치고 나면 밤 10시가 넘었다.

은빈이와 같이 학교 정문을 나서서 골목을 돌아서고 있었다. 어두운 골목에서 낯선 아저씨가 튀어나와 양팔을 벌리고 섰다. 낮에 경란이와 말다툼을 하던 은빈이가 아니었다. 은빈이는 손으로 입을 가리고 얼어붙었다. 어두워서 잘 보이진 않았지만 더울 것 같은 긴 옷을 입고 가슴을 열어젖히고 있었다. 어두워서 몸도 자세히 보이지 않았다.

"으아!"

큰소리를 질렀다. 여전히 은빈이는 두 눈을 똥그랗게 뜨고 아저씨를 노려보고 있었다.

"아저씨! 어디 불편하세요?"

나는 아저씨가 도움이 필요한 것처럼 보였다. 맨몸에 외투를 걸치고 다니는 사람이 제정신은 아닌 것 같았다.

"으아!"

"우리 바빠서 얼른 가 봐야 해요. 은빈아, 얼른 가자!"

나는 은빈이 손을 잡아끌었다. 아저씨는 우리 뒤에다 무어라 소리를 질러댔다. 은빈이는 아저씨와 금방이라도 싸울 태세를 하였다.

"은빈아, 왜 그래?"

"너 저 사람 누군지 몰라?"

"오늘 처음 보는 사람인데?"

"아니! 저 사람 바지도 다 벗고 있었어."

"어두워서 못 봤는데. 왜 그래?"

"그러니까 제정신이 아니지. 너 아무렇지도 않아?"

"왜?"

"창피하잖아."

"벗고 다니는 사람이 창피하지, 내가 왜 창피해야 해?"

벗은 사람이 부끄러워해야 할 일이지 내가 부끄러워해야 할 일은 아니었다.

그 사람이 이해되지 않았다. 은빈이는 나를 이해하지 못하겠다는 표정이었다.

"무섭지 않았어? 놀라지 않았어?"

"왜 놀라야 해?"

낮이었다면 나도 놀랐겠지만, 밤이어서 잘 보이지 않았고 상황 파악도 잘 안 되었다. 그래도 당찬 은빈이가 부럽기도 하고 든든했다. 은빈이는 경찰 아저씨에게 신고했다. 그 뒤로 순찰차가 우리 하교 시간에 맞춰 순찰하여 주었고 그 아저씨는 다시는 나타나지 않았다. 그 일로 해서 은빈이와 나는 더욱 붙어 다녔다.

학교에는 이상한 소문이 돌았다.

'현진이과 담임 선생님이 사귀는 사이래!'

소문을 누가 냈는지 짐작은 갔지만 내가 나설 순 없었다. 그래도 은빈이가 있어서 다행이었다. 은빈의 말이 위로가 되었다.

"진실을 꼭 밝혀지는 법이야! 쟤네들은 유치하게 왜 그런다니?"

진실을 밝혀질 것이다. 하지만 그때까지 참아야 하는 고통은 전부 내 몫이었다. 또 어떤 애들은 꼭 이런 속담을 인용하였다.

'아니 땐 굴뚝에 연기 날까?'

이 말은 일부 내게 책임이 있다는 것이고 내가 행동을 바르게 하지 못했다는 것을 의미했다. 이런 말이 제일 억울하였다. 어떻게 설명할 길이 없어 답답했다. 괜한 오해가 싫어 선생님을 일부러 피했다.

"저것 봐! 보는 앞에서는 저러고 따로 만난다? 내가 서면에서 둘이 팔짱을 끼고 가는 것을 똑똑히 봤어."

이렇게 말하면 믿지 않을 사람이 거의 없었다. 어떤 애는,

"둘이 사귄다고 죄가 되는 것은 아니지."

라고도 하였다. 선생님 귀에도 들어갔을 것이다. 일부러 태연한 척하시는 선생님이 더 안쓰러웠다. 나 때문에 보이지 않는 고통을 당하시는 것 같아 더 마음 아팠다. 나는 경란이 패거리 때문에 수업 시간에 일절 발표를 할 수 없었다. 담임 선생님 시간에는 더욱 그랬다.

"선생님! 너무 현진이만 예뻐하시는 거 아녜요?"

"나는 절대로 누구 한 명을 보고 수업을 하지 않아요."

선생님과 경란이가 수업 시간에 나로 인해 말싸움을 자주 하였다. 전혀 그런 빌미를 주지 않으려 잠자코 있었다. 그러면 경란이는 반 아이들이 들릴 정도로,

"현진이는 왜 말을 안 해? 따로 만나서 하나?"

라며 비아냥댔다. 그러면 경란이 친구들이 옆에서 키득거렸다.

그들의 행동은 나아지질 않았다. 그래도 내겐 회사 동료가 있어 든든한 버팀이 되었다.

아이들이 그럴수록 내 성적이 좋아야 하는데 내 성적은 썩 좋은 편이 아니었다.

담임 선생님에 대한 음해가 깊어지고 순하시던 담임 선생님께서 경고하셨다.

"헛소문을 지속해서 유포하면 학생부에서 조사하여 징계를 받게 하겠다. 남을 음해하는 것은 중요한 범죄야! 오늘 이후로는 절대로 그런 일 없길 바란다."

선생님의 목소리는 떨리고 있었다. 담임 선생님의 경고가 있은 후 소문은 점차 줄어들었다. 그래도 나에 대한 경란이의 눈빛은 그대로였다. 학급 애들은 점점 다섯 명과 거리를 두었다. 그 애들은 화장을 잘하고 거침없는 말도 잘했는데, 애들은 점차 부담스러워 하였다. 어느 순간 그들 다섯 명만 늘 따로 앉았다. 그들만 항상 붙어 다녔다.

그래도 한동안 잠잠하였다.

어느 날 내 지갑이 없어졌다. 큰돈은 아니지만, 돈만 사라진 지갑을 화장실 쓰레기통에서 찾았다.

"얼마나 들어 있었어?"

실장이 물었다.

"십오만 원이 조금 넘어."

내가 왜 그렇게 대답한 것인지 모르겠다. 그렇게 말이 나왔다. 이번 달 생활비로 십오만 원을 은행에서 찾아 지갑에 넣은 기억이 있었고 생각 없이 당연히 지갑 안에 있을 줄 알았다. 다음 날 회사 작업장 서랍에서 십오만 원을 찾았다. 지갑에는 이만 원이 채 안 되는 돈이 있었다. 다행이었다.

그 일이 있고 난 뒤로 경란이 패거리 다섯 명이 서로 소원해졌다. 그들 중에 경란이만 따로 다녔다.

경란이가 다른 애들과 싸우는 소리를 들은 애들이 있었다. 경란이는 다음 날부터 결석하였다. 이젠 경란이 없이 네 명만 붙어 다녔다. 나에 대한 괴롭힘은 없어졌다. 대신 네 명이 경란이를 괴롭히기 시작했다. 경란이에게는 그들 네 명이 친구 전부였는데 그들로부터 소외되고 있었다.

"도둑년이야! 웃겨! 혼자 다 해 처먹으려고."

누구라고 지칭하진 않았지만, 그것이 경란이를 말하는 것임을 주위에 있는 사람들은 알 수 있었다. 경란이는 고개만 숙이고 있었다.

그날 화장실에서 울고 있는 경란이를 보았다. 모른 척하려다가 말을 건넸다.

"경란아! 무슨 일 있어?"

어깨에 손을 얹자 경란이는 '휙' 뿌리치고 나가버렸다.

경란이는 한 학기를 채우지 못하고 끝내 자퇴를 하였다. 담임 선생님의 설득도 소용이 없었다. 내년에 다시 입학할 수도 있었고 다른 학교에 입학할 수는 있었다. 경란이가 자퇴하자 그와 같이 다니던 애들이 한 소리씩 했다.

"경란이가 현진이 지갑 훔쳤잖아! 십오만 원을 혼자 꿀꺽한 거지. 그래 놓고 끝까지 이만 원만 있었다고 우기더라."

한 달 후에 경란이를 하굣길 시내버스 안에서 만났다. 내 시선을 피하는 경란이에게 다가갔다.

"왜 학교에 안 나와?"

"가기 싫어서."

"그냥 다시 다니지."

경란이 입가에 엷은 미소가 번졌다.

"무슨 얘기 못 들었어?"

"전혀. 그냥 다시 나오면 좋겠다."

경란이는 그저 미소만 짓고 있었다. 버스에서 먼저 내렸다.

"미안해."

'안녕, 잘 가'도 아니고 미안하다고 하고 내렸다.

경란이가 자퇴한 이후로 학교생활에 큰 어려움은 없었다. 여전히 네 명이 붙어 다녔지만 남을 괴롭히지는 않았다. 내 성적은 생각보다 잘 안 나왔다. 언제나 실장이 1등을 하였다. 대학교에 가려면 성적이 조금 더 나왔으면 하는데 맘대로 되지 않았다. 이렇다 할 즐거움도 없었다.

아버지

◇◇◇◇◇◇◇◇

　부산에서 진주까지는 양호한 도로여서 멀미 날 일이 없었다. 진주에서 남원 가는 길은 굽은 도로가 많았다. 진주에서 내려 다시 버스표를 끊고 남원 가는 버스를 기다렸다. 진주 시외버스 정류장 시설은 전부 낡아 보였다. 나는 오히려 이러한 모습에 편안함을 느꼈다. 너무 깨끗한 건물이나 먼지 하나 없는 바닥엔 혹시 내 신발에서 흙이 떨어질 것 같은 불편함이 있었다. 신발을 신고 걸어서는 안 될 곳, 신발을 벗어야 할 것 같았다.

　진주 버스 터미널 내부의 조명도 그다지 밝지 않았다. 그래서 편했다.

　'밝은 것이 싫다. 누가 나를 보는 것도 싫다.'

　나를 감추고 갈 수 있다면 버스 짐칸이라도 탈 기분이다.

　시외버스 정류장 바닥은 시멘트가 많이 파여 있었다. 처음 부산 갈 때 보았던 웅덩이만 하게 파인 곳 여러 곳이 아직도 그대로였다. 작은 구덩이엔 물이 고여 있고 전체적으로 질퍽거렸다. 물기가 있는 시멘트 길은 시장의 생선가게 앞 길바닥같이 습기가 많았다. 버스가 밟고 지나다녀 시멘트 바닥은 검게 보였다. 파인 곳엔 시멘트에 섞었던 자갈이 여기 저기 박힌 채 드러나 있었다.

회색빛 하늘이 버스가 진주에 들어서면서 빗방울을 뿌리더니 기어이 추적추적 비가 내렸다. 남원 가는 버스는 자주 있는 편이어서 오래 기다 리지 않았다.

가슴이 답답하고 숨을 쉬기 힘들었다. 깊은 심호흡을 여러 번 하였다. 차멀미가 나려고 하는 것 같았다. 버스 자리는 넉넉하였다. 운전석 뒤쪽 으로 세 번째 창가로 자리를 잡았다. 옆자리에는 가방을 놓아 혼자 앉 아서 가고 싶다는 표시를 하였다. 승객 대부분은 혼자 앉아 있어 미안 한 마음은 들지 않았다.

유리창에 입김을 불어 '임동석'이라고 썼다.
그 옆에 '아버지'라고 써넣었다.

아버지가 돌아가셨다는 소식을 듣고 그분의 장례식을 가고 있는 그분 의 딸인데 아직 한 번도 눈물이 나오지 않았다. 슬픈 것인지, 슬퍼해야 하는지, 울어야 하는지, 모르겠다. 장례식장에서 통곡은 고사하고 눈물 한 방울 흘리지 않는 자식이 있다면 사람들은 손가락질할 것이었다.

'아버지 장례식에서는 울어야만 하는 것일까? 눈물이 나와야 하는 것 일까? 눈물이 없으면 불효자식일까?'

버스가 진주 시내를 벗어나고 있다. 여전히 가슴이 답답하다.

나는 어려서부터 눈물이 없었다. 엄마는,

'쟤는 감정이 메말랐나? 어째 우는 것을 좀 채 못 봐.'

어린아이가 울지 않는 것은 대견한 일이었다. 참을성 많은 어른스러운 아이였다. 나는 크면서도 울지 않았다. 다들 슬프다고 눈물을 흘리는 가운데에 나만 눈을 말똥말똥 뜨고 있었다. 커서도 울지 않는 것은 감정이 메마른 아이. 차가운 아이였다.

나는 '왜 그럴까? 무슨 일일까? 왜 슬플까?'를 생각했다.

"너는 슬프지 않아?"

"왜 슬퍼해야 하는지 이유를 모르겠어."

"너 독하다."

마을에 어른이 돌아가시면 마을 사람들은 전부 그 집에 가서 같이 슬퍼하였다. 나는 돌아가신 그 어른을 잘 알지 못하였다. 상여가 나가면 그 집 사람들이 아닌데도 마을 사람들은 같이 울었다.

'내가 알지 못하는 사람이 돌아가셨다는데 내가 슬퍼해야 할 이유가 있을까? 무엇이 슬플까? 돌아가신 분이 슬프다는 것일까? 살아남은 사람들이 슬프다는 것일까? 나는 왜 눈물이 나오지 않을까?'

나는 슬픔을 모르는 사람이 아닐까 하는 생각도 해 본다.

온통 아버지에 대한 생각만이 머리를 자리 잡고 있다.

내가 부산으로 오고 난 뒤로 아버지는 술을 드시는 날이면 내 방을 찾았다고 했다. 내가 있을 때는 방문 한 번 열어 보지 않으시던 아버지셨다. 방문을 여시고,

"현진아!"

하고 부르면 동생이,

"아빠, 현진이 언니 부산 있잖아! 여기 없잖아!"

해도,

"현진아! 내가 너를 고등학교로 보내지 못하고 일을 하라고 회사로 보냈구나!"

술을 많이 드셔서 기억이 나지 않은 상태가 되시면 나를 찾았다고 했다.

아버지는 나 때문에 돌아가셨을 것이란 생각이 든다. 적어도 어느 부분은 나 때문일 수도 있다는 생각이다. 내가 부산으로 오면서부터 아버지의 술 드시는 횟수가 늘어났다. 내가 집에서 가까운 고등학교라도 가겠다고 우겼더라면, 고등학교에 보내달라고 떼를 썼더라면, 어떻게 해서든지 다닐 수도 있었을 것이다. 물론 집안 형편도 모르는 계집애로 아버지나 어머니의 욕을 먹을 것이다. 주위 사람들, 특히 큰어머니의 욕을 많이 먹었을 것이다. 마을 사람들 모두가 내 욕을 하였을 것이다. 하지만 그랬더라면 아버지는 자식을 고등학교가 아니라 회사로 보냈다는 생각을 하지 않았을 것이고, 술도 그렇게 드시지 않았을 것이다.

내가 부산으로 가기로 결정하고 떠날 준비들을 하고 있었다. 아버지는 나 혼자만 있는 시간을 엿보았다. 옷가지를 보따리에 넣고 있었다. 엄마나 동생이 없이 나 혼자 있는 짧은 시간에,

"미안혀!"

내 옆쪽에서 나를 보지도 않고 한마디만 하셨다. 평소의 아버지 목소

리가 전혀 아니었다. 아침에 막 일어나서 목이 잠긴 쉰 듯한 소리였다.

"아빠 괜찮아!"

벌써 집 밖을 나가고 계셨다. 내 이야기는 듣지도 않고 나가셨다. 평소 아버지의 목소리가 아니었다.

지금 내 귀에 그 낯선 아버지 목소리가 들리는 것을 떠올려 보면 아버지의 가슴 속에서 터져 나온 소리란 생각이 든다. 중학교를 졸업도 하지 못하고 일하러 가는 딸을 차마 보지 못하였다. 부산으로 떠날 때도 아버지는 안 보였다.

"너희 아버지란 사람은 딸이 멀리 간다는데 짐도 들어줄 생각도 없이 어디 가서 무얼 한다냐?"

엄마는 이불 보따리를 머리에 이며 불평이었다. 아버지에게 인사도 하지 못하고 떠나려나 했다.

"엄마! 아버지 뭐라고 하지 마! 아마 속상해서 어디 가셨나 보지."

아버지는 버스 정류장 가는 길에 갑자기 나타나셨다. 엄마와 내가 들고 있던 이불 보따리를 말없이 짊어지셨다. 정류장에서 버스를 기다리며 엄마와 동생들과 이야기하는 내내 아버지는 보이지 않았다. 그 자리에 같이 계셨는데 나는 별생각이 없었다. 버스를 타는 순간에 엄마와 동생들에게 인사를 하면서 우리 뒤에 계속 서 계시던 아버지를 보았다. 내가 손을 흔드는 순간에도 손을 들어 흔드는 것이 어려운 분이셨다. 나는 아버지의 팔이 움찔하는 것을 보았다. 버스가 떠나는데 버스에 앉은 나를 보는 것이 아니고 버스 뒤를 보고 계셨다.

지난 추석에는 버스 정류장에 나오지도 않으셨다. 엄마와 동생들과 인사하고 버스 계단을 오르며 뒤를 보았다. 아버지가 거기 안 계셨다. 오래전부터 그 자리에 계시지 않았는데 나는 모르고 있었다. 엄마와 동생들과 재잘거리며 내 머릿속에서는 아버지를 잃어버렸다.

버스가 마을을 완전히 돌아서면서 산 중턱에 앉아 계신 아버지를 볼 수 있었다. 내가 손을 흔드는 것을 보았는지 못 보았는지, 내가 손을 흔들자 아버지도 손을 아주 조금 들었다가 내렸다. 버스를 보는 것인지 버스 뒤의 들을 보는 것인지 지금은 확신이 서질 않는다. 못 본 척하신 것 같다.

'당신의 딸이 멀리 간다는데 무엇이 딸의 배웅도 하지 못하게 하였을까? 무엇이 먼 산에 우두커니 앉아 딸이 타고 가는 버스를 훔쳐보게만 하였을까?'

'내가 욕을 먹더라도 여기에 있을걸.'

그것이 맞는 것 같다.

송아지를 사다 드렸을 때는 그렇게 기뻐하셨다. 마을 회관에서 어른들에게 매일 자랑하셨다고 했다.

"현진이가 송아지를 사 주었어."

"송아지가 생긴 것도 잘생겼어."

"이거 잘 키워서 현진이 시집보내야지."

송아지가 죽었을 때 아버지는 눈물을 보이셨다. 엄마는 아버지가 못

마땅했다.

"눈물도 없는 분이 웬 눈물이래?"

큰엄마는,

"송아지에게 정이 많이 드셨었나 봐. 키운 기간은 짧은데."

하셨고, 마을 사람들이 송아지를 가져갈 때까지 아버지는 쓰러진 송아지 몸을 쓰다듬고 계셨다. 송아지를 마을 어른들이 잡아서 마을 잔치를 하였지만, 아버지는 그 고기를 드시지 않으셨다. 술만 드셨다. 죽었지만 송아지를 잡는 것을 싫어하셨다. 마을 어른들에게 죽은 송아지를 팔아 몇 푼이라도 건지려 파셨지만, 사는 사람이 없었으면 묻어 주려 했었다. 엄마는 소가 뭐 대단하다고 그러냐고 하면 아버지는,

"현진이 소여. 내 소가 아니여!"

아버지는 죽은 송아지 판돈을 내게 주셨다.

"아버지 쓰세요."

"내 돈이 아니다."

버스는 산청을 지나고 있다. 비가 창을 쓸어내리고 있다.

'내 마음도, 내 머릿속도 쓸어 버렸으면.'

아버지! 당신의 딸이 뵈러 가요.

언제부턴가 일정한 거리를 두고 나를 보시던 아버지.

자식 앞에서 한없이 처진 어깨만 보여 주시던 아버지.

나를 지금까지 있게 해 주신 것만으로도 충분한데, 우리의 삶이 당신의 능력 밖의 일인데, 왜 그토록 당신이 힘들어하셨을까요? 최선을 다

해 사신 것을 모두가 아는데 자식 앞에서 그토록 작아지셨을까요? 내 뒤에서 늘 나를 지켜보고 계시던 아버지의 존재를 조금만 더 일찍 알았더라면 손이라도 잡아 드렸을 텐데. 이제는 무엇을 잡아 드려야 할까요. 딸이 그렇게 어려웠나요?

유리창을 따라 영화 속 화면처럼 떠오르는 당신의 모습은 무척 야위어 보입니다. 추석에 뵙던 아버지 모습입니다. 요즘 세상에 밥이 없어서 못 먹는 것도 아닌데 늘 밥을 먹고 다니라고 하셨습니다. 당신의 몸이 망가져 당신의 몸에 밥이 들어가지 않으셔서 그 말을 하신 걸까요?

밥상에 앉아 작은 숟가락 위에 살갑게 반찬을 올려 주시던 아버지의 얼굴이 떠오르지 않습니다. 가까이 얼굴을 뵌 지 너무 오랩니다. 이제 아무것도 생각나지 않으려 합니다. 내 기억력 탓일 겁니다. 오래전, 아주 오래전에 당신의 손을 잡고서 손바닥에 엉겅퀴 가시가 다닥다닥 붙어 있다는 걸 알았습니다. 그 굳은살에 내가 먹고 입었는데 나는 왜 그 손이 신기했을까요? 우리가, 내가 당신의 손을 물어뜯었나 봅니다.

흔한 흰색 러닝셔츠도 늘 구멍이 나 있었습니다. 얼마나 입으면 러닝셔츠에 구멍이 날까요? 그때는 보고도 보이지 않았는데 지금 생각이 납니다. 여름엔 회색 티셔츠 한 벌을 더 입으셨군요. 저녁에 빨아서 부뚜막에 올려놓았다가 아침에 입으셨습니다. 나는 부뚜막에 운동화를 말렸는데 아버지는 옷을 말리셨습니다. 몇 푼 되지 않을 옷 한 벌 더 사서 입는 게 그렇게 어려웠나요?

한겨울에도 같은 옷만 입으셨습니다. 사촌 오빠 결혼식에 입고 갈 옷이 없어 엄마와 걱정하던 일이 지금, 지금 기억납니다. 그 모든 일이 당신의 피를 준 자식에게는 아무렇지도 않은 일상이었습니다.

아버지는 당연히 그래야만 하는 분이셨습니다. 어리석었던 생각만 떠오릅니다.

내가 당신의 딸이라는 게 한없이 부끄러워집니다.

이제 나만 이야기만 하게 되었습니다.

아버지의 목소리가 듣고 싶습니다.

아버지! 당신이 이제 조금 보입니다.

이제야 당신의 모습이 보입니다.

이제 뵈러 갑니다.

비는 더욱 거세어져 창밖 모습이 보이지 않는다. 내 모습도 보이지 않았으면.

예전 같으면 집에서 장례를 치렀을 텐데 시골에도 곳곳에 장례식장이 생겼다. 버스에서 내려 택시를 타고 처음 가 보는 건물로 들어섰다. 우리 면보다는 옆의 면이 인구가 많고 더 도시화 되었다. 고등학교도 여기에 있고 장례식장이 여기에 생겼다. 1층 로비에 장례식이 진행되는 안내판이 설치되어 있었다. 우리 집 하나만 적혀 있다.

'201호 고인 임동석, 자, 임경진, 임현진, 임서진, 임여진, 임효진.'

아버지가 201호에 계신 모양이다. 계단을 올라가다가 약간 비틀거렸다. 멀미 탓이다. 엄마는 문을 보고 계셨다. 내가 보이자 바로 달려 나왔다.

"어떻게 왔어?"

엄마는 나를 보자마자 통곡이다. 엄마의 우는 모습을 보자 내 눈가가 조금 촉촉해졌다. 엄마의 이끌림대로 검정 치마저고리로 갈아입었다.

"아버지에게 절해야지?"

설날 세배 하듯이 절을 두 번 하고 그 자리에 앉았다. 조문객은 두 테이블만 있었다. 전부 우리 마을 사람들이다.

절을 하고 가슴이 잘 여며지지 않아 한 손으로 가슴을 눌렀다. 가슴을 가리고 몸을 한쪽으로 돌렸다. 한쪽은 마을 사람들이 앉아 있고 반대쪽은 아버지 영정이 보고 계셨다. 작은 방으로 들어가 옷을 여미고 나왔다. 돌아가신 아버지 영정이 나를 보는 것도 부끄러웠다. 영정 사진은 나 졸업식 때 찍은 사진을 아버지 부분만 확대하였다. 아버지 뒤로 학교 건물이 희미하게 보였다. 아버지는 찍은 사진도 거의 없었다. 흑백의 결혼식 사진과 우리가 아주 어렸을 때 누가 찍어 준, 그것도 흑백의 사진밖에 없었다. 주민 등록증의 사진도 면사무소에서 현장에서 찍어 컴퓨터로 편집한 사진이었다. 결혼 전에 마을 청년 몇 명이 개울가에서 찍은 사진이 한 장 있었다. 상의를 드러낸 채 손을 허리에 얹고 찍은 사진이었다. 우리가 커 가는 것과 아버지의 사진은 반비례해서 존재하였다.

아버지의 영정은 아주 엄숙하였다. 웃음도 없고 기쁨도 보이지 않았다. 검은색 얼굴이 더욱 검었다. 이마에 가로로만 주름이 있는 것이 아니고 세로로도 주름이 보였다. 이제 50대 중반인데 60대 중반으로 보였다.

'딸 졸업식에 저런 표정으로 서 계셨다니.'

저 때 이미 당신의 몸이 아주 아팠을 텐데 내색이 없었다. 엄마의 말에 따르면 아버지는 배우지도 못하고 받은 재산도 없고 재산을 늘릴 능력도 없으셨다.

'그것이 아버지의 자신감을 잃게 하였을까?'

'성도 임동석'

영정 왼쪽에 팻말이 붙어 있었다. 앞에 성경도 놓여 있다.

'아버지가 교회를 다니셨나?'

"엄마! 아버지 교회 다니셨어?"

"병원에서 손 쓸 수 없다고 한 뒤 퇴원하시고 나서 두 번인가? 세 번인가 나갔나?"

"왜 갔어?"

"천국 가고 싶어 갔겠지."

'정말 그랬을까? 그럴 수도 있겠지.'

목사님이 여러 아주머니와 같이 오셨다. 일행 중에 우리 마을 아주머니도 계셔서 눈인사를 하였다. 교회는 마을에서 가까웠고 교회 옆 건물 관사에서 목사님 가족이 생활하셨다. 목사님 일행은 기도하시고 찬송을 하셨다. 엄마는 어떻게 해야 할 줄을 모르고 당황해 하였다. 두 손을 합장한 채 연신 상체를 앞뒤로 굽신거렸다. 손을 비빈다면 물 한 그릇 떠다 놓고 산신령에게 비는 모습이었다.

"우리 임동석 성도님은 한 달 전에 구원받으셨습니다. 성령님의 인도를 받아 홀로 교회에 찾아오셨습니다. 저를 만나서 많은 대화를 나누고 바로 구원받으셨죠."

'구원을 받으셨다? 현실은 지옥이었을까?'

"하나님에게 기도하면 다 들어주시느냐고 묻더군요. 제가 그렇다고 하자 그 주 주일부터 예배에 참석하셨습니다. 성도님은 임종 직전에 회개하시고 천국에 가셨습니다. 지금은 천국에서 우리를 지켜보고 계실 것입니다. 우리 가족분들도 교회에 나오세요. 임동석 성도님처럼 모두 구원받길 바랍니다."

목사님의 말씀 중간에 목사님 일행들은 '아멘!'을 여러 번 합창했다.

아버지는 천국에 가시고도 남을 것이다. 구원받으셨음을 알고 있다. 이 땅에선 자식들 뒤에서 그림자처럼 촛불처럼 사셨는데 그분이 천국에 못 가면 누가 갈까?

목사님은 아버지가 생전에 적어 주신 기도 제목을 보여 주었다.

'1. 부산의 현진이 경진이 건강'

'2. 세 딸 고등학교 입학'

'3. 딸 등록금 마련'

'4. 가족 모두 건강'

'아버지가 천국에 가고 싶어 하셨을까?'

"기도하려면 자신의 병이나 낫게 해 달라고 하시지."

엄마는 푸념하셨다. 아버지는 당신의 병을 낫게 해 달라는 말이 없었다. 기도 제목의 첫째나 둘째나 셋째나 다 자식을 위한 기도를 원하셨다.

'네 번째 가족 모두의 건강을 위하는 것에 당신의 병을 치료해 달라고

하신 것일까? 아버지가 뭐라고 당신의 생명이 꺼져 가면서도 자식 건강을 챙겨야 했을까?'

'자신의 삶이 다한 것을 아시고 이 땅에 남은 사람들을 위해서만 기도하셨을까?'

초등학교에 다닐 때만 해도 아버지는 나를 목마를 태워 주었다. 들에서 돌아올 때도 꼭 업어 주셨다. 아버지가 마음 놓고 나를 보며 웃던 때는 초등학교 때뿐이었다. 멀리서 나를 보면 입이 벌어질 대로 벌어져 두 팔을 벌리고 달려와 나를 안아 주셨다. 들에서 일하고 오시다가도 나를 보면 등에 업고 집으로 왔다. 아버지 등에는 구멍이 숭숭 난 흰색 티셔츠 사이로 땀 냄새가 많이 났다. 옷에 찌든 냄새일 텐데 나는 구멍 속에서 냄새가 나는 것으로 생각하였다. 손으로 티셔츠 옷을 잡아 구멍을 하나 막으면 다른 구멍이 열려 있었다. 구멍은 집으로 오는 저녁에도 쉽게 보였다. 완전히 흰색의 티셔츠는 아니지만, 아버지 등의 살은 검은색이어서 눈에 잘 띄었다.

"간지럽다."
"땀 냄새를 막는 거야."

'언제부터 아버지와 대화가 멀어졌을까?'
내가 초등학교 6학년이 되면서 점차 말이 없어지셨다. 안아 주시던 것도 이때부터 그쳤다.
'아니다! 언니가 중학생이 되면서부터다!'

언니가 중학교에 들어가면서부터 급격히 소원해지셨다. 이제 그것을 깨달았다. 그리고 내가 처음 생리를 할 때 언니와 같이 지낼 방을 만들어 주면서는 손잡는 것도 없어졌다. 언니가 고등학교에 진학하지 않고 회사에 취직하면서부터 담배를 다시 피우시고 집에 늦게 들어오시기 시작하였다.

'나는 왜 내 기준으로만 생각했을까?'

아버지에게는 딸이 다섯이 있다. 나만 있었던 것은 아니다.

아버지는 내가 부산으로 떠나면서 술을 많이 드시기 시작하셨다. 전에도 술을 드셨지만, 가끔 있는 일이었다. 아버지는 나를 더 예뻐하신다고 믿었다. 어디서 그런 믿음이 생겼을까?

가장의 무게는 당신의 속을 다 썩이고 있었다. 자식들은 아무도 몰랐다. 아버지는 언제나 생각나서 뒤를 보면 거기 계시는 분으로 알았다. 추석에 집에 갔을 때도, 이불로 다리를 덮고 모여 앉아 우리만 반나절을 웃고 떠들었다. 엄마가 밥을 해야겠다고 일어서서 부엌으로 나간 뒤에 윗목에 아버지가 앉아 계심을 알았다. 정확히는 엄마가 부엌에 나무를 들여 달라고 아버지를 찾아보라고 하였다. 그제야 아버지가 처음부터 좁은 방구석에 거기 계신 것을 알았다. 아버지는 곧바로 일어나셨다. 한방에서 우리는 발을 붙이고 앉아 우리끼리 손을 잡고 있는 동안에 아버지는 세 걸음쯤 뒤에서 우리를 보고만 있었다.

아버지가 배를 움켜쥐고 고통을 호소했을 때는 이미 온몸에 암이 퍼진 뒤였다. 의사 선생님은 이미 전부터 고통이 있었을 것이라고 하였다. 처음엔 마음이 힘들어 술을 드시고 나중엔 당신의 몸이 힘들어 술을 드셨다. 아버지가 남몰래 음식을 토하시고 몸이 말라 갈 때도 당연한 일로 알았다. 체하신 것으로만 알았다.

늦가을 의사 선생님이 손을 쓸 수 없어 고통을 줄여 주는 약을 맞으며 돌아가셨다.

'아버지는 왜 늘 우리 뒤에서 떨어져 앉아 있었을까?'
'아버지는 왜 당신의 자식들에게 그렇게 부끄러움을 많이 타셨을까?'

영정 사진도 나를 제대로 보지 못하시는 것 같다. 내가 부끄러워해야 할 터인데.

염을 한다고 아버지를 마지막으로 보았다. 이제까지 아버지의 그렇게 바짝 마른 모습을 처음 보았다. 자신의 남은 살 한 점도 남은 가족에게 다 뿌리고 가셨나 보았다. 전 가족이 울음을 터트렸지만 난 울지 않았다. 화장(火葬)을 하면서도 울지 않았다. 멍하니 바라만 보고 있었다. 큰엄마가 그렇게 서럽게 우시는 모습은 처음이었다.

'큰엄마는 무엇이 슬플까?'
큰엄마는 울다가 장례식장에 오신 손님들 밥을 나르고 반찬을 날랐다. 울어야 하는 때에는 울고 일을 해야 하는 때는 일을 하셨다. 엄마도 동생들이나 모든 친척이 다 그랬다.

아버지가 이 세상에서 행복해 본 적이, 행복하다고 생각하신 적이 있었는지 묻고 싶었다. 늘 인상을 쓰시고 자식 걱정만 하다가 가셔서 언제

행복할 틈이 있었는지 알고 싶었다.

추석에 왔을 때 엄마는,

"니들 아버지는 니들만 부산에서 온다면 안절부절못하고 오는 버스가 언제 오느냐고 묻고 또 묻고 일을 못 하게 한다."

그 이야기를 하는 엄마의 말에 아버지의 얼굴이 붉어지셨다. 검은 얼굴도 붉어지는 것을 처음 보았다.

"내가 언제 그랬다고 그래?"

"아빠 그랬잖아요."

막내 터리가 나섰다.

"딸 온다니까 그렇게도 좋았어요?"

"그럼 자식 온다니까 좋지. 그게 무슨 허물이여?"

명절이라고 가족을 보러 왔는데 아버지를 본 것은 다 해서 5분도 되지 않는 것 같다. 인사를 하고, 같이 밥을 먹고… 또 그뿐이었다. 대화가 없고 어색하였다.

"엄마! 엄마는 외할아버지와 많이 이야기했어?"

"무슨 이야기?"

"부녀간의 대화."

"클 때는 모르고 이제 내가 자식 낳아 보니까 친정에 가면 대화를 하게 되더라. 너희도 자식을 낳아 봐야 해."

아직 자식을 낳아 보지 않아 그럴 수도 있다고 생각했다. 내가 결혼을 하고 자식을 낳으면 화젯거리도 생기고 아버지와 많은 이야기를 할 수 있었다.

'내가 자식을 낳으면…'

아버지 유골은 아버지와 엄마가 개간한 밭 위의 산에 뿌렸다. 엄마가
강력히 주장하셨다. 밭을 엄마와 같이 개간할 때 애들이 쑥쑥 크고 있
을 때였다고 하였다.

"니들 쳐다보며 개간한 밭이여!"

우리는 산비탈 밭으로 심을 만한 것이 없는 밭으로 여겼는데 엄마는
그 밭을 남다르게 여겼다.

'언제나 우리를 지켜보아 달라고.'
'천국에도 계시고 밭 옆에도 계실까?'

아버지는 많지 않은 나이에 자식들에게 부끄러워하시며, 자식들에게
미안해하시며, 우리 곁을 떠나셨다.

막냇동생

◇◇◇◇◇◇◇◇

터리는 우리 집 막내이고 온 식구의 귀여움을 받았다. 집에서는 터리였는데 초등학교에 가서는 효진이라고 불렀다. 마을과 집에서는 여전히 터리라고 불렀는데 그 의미를 고등학교에 가서 알았다. 우리 집 딸 다섯의 막내로 자식 낳는 것을 털어버리겠다고 해서 터리였다. 다행히 호적에는 효진이라고 올려 학교에서는 효진이라 불렀다. 집안의 막내가 귀여움을 받는 것은 당연한 일이겠지만, 우리 터리는 어려서부터 너무 착했다. 착하게 보였다. 목소리도 귀를 입에 대어야 들을 정도였고 부끄러움도 많이 탔다. 먹는 것은 늘 깔짝깔짝 먹는다고 엄마와 아버지의 잔소리를 들었다. 피부는 가무잡잡하고 팔은 뼈만 앙상하게 남아 무슨 힘으로 움직이는지 알 수 없었다. 체질이 그런 것이려니 했다. 초등학교에 들어가서는 반에서 작은 키로 1, 2위를 오르내렸다. 작아도 다부진 아이들이 있었는데 터리는 뛰는 것은 물론이고 걷는 것도 싫어하였다. 지금 생각하면 힘들어서 그랬던 것일 수도 있겠다 싶다. 조금만 걸어도 입술이 파래지고 가쁜 숨을 몰아쉬었다. 산비탈 개간한 밭에 한 번 걸어가는 것도 힘들어했다.

우리 자매는 모두 느긋한 성격이었지만 터리는 우리보다 더 느렸다. 비가 와도 뛰는 법이 없었다. 비를 쫄딱 맞아도 느긋하게 걸어 다녔다.

"비가 오는데 왜 뛰지 않고 비를 다 맞아?"

"이미 다 맞았는데 뭘."

"쟤는 전생에 사대부집 양반이었을 거야."

아무리 놀려도 터리의 행동 습관은 달라지지 않았다. 화를 낼 법도 한데 씩 웃고,

"난 원래 거북이였나 봐! 히히"

했다. 크면서도 막내는 서두르는 법을 잊은 것 같았고 본인도 그것을 인정하였다. 터리는 아침에 책가방을 싸지 않았다. 책가방 하나 싸는 데 한 시간씩 걸렸고, 그래도 빠뜨린 것이 있었다. 그래서 책가방은 항상 전날 싸 두었다. 그것도 책 하나 넣고 보고 가방 추스르고, 노트 찾아보고 추스르고, 내용 확인하고 하나 넣고, 그렇게 하다 보면 한 시간도 부족했다.

"터리야! 얼른 가방 싸고 자자!"

하면, 미소를 지으며 대꾸했다.

"난 원래 느리잖아! 신경 쓰지 마."

우리는 막내가 성격적으로 그렇게 느린 줄 알았다. 화를 낼 줄을 모른다고 일부러 막내 울려 보자고 해도 울지 않았다. 단단히 화가 나면,

"그러지 마. 속상해."

그렇게 말하고 또 미소를 지었다. 엄마는 터리는 부처님이라고 불렀

다. 터리는 부처님으로 불리는 것을 싫어했다.

"언니! 부처님은 남자잖아. 나는 여자인데."
"부처님처럼 착하다는 뜻이야."
"그래도 난 여자인데."

터리는 막내인데도 욕심을 부리지 않고 양보를 잘했다.

"이거 가져도 돼?"
"그래."
"네가 이거 해 줄래?"
"응."
언제나 거절하는 법도 모르는 아이였다. 욕심은 터리 바로 위의 여진이가 부렸다. 자기 것을 챙기고 손에 과자가 있어도 더 달라고 하였다. 그러면 터리는 언니에게 다 주었다.
"터리는 여진이에게 다 주면 뭘 먹어?"
"내 대신 언니가 먹잖아."
초등학교에 입학해서도 그 습관은 고쳐지지 않았다.
내가 추석에 사 준 새 티셔츠를 학교에서 바꿔 입고 왔다. 엄마가 학교를 찾아가서 바꿔 가지고 왔다.

"새 옷을 왜 헌 옷과 바꿔 입었어?"
"그 애가 내 옷을 입고 싶다고 해서."

"넌 아깝지 않아?"

"나도 그 애 옷 입었잖아."

"네 옷은 새것이고 이것은 헌 거잖아."

"새 옷도 입으면 헌 옷이 되잖아."

엄마는 바보 같다고 걱정하였다. 학교에 들어가기 전에는 별문제가 되지 않았는데 학교에 들어가서 친구들과 생활하면서는 문제가 되었다. 누가 달라면 다 주어서 터리에게 돈은 주지 않았다. 옷은 언니들이 입던 옷을 물려받아 입어서 새 옷은 거의 없었다. 새 신이나 값비싼 것이다 싶으면 엄마는 꼭 당부했다.

"누가 달라고 해도 주면 안 돼?"

고개를 끄덕여도 또 다짐을 받았다.

남의 부탁을 거절할 줄도 몰랐다.

터리가 저녁이 되어도 집에 들어오지 않아 찾아 나섰는데 남의 밭일을 하고 있었다. 지나가는 터리에게 일을 조금 부탁한 모양인데 가겠다는 말을 하지 못하고 아주머니와 계속 일을 하고 있었다.

우리는 막내가 원래 그렇게 착하고 차분한 아이인 줄 알았다. 아버지가 돌아가시고 한 달이 안 되어 터리가 학교에서 쓰러졌다. 체육 시간에 50m 달리기를 하다가 기절하였다. 보건실 침대에 누워 있다가 아무 일도 없었다는 듯이 깨어났다. 학교 선생님은 병원 진찰을 받아보라고 하셨다. 전 같으면 아무 일 없이 넘어갈 일이었다. 평소와 다름없는 터리를 데리고 병원까지 갈 여력이 없었다. 아버지가 돌아가신 후에 엄마의 생각에 변화가 있었다. 엄마에게는 큰돈이었을 텐데 터리를 종합 병원에 데리고 가서 검사를 받게 하였다.

검사 결과는 바로 나왔다.

심장 판막 이상이었다. 선천적으로 이상이 있었는데 그것이 악화되어 피가 거꾸로 흐르고 있었다. 태어나면서 기형이던 심장 판막이 더는 제역할을 하지 못할 지경이 되었다고 하였다.

병의 원인도 알고 치료 방법도 알았다. 돈이 없을 뿐이었다. 수술밖에는 치료 방법이 없었다. 너무 오래 방치되어 있어 수술 예후도 장담하지 못했다.

언니와 터리 문제로 상의하였다. 언니도 걱정은 하는데 현실적으로 모아 놓은 돈이 별로 없었다. 내겐 아버지 송아지 사 드렸다가 되돌려 받은 돈과 모아 놓은 돈이 조금 있었다. 언니에게 적어도 얼마 정도의 돈은 있을 것으로 생각했는데 거의 없었다. 언니는 몇 년째 일하고 있었고 학교도 다니지 않았다. 화가 났다.

"어떻게 이렇게 살았어? 돈이 없어도 어떻게 이렇게 없을 수가 있어?"

"소리 지르지 마! 나도 힘들게 살았어. 부산 와서 방도 월세부터 시작해서 이제 막 전세로 돌려놓았고 남들처럼 화장품 하나 산 것도 없었어."

"나도 로션 하나와 스킨 하나 가지고 살아. 언니 왜 그래? 남보다! 남보다! 그 남이 누군데, 그게 누군데, 누구와 비교하는데? 내 주위 남들은 그렇게 안 살아!"

언니도 내가 소리를 질러 당황했고 나도 내가 언니에게 이렇게 큰소리를 낼 줄을 몰랐다. 언니 나이에 언니처럼 꾸미지 않고 다니는 사람도 드물었다. 터리, 터리 수술비 때문에 돈이 없어 언니에게 화풀이를 해대었다. 언니는 나보다 마음이 여렸다. 언니는 방구석에 쭈그리고 앉아 머리를 무릎에 묻고 울고 있었다.

내 통장의 돈을 엄마에게 다 주겠다고 하였더니 언니도 통장의 돈을 조금이나마 찾아왔다.

"이거밖에 없어. 미안해."
"아니야! 내가 언니에게 그냥 화풀이한 거야."

주말에 있는 돈을 모두 엄마에게 가져다 드렸다. 나머지는 엄마의 몫이었다.
"너희들 학교도 가고 시집도 가야 하는데."
"터리 수술이 중요하지."
우리의 돈을 헤아리고 부족한 것은 어떻게든 융통해 보겠다고 하였다.
'엄마가 어디서 돈을 구할 수 있을까?'
큰집밖에는 없었다. 큰집 믿지 말라고 그렇게 이야기를 해도 소용없었다.
"그래도 동기가 최고지. 남과 달라."
"이웃사촌이 괜히 있어? 엄마는 너무 친척을 믿지 마."
큰집에서 수술비 일부를 지원해 줄 줄 아셨다.
엄마를 따라 큰집으로 갔다. 큰아버지와 큰엄마는 한숨만 쉬었다. 엄마는 두 분에게 말을 건넸다.

"터리를 저렇게 죽게 둘 수는 없잖아요? 수술이라도 한번 해 봐야 여한이 없죠."

"그러죠. 그래야죠. 제수씨 말이 옳죠."

그뿐이었다.

"부산에서 현진이가 수술비를 보태 왔어요. 조금만 더 있으면 할 수 있어요."

엄마의 말에 큰아버지는,

"그러게요. 후!"

큰엄마도,

"그러게. 터리 그것이 없는 집에 태어나서 고생만 하네."

하셨다. 엄마가 답답했는지 직접 이야기하였다.

"수술비 일부라도 빌려주세요. 우리 애들도 갚을 것이고 꼭 갚을게요. 안되면 밭이라도 내놓겠어요."

"그것은 알겠는데, 참! 우리도 가진 돈이 없어서, 남도 아니고 당연히 보태야 하는데 지금 가진 것이 없어서, 참!"

"농기계 산다고 조금 있는 거 다 써 버려서요."

큰아버지와 큰엄마는 서로 말을 맞춘 것처럼 의견이 일치하였다. 마을에서 금실 좋기로 소문 난 것이 허튼 말은 아니었다.

엄마는 조용히 자리에서 일어났다.

"어쩔 수 없죠."

큰집을 나오면서 엄마는 아무 일도 없었던 것처럼 태연하게 나왔다. 내가 어색해서 엄마 뒤에서 걸었고 엄마는 아무 말이 없었다. 큰집과 우리 집이 한마을에 있는데 아주 먼 거리를 걸은 것 같았다. 엄마의 한숨 소리가 열댓 번은 더 있었다.

"터리 불쌍해서 어떻게 하냐?"

집 대문으로 들어서기 전에 나 들으라고 하시는 말인지 혼잣말인지 중얼거렸다. 터리 있는 앞에선 온 가족이 약속한 듯이 평소처럼 말하고 행동했다.

저녁에 엄마는 내 방으로 왔다.

"현진아! 넌 부산으로 가고 여기 일은 신경 쓰지 마라. 엄마가 알아서 해 보마. 넌 너 살 궁리나 해."

"어떻게 그래?"

"네가 그만큼 했으면 됐다. 더는 할 수 있는 것이 없잖니? 밭이라도 팔면 될 거야."

"그거 두 개밖에 없는데 어떻게 하려고."

"또 산을 개간하면 되겠지."

'밭을 개간하는 일이 그렇게 쉬운 일인가?'

아버지와 같이 개간해서 얻은 산비탈 밭은 아빠가 계실 때 가능한 일이었다. 그것도 거의 봄부터 가을까지 틈틈이 쉬지 않고 일군 밭이었다. 지금은 엄마 혼자 계시다. 사실상 불가능한 것을 엄마가 모를 리 없었다. 그렇다고 해서 내가 시골에 계속 있어도 별수가 있는 것은 아니었다. 오히려 부산으로 가서 한 푼이라도 벌어야 하고 적어도 내 입이라도 줄이는 편이 현실적이었다.

어느 때부터인지 나도 엄마처럼 긴 한숨을 쉬고 있었다. 가슴 속 깊이 공기를 들이마시고 길게 내뱉었다.

터리 때문에 시골에 다녀온 뒤로 내 긴 한숨은 더 늘었다. 나도 모르게 심호흡을 하는 것 같았다.

"현진아! 얼굴이 왜 그래?"

"현진이 어디 아파?"

"얼굴이 칙칙하다. 화장이라도 좀 하지."

회사에서나 학교에서 주위 사람들이 돌아가며 나를 환자 취급하였다. 나도 모르는 사이에 자주 어두운 얼굴을 하고 있었다. 사람들을 보면 무조건 미소부터 지었다.

'웃자!'

아침 거울을 보면서 나에게 말을 걸었다.

'오늘 하루 즐거운 일만 있을 거야! 기쁜 말만 들려 올 거야!'

나에게 말을 걸고 하루를 시작하였다.

아버지가 돌아가시고 두 달이 지났다. 잠을 설치는 날이 많아졌다. 자다가 일어나서 가슴이 답답해서 숨을 쉬지 못하였다. 가슴의 갈비뼈를 다 열어젖히고 싶었다. 상의를 다 벗어 버리고 맨살로 앉아 가슴 끝까지 숨을 들이켜도 여전해 답답하였다.

"현진아! 너 왜 그래? 현진아!"

언니가 잠결에 깨어 나를 흔들었다.

"가슴이 답답해."

언니가 물을 떠다 준 물을 먹어도 잘 진정되지 않았다. 얼마 시간이 지난 뒤에 서성이다가 상의만 걸친 채 언니와 밖을 배회하고 진정되었다.

"너 정말 괜찮아?"

"그냥 가슴이 답답해! 숨을 가슴 끝까지 들이마셔도 답답하기만 해!"

숨을 쉬다가 죽을 것 같은 생각이 들었다.

"지금도?"

"지금은 조금 나은데 밤에는."

잠을 잘 때는 끈 러닝 하나만 입고 잤다. 그래도 일주일에 서너 번은 깨어서 서성이다 다시 잠을 잤다. 차츰 잠자는 것이 두려워졌다. 높은 곳에 있다면 뛰어내릴 것 같은 생각이 들었다. 지금 내가 더욱 강하게 마음을 먹어야 할 텐데 나마저 무슨 이상이 있으면 엄마는 더 버티기 힘들 것이었다. 언니는 나를 강제로 끌고 병원 진료를 받게 했다. 아무 이상이 없는데도 언니의 부탁이라는 말에 한번 가 보기로 하였다.

의사 선생님은 공황장애가 왔다고 했다. 약을 처방받았다. 언니에게는 시골 엄마에게 연락하지 말도록 여러 차례 당부했다. 약만 잘 먹으면 일상생활에 지장이 없다는 의사 선생님의 말씀도 있었다. 병원 처방 약 외에 나는 약국에서 따로 진정제와 수면제를 비상약으로 사 놓았다. 가슴이 답답해서 터져 버릴 것 같으면 먹을 계획이었다. 약이 있으니 마음이 조금 진정되는 느낌이었다. 약은 오래도록 먹어야 한다고 했다.

가끔 가슴이 답답하거나 죽음에 대한 공포가 올 때가 있었다. 그럴 때면,

'살아 있는 것과 죽는 것이 무슨 차이가 있을까?'

하고 곰곰이 생각하다 보니 차츰 증세도 완화되었다. 그래도 나는 심각하지 않은 모양이었다. 다행이었다. 나는 내가 삶에 대한 욕구가 많다는 것을 알았다.

엄마는 밭을 농협에 저당 잡히고 대출을 받았다. 팔겠다고 내놓았지만 사겠다는 사람이 없었다. 터리 수술에 부족한 나머지 돈은 마을 사람들에게 조금씩 빌렸다. 큰집에서는 한 푼도 빌릴 수 없었다. 큰집은 트랙터를 사느라 돈이 없었다. 돈을 빌려주지 못하는 큰아버지와 큰엄마의 안타까운 마음을 뒤로하고 터리는 종합 병원에서 수술 준비를 하였다.

검사 결과는 더 나빴다. 너무 오래 방치되어 있어 걷잡을 수 없이 악화되어 있었다. 겉으로 보기엔 멀쩡하였는데, 살아 있다는 것이 기적이라는 소리를 들었다. 의사 선생님은 하루하루 사는 것이 기적이라고 하였다.

'누구나 하루하루 사는 것이 기적 아닐까?'

수술 날짜는 시간이 급해 빨리 잡았다. 긴 수술을 하였다. 의사 선생님이 수술은 잘 되었다고 하셨음에도, 재수술하였다.

'수술이 잘 되었는데 왜 재수술을 해야 할까?'

일주일 후에 재수술, 또다시 재수술. 엄마는 저 어린 것이 어떻게 버티느냐고 걱정이었지만, 그것보다 수술이 더 급했다. 그렇게 수술을 하였어도 제대로 되지 못하였다. 의사 선생님은 더 이상의 수술은 무리라고 판단하였다.

터리를 중환자실에서 일반 환자실로 옮겼다. 일반 병실이지만 환자 대부분은 파란색 빨대 같은 산소 공급기를 코에 달고 있었다.

입원하기 전엔 걸어 다니던 아이가 입원하고선 앉아 있기도 힘들어했다. 엄마는 온종일 터리 옆에 붙어 있었다. 터리 침대 옆에 간이침대를 바닥에 깔고 칼잠을 잤다. 병원의 시설은 환자를 위한 것이었고 간호하는 보호자를 위한 시설은 빈약하였다. 엄마는 여섯 명의 환자와 보호자가 공동으로 사용하는 냉장고에 김치를 넣어 놓고 숙식을 해결하며 터리를 간호하였다.

시골 마을에서는 돌아가며 병문안을 왔다. 할아버지와 큰아버지 내외분도 왔다. 큰엄마는 터리 앞에서 서럽게 눈물을 흘렸다.

"큰애야! 무슨 일 났냐? 병원에서 그리 우는 거 아니다."

할아버지가 말렸다.

병실에 처음 들어왔을 때는 전부 터리 손을 잡고 힘을 내라고 한 마디씩 돌아가면서 하였다. 그다음부터는 병문안 온 사람들끼리 대화를 하고 엄마는 옆에서 대꾸하였다.

그 옆에서 터리는 멍하니 천장을 바라보고 그들의 대화가 끝나길 기다렸다. 전부 일어나서 터리 손을 잡기 시작하면 병문안이 끝날 시간이었다.

"엄마! 큰엄마는 왜 우셔?"

"큰엄마는 정이 많잖니? 마음이 여려."

'큰엄마가 정이 많았나?'

큰엄마는 마치 터리가 큰일이라도 난 듯이 우셨다. 할아버지가 말리지 않았으면 계속 우셨을 것이었다. 그렇게 문병 온 사람들이 서로 울고, 웃고 떠들며 이야기하는 모습을 터리는 먼 산 쳐다보듯이 보고만 있었다. 엄마는 문병 온 사람들의 이야기에 대답하고 많은 사람들이 나뭇가지에 잎이 나고 지는 것처럼 왔다가 갔다.

병실에는 음료수와 과일이 쌓여 가고 터리의 힘은 빠져 갔다. 원래 없던 근육마저도 사라져버렸다. 터리의 피부 밑의 핏줄이 뼈에 붙은 채로 드러났다. 처음에는 핏줄이 가늘어 간호사가 핏줄을 찾기 힘들어하였었다. 이제는 한겨울 건물에 등나무 줄기가 붙어 있는 것처럼 그 가는 핏줄이 뼈에 붙어 드러났다. 손의 온기도 매일 빠져나갔다.

침대에 누워서도 내가 가면,

"언니 왔어?"

하고 인사말이라도 하던 아이가 점차 말이 없어졌다. 그다음에 가면 말을 못하고 미소만 지었다. 그다음엔 웃을 기운도 없었는지 입가의 근육이 살짝 떨리고 말았다. 먹는 것도, 삼키는 것도 힘들어 링거에 의존하며 생명을 연장하였다.

터리는 엄마가 깎아서 손에 쥐여준 사과 한 조각 베어 물 힘이 없었다. 손에 사과를 들고,

"엄마 먹어."

기어들어가는 소리로 귀를 입에 대어야 들리는 소리를 한마디 하였다. 미소를 지으며 힘없이 사과를 든 손을 떨어뜨렸다.

터리의 얼굴은 평안하고 온화하여 보였다고 했다. 그래서 터리는 아빠와 같이 하늘에 있을 것이라고 하였다.

평소의 터리의 잠자는 얼굴은 더 평안하였고 온화하였다. 잠을 자면서도 미소를 짓던 아이였다.

나는 이때도 울지 않았다.

해고

아버지가 돌아가시고 곧바로 막내 터리가 아빠를 따라 떠났다. 그 뒤로 나는 회사와 학교에만 집중하였다. 사람들과도 멀리하였다. 누군가 만나자고 하면 일이 있다고 피하고, 피곤하다고 핑계를 대다 보니 집에만 있게 되었다. 밖에서 누군가를 만나는 일은 거의 없었다. 집에만 있다고 마음이 편한 것은 아니었다. 언뜻 아버지 모습이 회상되고 터리도 보였다. 슬픔이 무엇인지 전혀 모를 것 같은 내가 이러고 있다면 아무도 믿지 않을 것이었다. 내겐 조금 더 무엇인가 몰두할 일이 필요했다. 회사의 일과 공부만으로 온 정신을 쏟는 데는 한계가 있었다.

회사의 일하는 강도는 날로 강해지고 월급은 별로 달라지지 않았다. 조 대리의 잔소리도 더 심해지고 김 과장도 자주 작업장에 나타났다. 물량은 항상 정해진 것이 아니고 어떤 달은 많고 어떤 달은 적었다. 일의 양이 많고 적음의 문제가 아니었다. 전체적으로 일을 더 해야만 한다는 압박감이 심해졌다. 나뿐만 아니라 회사 전체 분위기가 그걸 느끼고 있었다. 작은 안전사고도 끊임없이 일어났다. 회사에서는 주의를 당부하였는데 사원의 안전보다 보상 처리에 더 신경을 쓰는 느낌이었다. 점심시간마다 모여 앉으면 전보다 힘이 더 든다는 이야기들이 계속 나왔다. 날마다 우리 회사는 힘들어지는데 다른 회사의 사정은 어떻고 월급은 어떠한지가 매일 점심시간의 대화 주제였다.

이런 자연스러운 모임의 대화 중심에는 혜영이 언니가 있었다. 언니는 늘 화장기 하나 없이 다녔다. 그래도 하얀 피부에 눈은 크지 않으면서도 하얀 흰자에 새까만 눈동자가 반짝였다. 입술에 립스틱을 바르지 않아도 연분홍 입술이 있다는 것을 혜영 언니를 보면서 처음 알았다. 오똑하면서도 크지 않은 코가 전체적으로 갸름한 얼굴과 조화를 이루고 있었다. 보면 볼수록 좋아할 얼굴이 이런 얼굴이란 생각이 들었다. 체구도 그리 크지 않으면서도 아름다운 여성의 몸매를 갖고 있었다. 마치 연예인 같으면서도 지적인 분위기가 풍겼다. 언니는 20대 중반 정도 되었는데 아주 많이 알았다. 법도 많이 알았고 우리 사회의 무엇이 잘못 된 것인지도 잘 알았다. 언제부터인지 점심시간만 되면 다섯 명에서 많게는 열 명 정도가 잔디밭에 둘러앉아 혜영 언니의 이야기를 들었다.

"회사는 우리들이 일을 해서 돈을 벌었으면 우리하고 나눠 가져야 하잖아! 왜 지들만 다 가져가?"

혜영 언니는 목에 힘을 주고 때로는 작은 주먹을 쥐어 보였다. 처음 볼 때와 다르게 말도 거칠게 하였다.

"그래서 연말에 상여금 받았잖아요."

아무것도 모르는 내가 한마디 하였다. 언니는 눈을 부릅뜨고 말했다.

"그것은 새 발의 피야! 우리 상여금 다 합쳐 봐야 몇 푼 안 돼요."

"그러면 김 과장님에게 더 달라고 해 볼까?"

모두 나를 보고 웃었다.

"왜? 조 대리에게 달라고 하지?"

"사장님에게 말해야 하나?"

혜영 언니는 입술을 오물거리며 눈을 다시 한 번 부릅뜨더니,

"그자들이 달란다고 순순히 줄 사람들이냐? 우리가 힘을 모아야 해! 언제까지 우리가 당하고만 살래?"

하였다. 언니는 뭔가 많이 화가 나 있었다.

'무엇이 언니를 화나게 했을까?'

나는 사장님이 혼자 다 가지진 않을 거란 생각이었다. 언니는 사장님이 너무 많이 가져간다고 하였다. 언니의 말에 다른 사람들은 고개를 끄덕였다. 나도 가만히 있으면 안 될 것 같아 같이 아무것도 모르면서 고개를 끄덕끄덕하였다.

"언제까지 당하고만 살아야 하겠어요? 쥐꼬리만 한 월급으로 언제까지 착취만 당하고 살아야 해요?"

'우리가 당하고 살았나?'

회사는 내게 일자리를 주었고 월급을 주었다. 그것으로 생활하고 돈을 모아서 대학교도 갈 계획이었다. 돈이야 더 주면 좋지만 받는 사람이 달란다고 무조건 주지는 않을 것 같았다. 회사 그만 다니라고 하면 나만 손해였다. 나는 직장이 없으면 다시 시골에 가야 하고 돈을 벌 방법이 보이지 않았다. 혜영 언니가 무슨 말을 하는지, 도무지 이해되지 않

는 이야기뿐이었다.

혜영 언니는 일도 잘했다. 아침에 출근하면 제일 먼저 나와서 작업 준비를 하였다. 우리가 탈의실에서 잡담할 시간에 이미 작업장에 가 있었다. 우리는 조 대리의 명령조의 말에 전부 퉁명스럽게 대답하는데 언니는 항상 웃으며 대했다. 다른 모든 사람에게 상냥하게 대하였다. 언니가 우리 회사에 입사한 지 세 달째부터는 주위 사람들과 허물없이 자주 대화하였고 나에게도 먼저 말을 붙이며 애쓴다고 하였다. 언니의 출퇴근 옷도 나처럼 한 벌이었다. 허름한 바지 차림에 넉넉한 티셔츠를 교복처럼 입고 다녔다. 우리 또래 아이들은 퇴근할 때에 입술이라도 바르고 나가는데 언니는 맨 입술이었다. 그래도 붉은 입술을 가지고 있었지만. 어떤 날은 세수를 하고 로션도 바르지 않은 맨얼굴로 다녔다. 그래도 살색이 뽀얗고 하여서 멀리서도 알아볼 수 있었다. 조금만 화장을 하면 연예인이라고 해도 될 만큼 예쁠 얼굴이었다. 그런 언니가 말도 참 예쁘게 잘했다. 회사에서 언니를 싫어하는 사람이 하나도 없었다. 혜영 언니가 언제부턴가 대화 중에 화를 내는 것을 보면서 언니도 화를 낼 줄 아는 우리와 같은 사람이라는 생각을 하게 되었다. 난 그런 언니가 부러웠다.

'어떻게 저렇게 많이 알까?'

자기의 주장이 확실하고 지식이 많은 언니가 부러웠다. 아는 게 많아서 우리 대부분은 듣고 언니만 주로 이야기하였다.

"우리가 우리의 권리를 찾아야 합니다. 우리가 뭉쳐서 우리의 요구를 주장해야 합니다. 가만히 있으면 저들은 우리의 피를 계속 빨아 먹을 것입니다!"

"맞아요! 혜영이 말대로 뭉쳐야 합니다! 일은 우리가 하고 돈은 지들이 다 먹고 있어요!"

선영이 언니는 혜영이 언니와 비슷한 또래였는데 혜영이 언니의 말에 대부분 동의하고 혜영이 언니가 화를 내면 같이 화를 내었다.

"우리 잘 뭉치고 있잖아요."

나는 아무것도 몰랐다. 이렇게 점심시간에 이야기하는 것을 보면 잘 뭉치고 있다고 생각했다. 내가 무슨 말만 하면 언니들은 웃었다.

"애는 몰라도 너무 몰라."

혜영이 언니는 답답했는지 나를 따로 불렀다.

"현진아! 언니와 같이 공부할래?"

"나 지금 학교 다니고 있잖아."

"그런 공부 말고, 이 사회가 어떻게 잘못된 것인지 아는 공부."

"시간 없는데."

"주말엔 뭐 하는데?"

"빨래하고 숙제하는 것도 힘들어. 몸도 힘들고."

언니는 무슨 공부를 같이 하자고 하는데 정말 시간이 없었다. 몸도 너무 피곤하였다. 주말이 없었다면 회사를 못 다녔을 것이다. 언니는 내게 공부하자고 하는 것은 포기했지만, 가끔 읽어 보라고 책을 주었다. 나는 하나도 모르는 내용뿐이었다. 그래도 언니는 내게 계속 잘 대해 주었다. 늘 챙겨 주고 마주치면 늘 웃어 주었다. 항상 따뜻한 말과 함께 내 어깨나 등을 두드려 주었다. 나는 그렇게 유식한 언니가 부러웠다.

'어떻게 하면 언니처럼 될까?'

어느 날 언니는 불쑥 흰 종이를 내놓고 서명하라고 하였다.

"이게 뭐야?"

"우리가 같이 우리의 주장을 하자는 거야. 같이 힘을 합치자는 거지."

"이거 해도 돼?"

"나도 했잖아."

"우리 다 할 거야."

나는 언니가 시키는 대로 주소와 이름을 쓰고 서명을 했다. 나는 내 사인이 없었다. 서명란에 그냥 내 이름을 다시 써넣었다. 언니는 다른 사람에게도 서명을 받아야겠다면서 서명지를 들고 다녔다.

"현진아! 너도 좀 도와주라! 나는 이쪽 부서를 돌 테니까 너는 반대편 부서를 돌아다니며 서명지에 서명을 받아와."

"이게 뭐냐고 물어보면?"

"내가 시켰다고 하고."

어떤 사람들이 이게 무엇이냐고 물어보면 혜영 언니가 받아 오라고 한다고 하였다. 그러면 두말없이 사인해 주었다. 우리들 사이에서 혜영 언니는 보이지 않는 지도자였다.

나는 사인을 받으면서 내가 뭐라도 옳고 훌륭한 일을 하는 기분이었다.

그렇게 일이 끝난 것이 아니었다. 며칠 후에는 퇴근 후에 사원 전부 모이라고 공고가 붙었다. 공고판에 붙은 것이 아니고 출퇴근하면서 잘 보이는 벽과 작업장 벽에 붙었다. 회사에서 붙인 것이 아니고 혜영 언니 친구들이 붙인 공고였다.

회사 뒷마당 잔디밭에 사원들이 모였다. 사람들 앞에 혜영이 언니가 가운데 서고 네 명의 언니가 두 명씩 양쪽 옆으로 같이 섰다. 나도 나오라고 하였는데 부끄러워서 다른 사람들 틈에 같이 앉아 있었다.

"이제 우리는 노조를 결성했습니다. 서명하신 분들 고맙습니다. 서명하신 분들은 모두 노조원이 되었습니다. 우리 모두 우리 회사의 선구자들입니다. 회사의 발전을 위해 노력하겠습니다. 그리고 우리의 열악한 근로 조건과 임금 인상을 위한 협상을 할 것입니다. 이 자리에서 대의원을 뽑아 주세요."

뭔가 일이 커지는 느낌이었다. 내가 서명한 것이 노조원이 되는 양식이었다. 대의원이 무엇인지도 모르고 대의원을 거수로 뽑았다. 종이에 써서 비밀 투표를 하려고 하였는데 퇴근 후여서 일찍 퇴근하려고 해서인지 다들 거수로 뽑는 걸 원했다. 거의 언니 친구들이 뽑혔다. 그렇게 첫 모임은 끝났다. 멀찌감치서 조 대리와 김 과장이 우리를 지켜보고 있었다.

다음 날은 회사에서 사장님의 특별 말씀이 있다고 전 사원을 소집하였다. 잔디밭에는 커다란 확성기가 여러 대 설치되어 있었다. 사장님은 양복이 아니라 작업복 차림으로 나왔다.

"우리 회사는 창사 이래 많은 발전이 있었지만, 또한 국제 정세가 날로 변하여 심각한 도전에 직면하고 있습니다. 수출이 전년도 보다 현격히 줄어들고 있고 국내 소비도 많이 위축되고 있습니다. 그럼에도 불구

하고 우리 회사는 조금씩 자리를 잡아가고 있습니다. 이게 전부 여러분의 노고임을 알고 있습니다. 저를 비롯한 전 경영진은 여러분에게 항상 감사하며 사원 여러분 한 명 한 명에게 많은 복지와 혜택이 가도록 최대한 노력하겠습니다. 상여금도 올해에는 더 많이 드리려고 숙고하고 있습니다.

이러한 중차대한 시기에 우리 회사에 불순한 세력들이 침투하여 '노조를 만든다.', '지금 당장 임금 협상을 한다.'는 말이 많습니다. 대다수 선량한 우리 직원 여러분들은 이런 모략 선동에 동요하지 마시고 지금까지 해 주신대로 열심히 일해 주시면 우리 경영진은 그 보답을 하도록 하겠습니다. 우리 회사는 지금까지 노사가 단합하여 모든 어려움을 극복하고 이 자리까지 왔습니다. 많은 어려움이 있을 때마다 노사가 대화로 해결해 왔습니다. 이러한 대화의 전통을 이간질하는 세력을 가만히 보고만 있지 않겠습니다. 그럼에도 불구하고 오늘 이후로 계속 경거망동하거나 동조하는 세력은 색출하여 그 책임을 반드시 묻도록 하겠습니다."

혜영 언니가 손을 번쩍 들었다. 사장님이 그냥 가시려 하자 사장님을 불러 세웠다.

"사장님은 우리 회사 노조를 인정하지 않으시고 근로자들의 의견을 듣지 않으시겠다는 말씀이신가요?"

"우리 회사는 언제든지 사원 여러분의 의견에 경청하고 있습니다."

사장님과 이사님은 돌아서서 한마디만 하시고 들어가셨다. 혜영 언니는 그 뒤에 임금을 인상하라고 소리쳤다.

"사장님! 사장님!"

조 대리가 언니에게 다가왔다.

"야! 너 말조심해! 네가 선동하고 있지?"

"'야'라니요? 누가 선동합니까?"

언니 친구들도 같이 조 대리에게 소리를 치자 조 대리는 흠칫 뒤로 물러났다. 이런 모습은 처음 보는 일이었다. 혜영 언니와 대의원들은 사장님이 떠난 자리에서 사장님의 말씀이 잘못되었고 우리의 권리를 짓밟는 행동이라고 심하게 비난하였다. 내가 듣기에는 저렇게까지 이야기해도 될까 싶을 정도로 욕설에 가까운 이야기들이었다.

혜영 언니와 대의원들은 다음 날 사장실을 방문하였는데 사장님을 만나지 못했다고 하였다. 그리고 일을 하지 말고 농성을 해야 한다고 하였다. 긴급 공고가 나붙었다. 사내 방송에서는 파업이나 불법 노조 활동에 참여하는 사원은 해고를 원칙으로 하겠다고 하였다. 나는 해고될 것이 걱정되었다. 내겐 어떻게 하든지 돈이 필요하였다. 혜영 언니들은 그렇지 않은 모양이었다. 조 대리가 해고하겠다고 하면,

"맘대로 하세요."

하고 맞받았다. 언니들은 해고가 무섭지 않은 것 같았다. 한편으로 용감하다고 생각했다.

"우리 전부 힘을 합쳐서 싸웁시다!"

혜영 언니의 말은 점점 더 거칠어졌다. 나는 내 걱정을 이야기했다.

"언니! 이러다가 정말 해고되면 어떻게 해?"

"우리는 선구자야! 누군가는 꼭 해야 하는 일이야. 나만 잘살겠다고 하면 다음 사람들은 영원히 노예처럼 살아가야 해!"

갈등이 생겼다.

‘나만 잘살겠다고 하는 것일까?’

"그래도 해고되면 어떻게 해?"

"할 테면 하라지. 순순히 물러나진 않을 거야. 우리가 뭉치면 함부로 해고할 수도 없어."

어떻게 되는지 알 수 없었다. 함부로 해고되지 않을 것이라는 혜영 언니의 말이 위안이 되었다.

다음 날 회사 정문 옆의 담에 사장님을 비난하는 내용과 임금을 인상하라는 현수막이 걸려 있었고, 경비원 아저씨들은 그것을 떼어 내느라 언니들과 싸움을 하고 있었다. 언니들이 나눠 주는 유인물에는 사장님의 고급 차와 비싼 빌라 사진이 들어 있었다. 사장이니 당연히 그럴 것으로 생각하는 나와, 같이 나눠 가져야 한다는 언니들의 생각에 차이가 있었다. 한 편으로 내 다락방 자췻집을 생각하면 부러운 것은 맞았다. 그렇다고 사장님에게 무조건 돈을 더 달라고 하는 것은 아닌 것 같았다. 언니는 내게 노예근성에서 깨어나야 한다고 하였다. 전혀 아니라고 하지 못하겠다. 난 늘 소극적이었다. 사람들 앞에 나서거나 집 밖에 나가는 것도 싫어하였다. 내가 나서서 무엇을 한 기억이 별로 없다.

회사는 매일 시끄러웠다. 유인물 나눠 주는 것도 회사에서는 못하게 막았고 그럴수록 언니들의 소리는 커졌다. 혜영 언니와 같이 다니는 선영 언니는 나처럼 산골에서 왔는데 밑으로 동생이 여섯 있는 맏딸이었다. 중학교를 졸업하고 매달 월급을 시골로 부쳐 주고 생활하였다. 자취방 집세를 아끼려고 친구와 둘이 같이 살고 있었다. 너무 알뜰하게 사는 언니였다. 그 언니가 혜영 언니와 같이 다니면서 많이 변했다. 좋은 일인지 나쁜 일인지는 모르겠지만, 많이 유식해진 것 같았다. 나에게도,

"언제까지 자본가들의 착취에 당하고만 있을래? 우리가 이렇게 사는 것이 다 사회 구조가 그렇게 되어 있어서 그런 거야. 너는 너만 생각하냐?"

고 꾸짖었다. 내가 무엇을 잘못해서 그렇게 되었는지 모르겠지만, 선영 언니에게 나는 나만 생각하는 나쁜 아이였다.

"무엇을 해야 하는데?"

"같이 싸워야지."

"그냥 말로 하면 안 될까?"

"저자들이 말을 들을 사람이야? 말로는 절대로 안 내놓을 인간들이기 때문에 이러는 거야."

'근데 누구랑 싸우고, 왜 싸워야 하는데?'

물어보려다가 참았다. 언니에게 더 혼날 것 같았다. 일주일 정도는 매일 회사가 시끄러웠다. 그다음 주 월요일엔 회사 정문 옆 공고판에 공고가 붙었다. 1차 해고 대상자 명단과 사규 몇 조에 따라 해고한다는 내용이었다. 혜영이 언니와 같이 다니는 언니들 전부였다. 나는 조금 일찍 출근한 편이어서 바로 탈의실로 올라갔는데 늦게 온 언니들과 출근을 저지하는 경비 아저씨들의 몸싸움이 있었다고 했다. 그날 언니들을 회사 내에서는 볼 수 없었다.

나는 어떻게 행동을 해야 하는 것이 옳은 것인지 판단이 서지 않았

다. 언니들은 내가 가만히 있다면서 나를 이기주의자, 기회주의자라고 하였다. 나는 무슨 일을 해야 하는지도 몰랐다. 그러면 나도 같이 해고 되어야만 하는 것인지, 가만히 일만 하고 있어야 하는지 머리가 복잡하였다. 다른 사람들은 아무 일도 없던 것처럼 일만 하였다. 점심시간에도 다소 무거운 분위기만 빼고는 평소와 다름없었다. 점심 식사 후에 사장님의 특별 방송이 있었다.

"전 사원은 동요하지 마시고 지금처럼 열심히 일해 주시면 회사는 여러분을 위해 최선을 다하겠습니다. 절대로 불순 세력들과 손잡고 회사 영업을 방해하면 즉시 해고될 것입니다. 우리 모두 불행한 사태가 일어나지 않기를 바랍니다."

사장님은 조금 흥분한 목소리로 방송하였다.

퇴근길에 보니 정문에서 혜영 언니와 같이 해고된 언니들이 피켓을 들고 서 있었다.

"악덕 사장 퇴진하라!"
"근로자의 임금 착취를 중단하라!"

퇴근하는 사람마다 손을 잡아 주었다. 나도 손을 잡아 주었는데 같이 여기에 서 있어야 하는지 집으로 가야 하는지 어찌할 바를 몰랐다. 그 언니들 외에 십여 명이 같이 이야기하고 서 있었다. 나는 학교에 가겠다고 하고 나섰다. 혜영이 언니의 눈빛이 마치 '그래, 가려면 가라.' 하는 것 같았다.

"누가 볼 것 같아 그래요. 할 이야기가 있는데 걸으면서 할까요? 차 안에서 할까요?"

마지못해 차를 탔다.

"현진 씨, 전에 일하던 곳에서 노조 활동을 활발히 하셨다면서요?"

순간 올 것이 온 것 같은 생각이 들었다. 부장님도 아시는 이야기이면 해고되는 것은 시간문제일 것이란 생각이 들었다. 누가 도와줄 사람도 없었다. 이제 겨우 새 직장을 잡았는데 나보고 나가라는 것은 너무 억울한 일이었다.

"열심히 한 것은 아니고, 전 아무것도 모르고 언니들이 시키는 것만 했어요. 정말이에요."

"현진 씨, 지금 우리 회사 상황이 어떤지 알고 계시지요?"

"예!"

"그동안 회사가 잘 운영되고 있었는데 일부 불순한 사람들이 회사를 망하게 하려고 하고 있어요. 회사가 없어지면 우리 모두 실업자가 되는 거잖아요."

"예!"

"현진 씨 마음은 잘 압니다. 노조에 적극적으로 참여하고 있지 않다는 것도 잘 압니다. 그런데 위에서는 그렇게 보지 않아요. 이번에 회사를 위해서 협조를 해 주었으면 합니다. 내가 윗분들에게 현진 씨는 절대로 그런 사람이 아니라고 이야기하겠습니다. 아주 조금만 협조해 주시면 좋겠습니다."

"제가 뭘 어떡해…"

'내가 뭘? 어떻게 해야 해?'

'언니들과 같이 있어야 해?'

'내 밥은?'

집에 오는 내내 갈등이었다. 누가 주었는지 모르겠지만, 죄책감도 들었다. 아침에 출근하는 것도 곤혹스러웠다. 틀림없이 피켓을 들고 있을 언니들을 만날 텐데 나만 살겠다고 출근하는 것이 옳지 않은 것 같았다. 평소보다 일찍 출근하여 회사 안으로 들어갔다. 일하는 중간에 정문에서는 요란한 소리가 들려왔다. 작업장에서도 우리가 같이 동참해야 하는 것 아니냐는 말도 나왔다.

"어떻게 쟤네들만 해고되었는데 우리가 가만히 있어?"

"그러다가 우리도 해고되면 누가 밥 먹여 주나?"

퇴근 무렵에 전날보다 많은 사람들이 언니들 옆에 같이 서 있었다. 나처럼 많은 갈등이 있었을 것이었다. 혜영이 언니는 나를 보자 내 손을 잡았다.

"언니, 미안해! 같이 못 해서."

"현진아! 나를 생각하지 말고 네가 옳은 일을 해."

"나는 여기 해고되면 갈 데도 없고 생활비도 벌어야 하는데…"

"여기 있는 사람들도 입장이 다 같지 않겠어? 여기 있는 사람들이 전부 너같이 나만 생각하면 누가 사회를 바꾸겠니?"

이러지도 못하고 저러지도 못하고 어정쩡하게 서 있었다. 선영 언니가 피켓을 나에게 가져다주었다. 아무 생각 없이 나도 같이 피켓을 들고 섰다. 피켓에 무엇이라 쓰여 있는지 보지도 못하고 서 있었다.

이제까지 나쁜 짓은 하지 말고 옳은 일을 하라고 배워 왔는데 지금 이렇게 서 있는 게 옳은 일이라고 한다. 옳은 일을 하다가 손해를 볼 수도 있다. 나는 내가 하고자 하는 꿈이 있다. 그것을 위해 돈을 한 푼이라도 모아야 하고 대학도 가려면 학교도 가야 하는데 여기에 피켓을 들고 서 있다는 것이 어색하기만 하였다. 회사 내에서 조 대리와 김 과장이 나와서 지켜보고 있었다. 어제처럼 퇴근 시간이 지나가면 끝날 것 같았다.

'조금만 같이 서 있으면 되겠지.'

내일부터는 학교에 빠지지 않고 가야겠다고 생각했다. 마음 한편이 거북해도 학교에 가야겠다고 생각했다.

그 순간 대형 버스 두 대가 오더니 경찰들이 우리를 에워쌌다. 거칠게 우리를 버스 안으로 집어넣었다. 그냥 무서웠다. 순순히 따르지 않는 언니들은 머리채를 잡히고 구타를 당하였다. 여기저기에서 언니들의 비명 소리가 들려왔다.

경찰서 안에서는 십여 명씩 따로 갇혔고 한 명씩 불러 조사를 받았다. 먼저 진술서를 쓰라고 해서 있었던 사실 그대로 썼다.

"임현진! 너 이거 맞아?"

"예! 맞아요."

"나이도 어린 것이 왜 거기 서 있었어?"

"오늘 처음 언니가 피켓을 주어서 그냥 들고 서 있었어요."

"그러면 잡혀가는 거 몰라?"

"정말 몰랐어요."

나는 경찰서에 온 사람 중에 나이가 제일 어렸고 미성년자였다.

"학생이야? 학교는? 벌써 어린 것이 뭐가 되려고."

한심하게 바라보는 경찰 아저씨의 눈을 피해 내 무릎만 보고 있었다.

얼마 후에 경찰의 연락을 받고 담임 선생님이 달려오셨다.

"왜 네가 여기 있어?"

"죄송해요."

담임 선생님을 보자마자 울컥하였다. 나이도 어렸고 담임 선생님이 보증을 서 주셔서 반성문을 쓰고 나만 훈방되었다. 언니들은 내가 어리니까 너라도 나가서 다행이라고 하였지만, 마음은 아주 불편하였다. 담임 선생님은 앞으로 시위하는데 얼씬도 하지 말라고 하셨다.

"정 하고 싶으면 커서 성인이 되었을 때 해라."

나는 죄송해서 들어가는 목소리로 알겠다고 대답하였다.

다음 날 퇴근 무렵에 조 대리가 불렀다.

"임현진! 너 이거 게시판에 붙여 놔! 나 지금 회의 들어가야 하니까."

게시판은 사내 곳곳에 설치되어 있었다. 게시판 유리 덮개를 열쇠로 열고 공고를 붙였다. 정문에 있는 것이 가장 컸고 나머지는 정문 것의 반 정도 되었다. 실외에는 게시판이 네 군데에 있었고 실내에도 식당이나 복도, 작업장 출입문 옆 등 여러 군데 있었다.

"열쇠 받아! 빠뜨리지 말고 전부 다 붙여! 열쇠는 내일 출근해서 반납해!"

그는 내 대답을 원하지 않았다. 나는 묵묵히 공고 벽보와 열쇠를 받았다. 친절한 조 대리는 압정도 챙겨 주었다.

빨리 붙이고 등교하려면 시간이 빠듯했다. 서둘러 붙였다. 모든 게시판의 열쇠가 하나로 통일되어 있다는 것을 알았다. 실내 먼저 붙이고 실외는 나중에 붙이려고 동선을 잡았다. 가까운 작업장 복도에 커다란 벽보를 압정으로 벽보 귀퉁이 여섯 군데를 정성스럽게 눌러 박아 놓았다. 반듯하게 붙여졌는지 확인하고 공고 내용을 보았다.

2차 해고자 명단과 해고 근거 법률, 사규 등이 쓰여 있었다. 해고자 명단에 내 이름이 보였다. 다시 보았다. 분명히 나였다.

"임현진."

다시 보았다. 생년월일이 나임을 확실히 해 주었다. 그 자리에서 얼마 동안 보고 있었는지 기억이 없었다. 내 해고 명단 벽보를 내가 붙이고 다녔다. 아무리 조 대리가 인정이 없는 사람이지만 벽보 내용에 내 이름이 있는 것을 알고 붙이라고 하지는 않았을 것으로 생각한다. 정신없이 붙이고 다녔다. 마지막은 정문에 있는 것으로 퇴근하면서 붙이고 나갈 계획이었다. 마지막 공고를 붙이고 나서 공고 내용을 다시 한 번 읽어 보았다.

나는 해고되었다.

당분간 모아 놓은 돈으로 생활은 할 수 있을 것이었다.

'얼른 일자리를 알아보면 되겠지. 이 넓은 도시에서 나 하나 일할 자리 없으려고?'

회사 정문에 있는 공고판에는 출근하는 많은 사람들이 모여 있었다. 내가 붙인 2차 해고자 명단이 붙었다. 내 뒤에서 수군거리는 소리가 들렸다. 전부 나를 비난하는 소리처럼 들렸다.

“어떻게 해!”
“얘는 억울하겠다!”
“회사 방침을 너무 무시하고 나대더니.”
“그래도 우리를 위해 싸우다가 그런 거잖아!”

나는 김 과장을 찾았다. 처음 입사해서 찾아갔던 사무실이었다.
김 과장은 여전히 부드러운 얼굴로 나를 맞았다.
“어떻게 왔어요?”
“과장님, 제가 왜 해고되어야 하나요?”
“그걸 잘 몰라서 그래요?”
아주 부드러운 말씨이다.

“지나가다가 언니가 피켓을 들고 서 있으라고 해서 하루만 서 있었어요.”
“지난번에 서명지도 돌렸다면서요?”
“그건 혜영이 언니가 갖다 주라고 해서…”
“조혜영 씨와 친한가 봐요?”
“예. 언니가 잘해 줘요.”
“그래서 마음 맞는 언니와 회사를 말아먹으려고?”

"아니에요. 죄송해요, 과장님! 다시는 안 그럴게요."

"사장님이 일벌백계로 징계하라고 하셨어요."

"그게 무슨 말씀이세요?"

"이번에 본때를 보여 주라는 말이에요. 사장님이 영업 방해하면 해고한다고 하신 사내 방송 못 들었어요? 업무 방해로 고소하지 않은 걸 다행으로 아세요. 잘 가세요. 가는 길에 경리부 들러서 퇴직금도 찾아가세요."

김 과장은 또박또박 차분하게 말하였다. 계속 이야기를 해도 달라질 것 같지는 않았다. 인사를 하고 회사를 나왔다. 그래도 퇴직금은 주니 다행이었다. 한두 달은 더 버틸 수 있을 것 같았다. 회사를 떠난다는데 아무도 말을 걸거나 잘 가라고 인사하는 사람이 없었다. 나와 대화하는 것을 보이면 자신들도 해고될 것으로 안 것 같았다.

집에 가는 길에 경찰서에 있는 언니들에게 소식도 전할 겸 면회를 갔다. 경찰서 정문 옆 주차장에 혜영이 언니가 보였다. 반가운 마음에 언니를 부르려 하였다.

'전부 경찰서에서 나왔나?'

어떤 아저씨와 같이 서 있었다. 둘이 말다툼하고 있는 것 같아 달려가려다 멈추어 섰다. 아저씨 옆에는 검은색 고급 승용차가 서 있었다. 사복을 입은 신사는 점잖게 뭐라고 소리치고 있었다. 언니는 투정하는 어린 딸의 모습이었다.

"아빠, 안 간다니까."

"속 그만 썩이고 이제 가자. 그 정도 했으면 됐다."

"아빠!"

"내가 언제까지 네 뒤를 봐 줘야 하겠니?"

아저씨는 언니의 손을 잡아끌어 차에 태웠다. 둘이 승용차의 뒷좌석에 타자 기사가 문을 닫아 주었다. 승용차가 떠나는 동안 나는 전봇대 뒤로 몸을 숨기고 고개를 숙인 채 서 있었다.

'내가 잘못 본 것일까?'

경찰서 안에는 혜영이 언니를 제외한 언니들이 흐트러진 머리를 하고 철창 안에 앉아 있었다. 검사의 조사를 받아야 하고 벌을 받을 수도 있다고 하였다. 나는 입에서 차마 떨어지지 않는, 해고되었다는 소식을 전했다. 선영이 언니를 비롯해서 전부 눈물을 보였다. 나도 해고되었다고 하자 선영 언니는,

"너는 한 것도 없는데 왜?"

하며 반문했고, 나는 혹시 혜영 언니가 있는지 빙 둘러보았다. 내가 본 것이 잘못 본 것이기를 바랐다.

"혜영이 언니는 어딨어?"

"몰라! 아까 조사받는다고 나가서 안 돌아온다. 아마 주동자라고 다른 지역으로 이동시켰나 보다. 고생하지 않아야 할 텐데."

혜영이 언니는 해고를 당한 것인지 스스로 퇴사를 한 것인지 모르겠다.

적어도 언니에게 회사는 생계 수단이 아니었다.

새 회사

◇◇◇◇◇◇◇

　전에 다니던 회사는 세 차례에 걸쳐 해고 파동이 있었다. 얼떨결에 피켓을 든 나머지 언니들도 전부 해고되었다. 경찰에 같이 잡혀갔던 언니들도 시위에 참가한 것은 처음이었다. 그래서 해고는 되었지만, 검사 앞에서 반성문을 쓰고 기소 중지되어 전부 풀려나왔다. 회사에서는 특별 상여금을 지급했고 월급을 조금 인상해 주었다. 만나는 사람마다 해고된 사람들의 희생 덕분이라고 말하였다. 그런 소리를 들어도 옳은 일을 했을 때의 뿌듯한 기분은 전혀 들지 않았다. 착한 일을 했을 때의 만족감도 전혀 느낄 수 없었다.

　회사는 다시 일상으로 돌아갔다.

　혜영이 언니는 더는 볼 수 없었다. 혜영 언니의 소재를 묻는 언니들도 있었지만, 알고 있는 사람은 한 명도 없었다. 서울의 대학교에 다니다가 휴학을 하고 우리 회사에 들어왔다는 이야기가 있었다. 사실인지 아닌지 누구도 알지 못하였다. 나는 회사에서 해고되고 나서 내 일자리를 계속 알아보고 다녔다. 친언니에게 부탁도 해 놓았다.

"언니, 회사 좀 알아봐 줘."

"왜?"

차마 해고되었다고는 말할 수 없었다.

"너무 힘들어서."

"세상에 힘 안 드는 회사도 있니?"

"학교가 조금 멀고."

언니는 그래도 회사 친구들이 많이 있고 나보다 활발하였다. 부탁할 언니가 있어서 마음이 놓였다. 언니가 회사를 알아볼 것이고 나도 알아보면 취직에 대해 별 고민은 하지 않아도 되겠다 싶었다. 많은 사람들이 이직하고 새로 들어오는 것으로 보아 일자리는 넉넉할 것이고 새로 적응하는 것만 문제였다. 어디나 새로 시작하는 것은 내가 적응해야 할 문제였다.

해고되고 나서 처음 며칠은 집에만 있었다. 목욕하고 먼지 하나 없도록 집 안 구석구석 깨끗이 닦았다. 이불 빨래도 하여 널었다. 주인아주머니는 내가 집에만 있자 한마디 하셨다.

"회사 안 나가?"

"새 회사 알아보고 있어요."

"이번 달 방세 낼 날자 다가오는데."

방세를 못 낼 것이 걱정인 모양이었다. 집에만 있는데 밥맛은 왜 그렇게 좋은지 반찬이 없어도 밥은 잘 들어갔다. 시장에서 배추와 열무를 사다가 김치를 담갔다. 엄마가 담그던 기억을 살리고 잘 모르면 아주머니에게 물어가며 플라스틱 용기에 배추 두 포기와 열무 한 통을 담갔다. 겉절이도 맛있지만 익으면 더 맛있을 거란 기대에 부자가 된 듯한 기분이었다. 이제 몇 달은 김치 걱정을 하지 않아도 되었다.

엄마는 내가 해고된 것을 모를 것이다. 내가 철이 없다는 생각이 들었다.

'안되는 것은 안되는 것이고 되는 것은 되는 것이다.'

할 수 있는 것과 할 수 없는 것을 구별 못 하는 내가 한심스러웠다. 불의를 보고 참겠다는 것은 아니지만, 아무런 대책도 없이 행동한 내가 답답했다. 누구 탓이 아니라 다 내 탓이었기에 더욱 속상했다. 나는 아는 것도 부족했고 신념도 없었다. 무엇이 옳은 일인지 그른 일인지 파악도 하지 못하였다. 아직 어리다는 것이 맞는 말이었다. 스스로 부끄러워 얼굴을 감추고 싶으면 걸레질을 하였다. 저녁엔 학교에 가서 오랜만에 졸지 않고 전 수업을 들었다.

'일하지 않고 수업만 들을 수 있다면.'

그렇다고 잘한다는 보장은 없었다. 일순간의 욕심일 뿐이었다. 내가 일을 하지 않고 공부만 한다고 해서 성적이 좋을 것 같으면 낮에 일하지 않고 공부만 하는 아이들은 전부 성적이 좋아야 할 것이다. 단순히 지금의 상황이 힘들어 벗어나고자 하는 마음이고 이 모든 것이 내겐 사치라고 생각되었다.

담임 선생님은 내가 해고된 것을 아시고 나름대로 회사를 알아보고 계셨다. 처음 경찰서에서 연락이 와서 많이 놀라셨다고 했다. 경찰서까지 오시게 하여 미안하였는데 내 일자리까지 알아보고 계신 것을 아니

더욱 고개를 들 수 없게 되었다.

  일자리는 뜻밖에 일찍 나왔다. 담임 선생님이 종례 후에 따로 불렀다.
  "내가 회사를 알아보았는데 가 볼 생각 있어?"
  늘 하시던 말투대로 조용조용하게 말씀하셨다. 내가 무엇을 선택할
상황은 아니었다.
  "현진이가 회사를 가 보고 직접 살펴봐라. 맘에 들면 다니고 아니어도
상관없어."

  옷감 천을 만드는 회사였다. 보수는 전 회사보다 오히려 좋았다.
  새 일자리는 원래 2교대 근무를 하는데 나처럼 야간 고등학교에 다니
는 애들을 위해 3교대로 운영하였다. 우리처럼 학교에 다니는 아이들을
위해 낮에 일하도록 회사에서 배려하고 있었다.
  일은 쉽지 않았다. 큰 기계 앞에서 실이 끊어지지 않도록 기계를 조작
해야 하고 끊어지면 재빠르게 이어주어 천이 만들어지도록 해야 하는
일이었다. 아침에 작업복을 갈아입고 일을 하는 것은 전 회사와 다르지
않았다. 더구나 이 회사에서는 기숙사를 운영했다. 자취하는 사람 입장
에서는 매우 경제적일 수 있었다. 기숙사 자리가 항상 있는 것은 아니었
다. 미리 신청해 두었다가 빈자리가 생기면 들어갈 수 있었다. 내게 큰
매력은 출퇴근 버스를 타지 않아도 된다는 사실이었다. 입사하면서 바
로 신청하였다. 누구와 같이 사용할 것인지는 선택 사항이 아니었다. 네
명이 한 방을 사용하는데 외출 시간이 엄격하고 기상 시간을 지켜야 해
서 불편을 느끼는 사람들은 오히려 자취를 선호하였다. 나는 원래 싼 가

격에 방을 얻어 쓰고 있어서 차비 정도와 출퇴근 시간을 아낄 수 있었다. 허리를 굽히고 움직여야 하는 자취방보다는 나을 것으로 생각되었다. 무엇보다 학교가 가까워 허겁지겁 등교하는 일은 없을 것으로 기대되었다.

일터에서 내가 담당한 기계는 4m 정도의 기계로 혼자서 쉬지 않고 지켜보아야 하는 일이었다. 기계를 내가 임의로 멈출 수도 있었는데 사람이 다치는 위험한 상황이나 너무 많은 실이 끊어졌을 때였다. 처음 하는 일이어서 숙련된 조수에게 일주일 동안 조수로 일하면서 자세히 배우게 하였다. 내 사수는 3년을 근무한 언니로, 손놀림이 기계보다 더 기계적으로 움직였다. 잘 보이지도 않는 끊어진 실을 언제 발견하고 빠르게 실을 잡아당겨 이어놓는 것은 춤동작 같았다. 처음 맺은 인연이어서 앞으로도 잘 모르면 이 언니에게 물을 수 있었다. 저녁에는 김치찌개를 사 주었다. 친언니보다 2살이 더 많은 언니였다. 새 회사에서 처음 알게 된 언니이고 친절하였다. 이 회사는 오래도록 근무할 사람을 뽑는데 내가 뽑힌 것은 의외라고 하였다.

회사에 입사할 때에는 신원이 확실해야 해서 신원 조회를 먼저 한다. 내가 사고를 내거나 하면 같이 책임지겠다는 보증인도 세워야 한다. 거기에 각서도 쓰도록 하였는데, 여기에 들어올 때는 입사 후에 서류를 받았다. 사수인 지현이 언니 말대로 일감이 늘어 손이 부족한 탓으로 생각되었다.

전 회사보다 더 좋은 것은 조 대리나 김 과장 같은 관리자가 현장에 수시로 드나들지 않는다는 것이었다. 공장 내부는 크고 넓었으며 끊임없이 기계가 돌아갔다. 일하는 중간에는 누구 하나 내 주위에 얼씬거리는 사람이 없었다. 누가 일하는 중에 말을 건넨다면 오히려 일에 방해가 될 것이었다. 내가 일한 것은 직물을 보면 바로 나타났다. 직물을 검사하는 과정에서 내가 얼마나 실수를 하였고, 내가 종일 얼마나 일했는지의 양이 바로 나타났다. 아마도 그래서 일하는 과정에서는 관리자의 감시가 필요 없겠다 싶었다. 끊어진 실을 빨리 연결하여 기계가 지속해서 직물을 만들어 내도록 하는 것이 중요했다.

처음 한 달은 기계 소리가 잠자는 중에도 들렸다. 이러다가 환청이 들리거나 귀에 이상이 생기진 않을까 걱정될 정도였다. 그래도 일이 지나칠 정도로 힘든 것은 아니었다. 일이 손에 익을 즈음 기숙사 방이 나왔다는 연락이 왔다. 자췻집에서는 미리 이야기하지 않았다며 한 달 방값을 주어야 방을 뺄 수 있다고 하였다. 원래 3개월 치를 내는 것인데 한 달 값만 받겠다고 하였다. 아주머니에게 꼬박꼬박 말대꾸하는 것도 그래서 그냥 드리고 나왔다. 이삿짐이야 이불밖에 없었지만 그래도 두 번이나 날랐다. 남은 김치는 주인집에 드시라고 전부 드리고 왔다.

기숙사에는 두 명의 언니가 앉아 있었다. 한 명은 시내 갔다가 늦게 온다고 하였다. 은하 언니와 명희 언니가 부드럽게 안내하였다.

친절한 모습에 안도하였다. 보지 못한 언니는 기숙사로 이사하고 나서 볼 수 있었다. 다빈 언니는 눈은 매서운데 반갑다고 지나치게 웃는 모습이 걸렸다.

"반갑다. 잘 지내보자."

"잘 부탁해요."

"편하게 있어."

"고마워요."

방은 깔끔하게 정리와 청소가 잘 되어 있었다. 두 개의 나무로 된 이층 침대가 있고 작은 책상이 두 개 놓여 있었다. 창가의 외풍이 심한 침대가 내 자리가 아니고 다빈 언니의 침대였다는 것은 나중에 알았다. 모든 시설이 자취방에 비하면 가 보지 못한 고급 호텔이었다. 저녁에 옷을 갈아입고 학교에 다녀오면 언니들을 볼 수 있었다.

학교에서 기숙사에 도착하면 밤 10시 가까이 되었다. 정리를 빨리하고 책상에 앉아도 30분은 금방 지나갔다. 책상에 앉아 공부하는 첫날, 두 언니는 바로 잠들었고 다빈이 언니는 이불을 신경질적으로 뒤집어썼다. 불빛에 잠자기 힘들었나 보았다. 다음 날은 책상용 전등을 샀다. 피곤해서 책상에서 졸고 있으면,

"너 책상에서 자려면 불 끄고 자자!"

얼른 불을 끄고 자리에 들어야 했다. 주말이면 대청소를 하였다. 그럴때면 다빈이 언니는 약속이 있었다. 다른 곳은 다 청소하고 다빈 언니의 옷장만 하지 않았다. 할 수도 있었지만, 혹시 본인의 물건에 손을 대었다고 할 것 같았고 다른 언니들도 하지 말도록 하였다.

"다른 곳은 다 청소하면서 내 옷장 하나 닦는 것이 그렇게 어려웠어?"

"혹시 언니 물건에 함부로 손댔다고 할 것 같아서."

"핑계 대지 마."

"다음부터는 꼭 할게."

"그럴 필요 없어."

언니의 잠자리나 이불도 내가 털었다. 어느새 기숙사 청소는 나 혼자 하고 있었다. 일요일에 주로 하였는데 누구는 약속 있어서 나가고, 누구는 교회에 간다고 나가면 나 혼자 남아 있었다. 다빈 언니는 자신의 침대 밑에 물건을 많이 넣어 놓고 있었다.

"다른 곳은 다 하면서 내 침대 밑에만 안 쓴 것 봐라. 너 그러면 안 되지."

'어떻게 말을 해야 할까?'

침대 밑을 쓸다가 다빈이 언니 물건을 건드려 부서지기라도 한다면 더 소리칠 것 같아 놔두었었는데 서운했나 보았다.

"언니 미안해. 다음에는 꼭 쓸도록 할게."

다빈 언니의 침대 밑에는 무슨 물건인지 잔뜩 있어서 쓸기도 쉽지 않았다. 물건을 다 끄집어내고 쓴 다음 다시 물건을 넣어 두었다. 첫날 이후로 언니는 아마도 내가 맘에 들지 않았던 것 같다. 다른 사람에겐 싹싹하고 잘 웃는데 나만 보면 화를 내었다. 다른 언니에게 말하지 못하는 것을 내게 하였다.

"신발장 청소 누가 했어? 제대로 좀 하지!"

내가 했다는 것은 다 아는 일이다. 명희 언니가 한마디 하였다.

"현진이가 청소 다 했잖아. 혼자 했으니까 좀 놔둬."

"이왕 하는 거 제대로 하든지. 이게 뭐야."

청소하는 것은 한 번 더 닦으면 되는 일이었다. 시험 기간에 공부하는 것이 걱정이었다. 학교에서 늦게까지 할 수도 있겠지만, 너무 늦은 밤이라 무서웠다. 책상에 작은 불빛이라도 계속 켜져 있으면 다빈이 언니의 뾰로통한 얼굴이 선하였다.

책상 위에 전등 불빛을 이불로 뒤집어썼다. 불빛이 새어 나가지 않게 하고 이불 속에서 공부했다.

"한석봉 나셨네. 지가 무슨 학자야?"

혼잣말처럼 던졌다.

다음 날 다빈이 언니는 어디서 TV를 사 왔다. 다른 언니들도 좋아하였다. 그다음부터 밤늦게까지 같이 TV를 봤다. 공부할 공간이 없어졌다. 침대에 앉아서 책을 보다 보면 같이 TV를 보게 되었다. 시험 기간에는 공부할 공간이 없어 책을 들고 화장실로 갔다. 화장실이 누구 눈치 보는 일도 없었고 마음은 편했다. 잠이 많이 쏟아지는 것이 문제였다. 화장실에서도 졸았다.

나름대로 열심히 한다고 해도 특별히 좋은 성적이 나오진 않았다. 야간 고등학교 학생 전부 같은 입장이었지만 나는 대학교에 가고 싶었다. 거기에서는 무슨 공부를 하고 어떻게 생활하는지 궁금했다. 현재보다 조금만 더 성적이 나오면 좋겠는데 그러지 못했다. 잠이 많았다. 그래도 일을 할 수 있고 공부를 할 수 있다는 생각을 하면 부자가 된 듯한 느낌이었다. 그런 생각만으로도 힘이 드는 것이나 피곤함이 싹 사라졌다.

학교에서는 경란이가 떠난 뒤로 담임 선생님과는 조금 소원해졌다. 학기 초에 상담 한 번 하고 회사 문제로 상담한 것이 전부였다. 그래도 멋지다는 것이 이런 분을 두고 이야기하는 것이란 생각이 들 정도로 담임 선생님은 완벽하였다. 늘 우리에게 자상하고 화를 낼 때도 우리를 위하는 마음이 느껴졌다.

'나도 저런 분을 만났으면.'

주말에는 자격증을 따기 위해 학원에 나가면서 더욱 바쁘게 생활하였다. 학원의 빈 강의실에서 공부할 수 있었다. 기숙사에선 한 명이라도 있으면 TV를 시청하였고 할 수 없이 같이 시청해야 했다. 그래서 주말에는 학원에서 저녁까지 있을 때가 많았다.

새 회사에서도 노조를 결성한다는 공고를 누가 붙였다. 벽보에는 경영진의 방만한 경영과 개인 비리에 대한 이야기도 붙었다. 밤에는 붙이고 낮에는 경비원들의 떼어내는 일이 계속되었다. 그런 중에도 우리의 이익을 대면하겠다는 집행부가 결성되었다. 이 회사에는 나이 든 언니들이 많아 나는 지시에 따르거나 남들이 하는 대로 하면 되었다.

전체가 참여하는 파업이 결정되었다. 남들 앞에 나서는 것은 내 성격에 안 맞아 싫었고 반대하기도 싫었다. 회사 측에서는 기계만큼은 계속 돌리자는 사내 방송이 매일 나왔다. 관리자들은 직접 찾아다니며 일은 하면서 대화를 하자고 설득하였다. 퇴근 후에는 매일 모여 경영진에 대해 성토하였다. 나는 회사에 입사한 지 얼마 되지 않아 이 회사 사정을 잘 몰랐다. 이들의 주장에 대해 알아야 동의를 하든지 반대를 할 것인데 정보가 거의 없었다. 이러는 가운데 내가 전 회사에서 노조 활동을 하다가 해고되었다는 이야기가 내 귀에도 들어왔다. 기숙사에서 내가 좋아하는 명희 언니가 물었다.

"너 전 회사에서 골수 노조원이었다며?"
"누가 그래?"

"네가 다니던 회사 직원이."

"잘못 안 거야. 난 아는 것도 없어서 그런 활동할 만한 사람이 못 돼."

언니는 내 걱정을 하였다.

"항상 조심히 행동해. 누군가는 보고 있을 거야. 네가 그런 줄 알았다면 회사에서 채용도 하지 않았을 거야."

언니는 진정으로 나를 걱정하였다.

명희 언니와 그런 대화가 있고 난 후 얼마 안 있어 집행부 언니 두 명이 찾아왔다.

"난 기원이고 여긴 성숙이야. 전 회사에서는 열성적으로 활동했었다며?"

"전 그저 시키는 대로…"

"왜 변절했어?"

내가 대답하기 전에 말을 가로챘다.

"변절요?"

"여기서도 나름대로 할 일이 많은데 나서서 담당해야 하는 거 아니야?"

"전 잘 몰라요."

"너 혼자 잘 살겠다는 거야?"

어디서 들어본 말투다. 잘 살겠다는 생각은 하나도 없었다. 그냥 살겠다는 생각이었다.

"언니! 난 정말 잘 모르고 아는 것도 없어."

"그러면 왜 협조 안 해?"

"무슨 협조를 해야 하는데?"

"모일 때나 벽보 붙일 때나 일손이 부족한데 와서 도와야 하는 거 아니야?"

"야간에 학교 다니고, 시간도 없고, 피곤해서…"

"누구는 안 피곤하니? 너 밤길 조심히 다녀라."

무슨 이야기인지 모르겠다. 내게 변절은 무엇이고 무엇을 협조하지 않았다는 것인지 알아들을 수 없었다.

그날 퇴근하면서 정문 부근에서 집행부 언니와 전 회사의 혜영 언니가 만나서 상의하는 것이 보였다. 혜영 언니가 나를 먼저 발견하였다.

"현진아!"

반갑게 웃으며 맞았다.

"언니도 잘 있었어?"

혜영이 언니 옆에는 낮에 내게 찾아와 닦달하던 언니도 있었다.

"언니는 어디 있어?"

"집에서 쉬고 있어. 여기 내 친구들이야. 인사해!"

낮에 보았지만 처음 보는 것처럼 고개를 조금 숙여 인사했다. 그 언니들도 표정은 밝지 않았다.

"현진이가 많이 도와주어야겠다."

"내가 뭐 아는 게 있어야지."

"시키는 거 잘하면 되는 거지."

"나 지금 학교 가야 해. 다음에."

"지금 학교가 중요하니?"

혜영 언니가 그렇게 묻는데 화가 났다.

'혜영이 언니는 회사를 안 다녀도 먹고 살 수 있겠지만, 나는 회사에 다녀야 겨우 먹고 살 수 있어. 언니가 다니는 대학교를 나도 가 보고 싶어.'

그 말이 목에서 맴돌았다.

'내게 무엇이 중요할까? 이들은 내게서 무엇을 원하는 것일까?'

"응. 나는 학교가 중요해!"

소리를 치고 바로 돌아섰다. 뒤에서 변했다는 소리와 믿을 수 없는 아이라는 소리도 들려왔다.

학교에 있으면서도 찝찝한 기분이 들었다. 내가 왜 갈등해야 하는지 알 수 없었다. 하교 시간은 하루를 마쳤다는 생각에 하루 중 가장 즐거운 시간이었다. 기숙사도 가까워서 걸어서 갈 수 있는 거리고 기숙사에 친구들도 있어서 같이 다녔다.

기숙사 앞에서 처음 보는 남자가 나를 불렀다.

"현진 씨!"

도망가려 하는데 내 이름을 불렀다.

"임현진 씨 맞죠?"

"누구 신데요."

"밤늦게 죄송합니다. 저기 부장님이 기다리십니다."

부장님은 어두운 차 안에 계셨다. 내가 따라가기를 망설이자 부장님이 승용차 유리창을 내렸다. 그래도 밤이라 승용차를 타는 것을 주저하였더니 부장님이 차에서 내렸다.

"지금 노조 집행부에 들어가서 같이 활동하세요."

"예? 전 싫은데요."

"회사를 위해서 그냥 들어가서 활동하세요. 내가 필요하면 그때마다 몇 가지 물어볼 테니까 그것만 말해 주면 돼요. 그것도 그냥 일상적인 거예요. 협조 없으면 아마 다음 주에 해고 공고가 붙을 겁니다."

"저 해고당할 만한 일 한 적 없어요."

"알아요. 그러니까 내가 알아서 할 테니 내가 하라는 대로 해요."

어떻게 대답해야 하는지 망설이고 있었다.

"그럼 누가 보니까 얼른 내리시고 다음에 봅시다."

얼떨결에 차에서 내렸다.

'무엇을 물어보겠다는 것일까?'

이래도 해고되고 저래도 해고될 수 있었다.

노조 집행부의 기원이 언니가 다음 날 찾아왔다.

"혜영이가 그러는데 너를 잘 봐 주라고 하더라."

"고마워요."

"너는 잔심부름 정도만 해줬으면 좋겠어. 벽보를 붙이는 정도는 할 수 있잖아."

"알겠어요."

"고맙다. 우리 열심히 해 보자."

언니는 내 두 손을 잡았다.

노조 일은 그다음 날부터 있었다. 새벽에 언니들이 지정한 벽에 벽보를 붙이는 것이었다. 벽보 붙이고 다시 기숙사에 갔다가 출근하면 많은 사람들이 내가 붙인 벽보 앞에서 벽보를 읽고 있었다. 저녁에는 전단지를 집행부 언니들과 같이 나눠 주고 등교를 하였다. 부장님은 일주일에 두 번 정도 찾아왔다. 주로 하교 시간에 찾아와서 일상적인 것만 물어보았다.

"벽보는 누가 썼어?"
"그건 잘 모르고 기원 언니가 주었어요."
"또 전체 사원 모임 언제 있을 거래?"
"모레 저녁에 퇴근 후에 모인대요."
"수고!"

부장님이 물어보는 것은 별 내용도 없었다. 사실 내가 자세히 아는 것도 없었다. 회사에서는 차례로 해고 공고를 붙였다. 해고된 언니들은 회사 내에서 농성하다가 경비원이 쫓아내자 회사 밖에서 농성을 계속하였다. 나에게 주어진 일은 간단하지만, 해고된 언니는 다른 언니에게 나머지 일을 맡겼다. 나는 새로운 언니의 지시를 받아서 일하였고 가끔 부장님은 누가 새 일을 맡겼는지 정도만 물었다. 해고가 계속되는 가운데 처음 집행부에 참여한 사람들은 성숙이 언니와 나만 빼고 전부 다 해고되었다.

하굣길에 기숙사 앞에서 부장님을 만나고 들어갔다. 다빈이 언니가 방에 쓰레기가 많은데 치우지 않는다고 소리를 질러 방 안의 쓰레기통을 들고 나왔다. 어스름한 반달이 떠 있는 밤이었다. 성숙이 언니가 걸어가고 있었다. 불러 인사를 하려는데 성숙이 언니는 부장님 승용차에

올랐다. 부장님의 승용차는 아직 기숙사 앞의 담 그림자 속에 주차하고 있었다. 쓰레기를 버리고 그 자리에 주저앉았다. 아무 생각도 나지 않고 할 수도 없었다. 한참 후에 성숙이 언니가 차에서 내려 주위를 살피고 빠르게 걸어갔다.

노조 집행부는 거의 와해되었다. 새롭게 집행부를 구성하면 바로 해고되었고 해고된 사람들의 일부는 매일같이 회사 정문에서 농성하였다. 시간이 갈수록 농성 수도 줄어들었다. 점심을 먹는데 식당에서 어느 순간 나와 같이 앉는 사람이 없었다. 나 혼자 밥을 먹고 있었다. 다음 날은 내가 식판을 들고 자리에 앉자 미리 앉아 있던 사람들이 내 주위를 떠났다.

기숙사 명희 언니가 나를 불렀다.

"너 노조 배신자였어? 부장님 끄나풀이었어? 사실대로 말해!"

"아니야!"

"어떻게 다 해고되었는데 너만 해고되지 않았어?"

"나야 심부름만 했잖아."

"회사에 소문이 다 퍼졌어. 네가 배신자라고. 이 바보야."

그날 전체 사원 모임에서 성숙이 언니가,

"우리 노조 활동에 회사 끄나풀이 있는 모양입니다. 새 집행부가 결성되면 바로 해고되고 회사에서 우리 활동을 세밀히 알고 있습니다. 어떻게 그럴 수가 있습니까?"

하자, 전부 나를 바라보았다. 성숙이 언니는 나를 지칭하지는 않았다.

그런데 다들 나로 알고 있었다.

일하는 중에 부장님은 나를 불렀다. 사람들의 따가운 눈빛을 의식하고 부장님 사무실로 갔다.

"현진 씨! 고생 많아요."

"부장님! 사원들이 나와 같이 있지 않으려고 해요. 노조 집행부도 저에게 일을 시키지도 않고요."

"현진 씨를 위해서 하는 말인데, 지금 현진 씨가 이 회사에 계속 있으면 사원들이 현진 씨를 괴롭힐 것 같아요. 어떻게 견딜 수 있겠어요?"

"지금도 힘들어요."

"내일 해고 공고가 날 텐데 현진 씨도 해고될 겁니다."

"예?"

"해고되지 않을 것이라고 하셨잖아요."

"현진 씨를 위해서 하는 거예요. 지금 배신자라고 다들 알고 있을 텐데 회사 다닐 수 있겠어요? 뭐 원한다면 그럴 수도 있고요."

'나를 위한 것이라고?'

"현진 씨 원한다면 내 친구가 있는 곳의 일자리를 알아봐 줄까? 기숙사는 남은 기간 사용할 수 있어요."

천천히 사무실을 벗어나고 있는 뒤에 부장님의 소리가 들렸다.

작업장 짐을 정리하고 대낮에 회사를 나왔다. 정문 앞에서는 혜영이 언니와 해고된 언니들이 나를 보고 눈을 흘겼다.

어딘지 모르는 길을 계속 걸었다. 사람도 차도 보이지 않았다.

아르바이트

◇◇◇◇◇◇◇◇

회사에서는 당분간 기숙사를 사용할 수 있다고 배려하였지만 부끄러워 기숙사로 들어가지 못했다. 기숙사 짐을 언니들 없을 때 친언니 집으로 옮겼다. 언니가 무슨 일이냐고 놀랬다.

"묻지 말아 줘."
"한 회사에 오래 근무하는 것도 노력해 봐야지."
"다음에 이야기할게. 일자리를 알아봐 주라."

학교에서는 반 친구들의 위로와 비난이 같이 쏟아졌다. 회사를 욕하는 친구도 있었고 노조 활동과 관련하여 쫓겨났다고 하는 말도 들려왔다. 나를 두둔하거나 비난하거나 다 맞는 말은 하나도 없었다. 나도 내게 무슨 일이 일어난 것인지 알 수 없었다.

담임 선생님이나 친구들이 내 앞에서 대놓고 무슨 일이냐고 묻는데도,
"그냥 해고됐어요."

이 말밖에 할 수 없었다.

"왜?"

"나도 몰라."

정말 나도 모르는 일이었다.

'나는 왜 입사 두 달 만에 해고되었을까?'

나 스스로 자책하였다. 어리석었다. 나는 아무것도 아닌데 무엇이라도 된 모양으로 설쳤다. 알아야 생각이 있을 텐데 생각할수록 아는 것이 하나도 없었다. 아니면 아니라고 해야 할 텐데 그런 말도 못하는 바보였다. 아무도 미워하는 사람이 떠오르지 않고 나만 미웠다.

'나는 왜 이 모양일까?'

일자리를 계속 알아보아도 자리가 좀처럼 잘 나지 않았다. 무슨 이유에서인지 자리가 있다가도 내 이력서를 내면 뽑지 않는다는 통보를 받았다. 생활비는 벌어야 하고 학교도 다녀야 해서 아르바이트 자리라도 알아보았다.

변두리 제빵 상점에 자리를 겨우 얻었다. 아침부터 등교 전까지 시간대가 맞았다. 손님은 많지 않고 아저씨가 주방에서 빵을 만들어 내놓으면 내가 매장에서 팔았다. 주인아주머니가 매장 일을 하시다가 출산으로 임시 직원이 필요했다고 한다. 월급은 후불이고 시급제였다. 아저씨는 후덕하게 보였고 손님들에게 아주 친절하셨다. 내게도 아침마다 손님에게 친절히 하라고 교육하셨다. 나도 그게 옳다고 생각하였고 차츰 단골손님들이 늘어났다. 간혹 이유 모를 불평을 하는 손님이라 할지라도 손님이 원하는 대로 맞추어 드렸다. 죄송할 일이 없어도 죄송하다고 하였다. 누가 보건 보지 않건 늘 허리 굽혀 인사하였다. 미처 인사를 못 하면 나가시는 뒷모습에 90도 인사를 하였다. 음식이 있는 매장인지라 먼지 하나 나지 않도록 구석구석 닦고 쓸었다. 손님이 없으면 청소를 하고 빵을 보기 좋게 진열하였다. 어린아이들이라도 무릎을 굽히고 웃음으로 맞이하였다. 그렇게 한 달을 일 하였다. 사장님도 흡족해하셨다. 그런데 월급을 주지 않았다. 잊으신 것 같아 겨우 용기를 내어 사장님에게 말을 꺼냈다.

"사장님! 월급 주실 날짜가 지났는데요."

"아! 그래? 깜빡 잊었네. 내일 줄게."

그러고도 월급 얘기는 없었고, 나 역시 말을 꺼낼까 말까 하다가 사흘이 지났다.

"저, 사장님 월급…"

"아! 바로 이야기하지. 어제 적금 넣었는데. 내일, 모래 줄게. 미안."

일주일이 또 지나갔다. 적금 넣었다고 하셨다.

"사장님! 월급 일부라도 주실 수 없을까요? 생활비가 없어서."

일부를 받았다. 그리고 또 일주일이 지났다.

"사장님! 월급…"

"야! 너도 좀 그렇다. 내가 떼어먹기라도 할 것처럼 틈만 나면 월급 달라고 하냐?"

"죄송해요."

내가 괜한 말을 꺼낸 거 같아 죄송했다. 또 일주일이 지나고 거의 두 달이 되어서 한 달 치 월급을 받았다. 출산한 사모님이 다시 돌아오시고 나는 해고되었다. 해고된 후 나머지 월급은 계속 미루어졌다. 또 다른 아르바이트 자리를 알아보아야 했다. 아무 회사라도 원서만 내면 취직이 될 줄 알았는데 막상 내가 다급하게 필요하니 구할 수 없었다.

언니 집에 얹혀사는 것도 언니 친구의 눈치가 보였다. 내가 생활비를 내놓자 언니 친구 눈빛이 조금 누그러졌다. 둘이 쓰다가 셋이 쓰니 불편할 것이고 친언니와는 다른 입장이었을 것이다. 언니와 나는 계속해서 일자리를 알아보았지만, 여의치 않았다. 채용 공고를 보고 이력서를 제출하면 뽑지 않는다는 통보를 받기도 하고 대부분은 회신 자체가 없었다. 이러다간 언제 일자리가 나올지 몰랐다.

아쉬운 대로 신문사 지국을 알아보았다. 새벽 네 시에 출근해서 신문을 분배해야 하고 광고지가 있으면 신문 사이에 끼우는 작업을 해야 해서 체력이 문제였다. 지국장님은 내게 약해 보인다고 정말 할 수 있는지 여러 번 질문하였고 다짐을 받았다.

무슨 일이든지 처음 적응하는 데는 시간이 필요하였다. 신문 배달 일도 쉬운 것은 아니었다. 남자들은 자전거를 타고 다니며 빠르게 많은 집을 배달하였다. 내가 받은 구역은 제일 부수가 작은 편에 속했다. 여기에서는 결근하지 않고 배달하는 집을 빠뜨리지 않는 것이 중요했다. 배달을 제대로 했다 하여도 누가 가져가 버리면 배달하지 않는 것이었다. 가끔 배달 사고가 났다. 지국으로 전화가 오면 누군가는 즉시 가져다 드려야 했다. 요령이 생겨 가능하면 대문 밖이나 대문 틈보다 집 안으로 던져서 손실이 없도록 하였다. 신문 배달 일은 새벽에 일찍 나가는 대신에 낮에는 시간이 많았다.

 신문 배달 한 달 동안은 오전에 잠을 잤는데 시간이 아까워서 두 시간 정도 낮잠을 자고 일어나 공부를 하였다. 지금까지 고등학교에서 배운 것이 머릿속에 하나도 없었다. 내가 무얼 하고 다녔는지 한심했다. 다시 처음부터 복습하였다. 하면 할수록 모르는 것이 나타났다. 그래도 조금 했다고 성적이 중상위권으로 바로 올라갔다. 다른 아이들이 일을 하는 시간에 나는 공부를 했기 때문이다. 신문사에서 나오는 월급은 생활비 정도였고 저축을 할 수 없었다. 계획을 바꾸었다. 대학을 가려면 성적이 나와야 하니 저축이 없다 하여도 이 생활을 지속하는 편이 낫겠다 싶었다. 일단 합격하고 나서 돈을 모으기로 계획을 바꾸어 세웠다. 그래도 누군가와 부딪히는 일이 없고 다른 사람을 신경 쓰지 않아도 되어 마음은 편하였다.

 신문사 지국의 사전 작업장에는 새벽 3시 30분부터 일하는 아저씨가 계셨다. 나는 새벽 4시경에 겨우 일을 하였는데 아저씨는 나보다 30분이나 한 시간 먼저 나와 일을 하시고 낮에는 또 다른 일을 하셨다. 초등학생과 중학생 자녀를 두고 있다고 하였다. 전에는 밤에도 일을 하여 하루에 세 번씩 일터를 바꾸어 가며 일을 하셨다. 최근엔 몸이 안 좋아 두 개의 일을 하고 계셨다. 자세한 사정은 모르지만, 그 아저씨를 볼 때마다 아버지 생각이 났다. 아버지도 여기에 계셨더라면 저러고도 남았을 것이다. 시골에는 일자리가 없었다.

 아저씨는 자신도 힘든 중에 내 일을 거들어 주었다. 작은 것이지만 요령을 일러 주고 광고지 삽입 작업도 도와주면서 가르쳐 주었다. 세상엔 누군가를 도와주려는 사람이 꼭 있었다.

새벽에 신문 배달하는 여자는 우리 지국에서 나밖에 없었다. 다른 배달원은 전부 남자였다. 남자 배달원들은 전부 자전거를 타고 다니며 배달하였다. 자전거 뒤 짐칸에 신문을 묶어 놓고 자전거를 탄 채로 신문을 빼서 집에 던져 넣었다. 나는 신문 배달용 가방을 준비하여 넣고 다녔다. 여자로서 힘든 것도 있고 자전거를 그렇게 잘 타지 못하는 탓도 있었다. 배달에 여자로서 힘든 점은 한두 가지가 아니었다. 아침마다 보는데도 어느 집 개는 항상 이를 드러내 놓고 으르렁거렸다. 줄이 끊어질 정도로 팽팽하게 목을 늘어뜨리고 눈을 번득이며 이를 내놓으면 신문을 던져 버리고 도망가고 싶을 정도였다. 금방이라도 달려들어 나를 물 것 같은 착각을 하게 된다. 그러한 개는 몇 마리 정도가 있는데 잘 묶여 있을 것이란 믿음으로 그 앞을 지나다녔다.

　그보다 더한 것은 의심을 받는 것이었다. 가끔 집 앞의 우유가 없어진다고 회사에 항의 아닌 항의 전화가 오곤 했다.

　새벽에 일을 마치고 나서 늦은 아침을 먹었다. 저녁을 부실하게 먹으면 다음 날 일할 때 너무 배가 고팠다. 그럴 땐 슈퍼마켓에서 우유 하나를 사 먹고 배달을 하면 견딜 만하였다.

　그날도 배가 고파서 우유 하나를 사 먹고 배달을 하고 있었다. 다 먹은 우유갑은 신문 배달하는 가방에 넣었다. 어디다 마땅히 버릴 때도 없고 지국에 가서 버릴 생각이었다. 배달 중에 아저씨 한 분이 나를 보자마자 대뜸 따졌다.

"너 저 대문 앞에 우유 봤지?"

"못 봤는데요?"

"네가 왔다가 가면서 우유가 없어졌어."

"저는 모르는 일이에요."

가방 속의 우유갑이 살짝 비쳤다.

"너 이거 어디서 났어?"

아저씨는 내 가방에서 빈 우유갑을 집어 들었다.

"이게 멀쩡한 년이 신문 배달 하는 게 아니라 우유를 걷어 다니고 있었어?"

막무가내였다. 내 이야기를 한마디도 듣지 않았다. 본인 이야기만 하였다.

"너 경찰서에 가자!"

"배달 끝나고 갈게요."

"도둑년을 어떻게 믿어?"

"도둑질 안 했어요!"

"도끼눈으로 쳐다보는 것 좀 봐! 이 우유갑 어디서 났어?"

"제가 슈퍼마켓에서 사 먹은 거라고 몇 번을 말씀드려요?"

아저씨는 내 팔을 잡았다. 빨리 배달을 마무리하지 않으면 배달 사고다. 여기저기에서 지국으로 신문 배달이 안 되었다고 전화가 빗발칠 것이었다.

내가 팔을 뿌리치자 머리채를 잡았다. 차라리 팔이 낫겠다 싶어 팔을 내놓았다. 아저씨는 내 팔을 비틀고 파출소로 들어갔다.

파출소 문은 열려 있었지만, 순찰을 마치신 경찰 세 명이 졸고 계셨다. 아저씨는 큰 목소리로 계속 떠들었다. 졸고 있던 경찰 아저씨가 눈을 치켜뜨고 아저씨의 이야기를 들었다.

"너 이 아저씨 이야기가 사실이야? 네가 우유를 상습적으로 훔쳤어?"

"아니라고 몇 번이나 말씀드려도 전혀 들질 않으셔요."

셋은 내가 우유를 산 슈퍼마켓으로 갔다. 나는 당황하였는지 슈퍼마켓을 잘 찾지 못하고 머뭇거렸다. 아저씨는 그때마다 욕설을 쏟아냈다. 처음 지국을 떠날 때부터 차근차근 기억을 더듬어 슈퍼마켓을 겨우 찾았다.

'혹시 슈퍼 주인이 나를 못 알아보면 어떻게 하지?'

그땐 꼼짝없이 도둑이 될 것이었다. 새벽이라 많은 손님이 없어서인지 슈퍼 아저씨는 나를 알아보았다.

"우유 하나만 사 간 여학생이네요. 보통은 빵도 사 가는데 우유만 달랑 사 가서 기억에 남아요."

슈퍼 아저씨가 이야기했음에도 나를 끌고 온 아저씨는 막무가내였다.

"오늘은 아니라고 해도 다른 날에도 네가 왔다 가면 우유가 없어지는 것이 네 짓 아니야?"

"전 정말 그러지 않았어요."

경찰관 아저씨가 그 아저씨를 말렸다. 셋은 다시 아저씨 집으로 갔다. 경찰관은 그 집에 세 들어 사는 사람들 전부를 모아놓고 사실을 확인하였다.

우유는 그 집에 세 들어 사시는 한 분이 자신의 우유인 줄 알고 드셨다고 했다. 신문을 가지러 나오는 길에 우유를 먹었다는 것이 밝혀졌다.

하지만 그 아저씨는 내게 사과하지 않았다. 나에 대한 오해는 풀렸을 텐데 나를 위협하고 머리채를 잡은 것에 대한 사과가 없었다. 누구에게 머리채를 잡힌 적이 없었다. 아버지가 보고 계셨더라면 절대로 가만히 있지 않았을 것이다.

　신문 지국에는 배달 사고가 났다고 항의 전화가 끊이지 않았다. 지국 장님이 직접 나머지 집에 신문을 배달하였다. 뒤늦게 신문을 돌리며 일일이 설명해야 했다. 그래도 신문을 보시는 독자들의 화는 풀리지 않았다. 지국장님은 내가 잘못한 것이 없으니 되었다고 하면서도 내가 일을 잘하지 못해서 생긴 일이라고 생각하는 것 같았다.

　머리를 잡히고 도둑으로 오해받고 사과 한마디 없었어도 나는 울지 않았다. 아무리 수치스러워도 울지 않았다. 그냥 서글펐다.

　새벽 일이 몸에 적응되자 그런대로 할 만하였다. 내가 맡은 지역의 부수도 조금씩 증가하여 지국장님이 좋아하셨다. 비가 오는 날엔 비닐 봉투에 신문을 넣어서 배달하느라 시간이 걸렸고 걸어 다니기에도 힘들었다. 자전거를 타고 다닐까도 생각했는데 자전거 배달하는 애들도 비가 올 때는 힘들어했다. 그래도 맑은 날에는 나보다 세 배 이상 빨리 끝냈다. 자전거를 사고 싶다는 생각을 언니에게 살짝 비추자 언니는 만류했다.

　"자전거 타고 가다가 사고 나면 보상도 제대라 못 받아. 욕심부리지 마."

　언니 말이 맞는 것 같았다. 게다가 나는 자전거를 썩 잘 타지도 못했다.

학교 운동장에서만 넘어지지 않게 겨우 탈 수 있었다. 처음에 학교 운동장에서 배웠기 때문이다. 내가 가고자 하는 곳으로 핸들을 조정할 수 없었다. 자전거가 있어도 연습이 필요했다. 아버지는 내가 자전거를 탄다니까 빙그레 웃으며 보고 싶다고 하셨다. 아버지에게 보여 주고 싶어서 마을 앞길에서 타다가 도랑에 박혀 웃음거리가 된 적이 있었다. 아버지는,

"내가 가르쳐 줄까? 아버지가 잡아 줄게."

하시며 자전거 뒤를 잡고 따라오셨다.

"잘 타네?"

아버지가 잡아 주시겠거니 하고 타다가 아버지 목소리가 멀어지는 느낌이 들었다. 바로 전까지 아버지가 자전거를 뒤에서 잡아 주시고 계셨는데 뒤를 돌아보니 저 멀리서 웃고 계셨다. 아버지가 뒤에서 잡고 있다고 생각할 때에는 자신 있게 탈 수 있었는데 아버지가 뒤에 없다는 사실을 알고는 시멘트 길에 넘어져 무릎과 종아리를 갈았다. 아버지는 정말 잘 잡아 주겠다고 하셨지만, 다리에 피가 나서 그만두었다. 그 뒤로 조금 더 타야 하는데 무서워 그만두었더니 지금 아쉬웠다.

'아버지가 내 뒤에 계시다는 생각만으로도 자신감이 생겼었는데……'

내 구역에는 집에 개를 묶어 놓은 집이 많았다. 집 안에 개를 풀어 놓고 키우는 개는 짖지도 않고 나를 봐도 꼬리를 흔들었다. 집 마당에 묶어 놓고 키우는 개들은 전부 나를 보자마자 사납게 짖었다. 매일 봐도 매일 짖었다. 집 마당 안에 던질 수 있으면 신문을 던지고 도망치듯 달아났다. 그러면 더욱 달려들려고 목줄을 팽팽하게 끌고 앞발을 들었다.

마을을 벗어날 때까지 짖어댔다. 그래도 사나운 개 줄은 더 튼튼할 것이란 믿음으로 다녔다. 아침마다 보면 알아볼 수도 있을 텐데 생각이 부족한 개였다.

그 집은 신문을 마당에 던지면 되었는데 점점 개집 쪽으로 던졌다. 사나운 개를 주인이 얼른 나와 보아 주기를 바랐다. 집주인도 개 짖는 소리가 즐겁지는 않을 것이고 얼른 나와 개를 다독이기를 기대하였다. 짖는 소리만 없어도 뒤에서 쫓아오는 듯한 두려움은 없을 것이었다. 그러나 이는 나의 잘못된 판단이었다. 집주인은 개 짖는 소리에 익숙해 있었고 개가 사납게 짖을수록 도둑을 잘 지키는 것으로 알았다. 나는 개를 더 자극하는 꼴이 되었다.

다음 배달 장소를 향해 종종걸음으로 골목길을 가고 있었다. 뒤에서 개 짖는 소리가 아주 가깝게 났다. 개가 목줄을 풀고 달려오고 있었다. 나도 달렸지만 개는 훨씬 빨랐다. 몸을 물려고 해서 가방으로 개 주둥이를 밀었다. 개는 힘도 세어 내가 바로 넘어졌다. 가방으로 계속 내리쳤더니 허벅지를 물고 늘어졌다.

"저리 가! 가!"

약수터를 다녀오시던 할아버지가 물통으로 내리쳐도 개는 꿈쩍도 하지 않았다. 할아버지는 내가 지니고 있던 신문에 불을 붙여 개를 쫓아 주셨다.

할아버지 덕에 병원까지 갈 수 있었다. 광견병 주사를 맞았다. 광견병 주사는 개가 맞지 않고 내가 맞았다. 개 이빨은 날카로워 피부 깊이 박혔고 옆으로 찢어지지는 않았다. 그래도 당분간 걸을 수는 없었다.

지국장님이 개 주인에게 가서 병원비 일부를 받아 오셨다. 나는 배달 일을 하지 못하게 되었다. 일자리를 잃었지만, 그에 대한 보상은 없었다. 병원비 남은 일부는 지국장님이 주셨다. 그것만 해도 다행이었다.

개 주인은 신문을 끊었다.

사흘은 집에만 있었다. 방에 누워 천장만 종일 바라보았다. 그냥 아무 생각 없이 천장을 바라보았다. 종일 먹지도 마시지도 않고 나를 내버려 두었다. 이런저런 생각이 떠오르면 떠오르는 대로.
아버지도 채소 장사를 시작하기 전에 천장만 바라보고 누워 있었다.
'아버지도 나와 같은 마음이었을까?'
내가 지금 그때의 아버지처럼 천장을 바라보고 누워 있다.

살아 있다는 것은 움직이는 것이다. 살아 있는 세포도 움직인다. 움직이지 않는 것은 죽은 것이다. 움직이지 않는 것처럼은 보일 수 있지만, 살려면 움직여야 하고 움직임이 생명이다.
자리를 털고 일어났다.
부산 시내를 집에서 가까운 곳부터 샅샅이 걸어 다녔다. 전봇대에 붙어 있는 구인 쪽지 하나하나를 훑어보며 다녔다. 대부분 내 다리를 보고 장애가 있는 것으로 알고 고용을 거부하였다. 고용주는 내 다리 이야기를 직접 하지 않았다. 다만 건강하냐고 물었다. 그 이유를 어느 순간 깨달았다. 건강에 대해 물어보면 최근 개에게 물려서 낫고 있다고 하였다.

"다 낫고 다시 한 번 방문해 주세요."

내겐 그럴 여유가 없었고, 고용주는 고용하지 않겠다는 완곡한 표현이었다.

다행히 일할 자리는 뜻밖에 가까운 곳에 있었다. 집에서 가까운 마트에 허드렛일을 하는 자리를 얻었다. 상품 정리는 기본이고 상추가 상자로 들어오면 다시 작은 비닐로 재포장하였다. 그 위에 바코드를 붙이고 오래된 배추는 겉잎을 떼어내어 속잎이 드러나게 하였다. 채소나 과일은 항상 깨끗하게 만들어야 해서 손이 많이 갔다. 늘 채소 코너 일이 많았다. 과일이나 채소는 손님이 보시기에 싱싱하게 보여야 한다. 바나나도 오래되어 표면에 검은색이 보이면 낱개로 뜯어서 재포장하고 사장님이 정한 새 가격표를 붙였다. 채소나 과일은 거의 상자로 들어왔다. 상자 속에 상한 과일이 한두 개라도 섞여 있으면 골라내는 것부터 닦는 것까지 할 일은 많았다. 이 일은 해도 해도 끝이 보이지 않았다. 한 것 같기도 하고 안 한 것 같기도 한 일을 내 시간대에 하면 되었다.

어떤 과일은 농약이 많아서인지 잘 상하지 않는 것이 있었다. 바나나 중에도 특별히 어떤 것은 오래 두어도 생생한 모습을 유지하는 것이 있었다. 같은 지역에서 출고된 것이라 하더라도 상한 정도가 차이가 났다. 아마도 골고루 살균제가 살포되지 않고 특정한 부분에 몰려 살포된 것으로 생각되었다. 이곳에서 일하면서부터 모든 과일은 꼭 껍질을 벗기고 먹는 습관이 생겼다.

어린아이들과 같이 온 젊은 엄마들은 아이들이 매장을 뛰어다녀도 큰

소리를 치지 않는 분이 많았다. 교양 있게 나무랐다.

"얘! 그러면 못 써."

아이가 들은 척도 안 하고 진열된 상품 사이를 뛰어다니고 상품을 쏟아도 큰소리를 잘 치지 않는다.

"착한 사람은 뛰어다니지 않아요."

사장님이 아이를 나무라면,

"그러니까 아이들이지요. 말 잘 들으면 철들은 어른이게요?"

"그래도 여러 사람이 이용하는 곳이니 너무 뛰어다니면 안 되죠. 아이가 다칠 수도 있구요."

사장님의 간곡한 부탁에도 막무가내인 손님이 꽤 있었다. 그래도 사장님은 손님들에게 절대로 화를 내지 말도록 교육하였다. 다양한 손님이 오시고 말도 안 되는 요구를 하더라도 무조건 수용하라고 지시하였다.

아이가 뛰어다니는 것은 그렇다고 해도 과일을 마구 집어 먹는 아이들이 있었다. 못 먹게 말리면 어떤 엄마는 그것을 싫어했다.

"애가 먹으면 얼마나 먹는다고 못 먹게 해요? 사면 되잖아요?"

서너 살 정도의 아이가 바나나 포장 랩을 뜯고 껍질째로 입에 넣고 있었다.

"아가 그냥 먹으면 안 돼!"

아이는 떼를 쓰고 그 자리에 주저앉아 큰 소리로 엄마를 찾으며 울었다.

"아가 울지 마."

등을 다독였다. 아이 엄마가 어느새 달려와 내 뺨을 때렸다.

"어린 애가 얼마나 잘못했다고 엄마도 안 때리는 애를 때려!"

"안 때렸어요."

왼손으로 내 뺨을 잡고 억울함을 호소했다.

"애 등을 때리는 것을 내 눈으로 똑똑히 보았는데도 발뺌이야?"

'도대체 무엇을 똑똑히 보았다는 것일까?'

"아이가 바나나를 먹으려고 해서 안 된다고 하니까 바닥에 주저앉은 거예요."

"내가 아기 등을 때리는 것을 보았는데도 거짓말하는 것 봐!"

"울어서 다독이고 있었어요."

사장님이 오셨다.

"죄송합니다. 종업원 교육을 다시 잘 시키겠습니다."

사장님은 전후 사정을 알고 싶어 하지 않았다.

"그까짓 바나나 얼마나 한다고 못 먹게 해요? 내가 사면 될 거 아냐?"

바나나를 포장한 랩을 찢어 그 자리에서 바나나 한 개를 아이에게 주고 계산을 하였다. 아이는 엄마가 준 바나나를 껍질째 입으로 가져갔다.

게다가 사장님은 내게 사과를 하게 하였다.

"죄송해요."

"진작에 그럴 것이지."

사장님은 오히려 내게 손님과 마찰이 있으면 안 된다고 당부했다.

"정말 아이를 때린 적은 없어요."

"알아. 그래도 손님과 마찰이 있으면 안 되고 무조건 죄송하다고 해. 그게 서비스야. 손님을 왕으로 알고 모시는 게 우리 업종이야."

"제가 잘못한 게 없는데요."

"잘잘못을 따지는 게 아니고 잘했건 잘못했건 아무 상관이 없어. 여긴 재판장이 아니야. 누가 옳고 그른 것을 가리자는 것이 아니야. 그냥 사과하고 손님을 만족하게 하는 곳이야. 알겠어?"

"그래도…"

"왕이 잘했다고 하면 잘한 것이고 잘못했다고 하면 잘못한 거야. 우리가 잘잘못을 판단하는 것이 아니고 손님이 판단하는 것이야. 너는 왜 옳고 그른 것만 판단하려고 해? 네가 신은 아니지. 무엇이 옳고 무엇이 그르다는 그 기준이 뭐야? 그 기준은 네가 정한 거 아냐? 세상에는 옳고 그른 것을 판단할 수 없는 때가 훨씬 많아. 아직 네가 어리지만 살아가며 생각해 보거라. 우리 마트에선 손님은 왕이다. 그게 서비스 정신이야."

"아기를 때리지 않았어요."

"나도 안다. 어린아이를 함부로 때리는 사람이 어디 있겠니? 애기 엄마도 알 거야. 애기 엄마가 어디서 속상한 일이 있을 수도 있고 아기가 우니까 속상해서 트집을 잡으려고 하는 것일 수도 있겠지. 그냥 있는 그대로 보아 주어라."

목소리를 낮추고 천천히 말씀하셨다. 사장님 말씀은 이해되는 것 같기도 하고 안 되는 것 같기도 했다. 내가 알아들은 것은 나는 서비스 정신이 없다는 사실이었다. 손님을 왕으로 모시기엔 마음의 준비가 안 되어 있었다.

'내가 나이가 더 들면 이해되려나?'

'내가 맞을 짓을 했나?'

'제가 뺨을 맞을 만한 짓을 했나요?'

"오른쪽 뺨을 때리면 왼쪽 뺨을 대 주란 말도 있다."

생각할수록 억울하였다. 잠을 이룰 수 없었다. 자다가도 깨어서 그 생각이 머릿속에서 계속 머물러 있었다. 인격이 훌륭한 사장님은 그럴 수 있을는지 모르겠지만, 나는 아직 어렸고 상황 자체도 이해되지 않았다.

그래도 새삼 사장님이 달리 보였다. 무조건 손님들에게 잘하라고 하는 것 같으면서도 나름대로 생각이 있는 것처럼 보였다.

그 일 이후로 사장님을 눈 여겨 보게 되었다.

마트 한 편에 작은 방이 있었다. 창고 겸 일종의 휴게실 같은 공간이었다. 사장님은 점심 후 꼭 거기서 무엇인가를 하고 나오셨다.

'도대체 무엇을 하실까?'

늘 궁금했다. 매장 일이 바빠서 사장님이 그 방에서 바로 나오셔야만 할 때가 있었다. 사장님이 나오신 방문을 열어 보았다. 방 안에는 읽다 만 성경이 책 가운데가 접혀 있는 상태로 있었다. 사장님이 종교 생활을 하고 있다는 것은 식사 시간에 꼭 기도를 해서 이미 알고 있었다. 그것으로 부족했는지 사장님은 점심때마다 성경을 읽고 있었다. 아직 어린 내가 생각하지 못하는 것을 고민하고 생각한다는 것은 분명했다. 존경스러웠다.

사장님은 손님들을 늘 웃으며 맞이하고 공손히 대하였다.

"이 과일이 맛이 없어요. 반품해 주세요."

"죄송합니다. 다음엔 맛을 보고 가져다 놓겠습니다. 다른 과일로 바꿔 드릴까요? 돈으로 환불해 드릴까요?"

"다른 과일로 주세요."

직접 맛을 보고 손님이 맛있다고 하는 과일로 교환해 주었다. 수박도 반쯤 먹다가 가져와도 환불해 주었다. 환불해 가는 손님이 미안해서 다른 것을 사도록 만드는 재주가 있었다. 사장님에게 시비를 걸어도 화를 내지 않았다.

"토마토가 아직 파란색이에요. 다 익지도 않은 토마토를 팔아?"

"죄송합니다. 빨갛게 익은 것으로만 가져가세요."

토마토는 상자로 들어올 때 파란 상태로 들어왔다. 그 상태로 사나흘 정도 지나면 빨갛게 변하고 일주일 정도 지나면 완전히 빨갛게 변했다. 원래 파란 것이 정상이었다. 그래도 사장님은 무조건 죄송하다고 하였다. 얼마 있다가 손님이 다시 와서 잘 모르고 그랬다고 죄송하다고 할 때까지 사과하였다.

'어떻게 늘 웃을 수가 있지? 화를 낼 줄을 모르나?'

나는 울 줄도 모르지만 잘 웃을 줄도 모르는 아이였다. 소리 내어 웃어 본 기억도 거의 없었다. 많이 웃으면 미소가 조금 더 커졌다.

주변에서도 사장님이 옛날 말로 양반이라고 칭찬이 자자하였다. 어린아이가 투정을 부려도 항상 웃으며 달래 주었고 진열된 물건을 흐트려도 웃으며 다시 진열하였다. 손님이 말도 안 되는 불평을 늘어놓아도,

"예! 알겠습니다. 그렇겠군요! 당장 고치겠습니다!"

하고 수긍하셨다. 화를 내던 손님들도 사장님과 대화를 하다 보면 화를 내지 않게 되었다. 사장님과 몇 마디만 하다 보면 웃고 있었다. 사람들과 친하게 잘 지내는 특별한 능력이 있는 것처럼 보였다.

사장님은 자식에게도 그렇게 대했다. 초등학교 2학년인 아들이 매장에 자주 놀러 왔다. 아이스크림을 맘대로 집어 먹거나 뛰어다녀도 큰 소

리 한 번 내지 않았다.

"그러면 못 쓴다."

아들은 아버지 말을 전혀 듣지 않았다. 일부러 높이 진열된 과자를 꺼내는 척하며 쏟았다. 우리는 그 뒤치다꺼리하기에 바빴다. 사장님이 자신의 아이를 야단치지 않는데 옆에서 우리가 나무랄 수 없었다. 아이가 주저앉아 울며 떼를 써도 아이에게 차근차근 설명하였다. 아이가 전혀 말을 듣지 않아도 그렇게 설명했다. 나무라거나 화를 내지 않았다. 인자한 분이라고 많은 사람들이 칭찬했다.

신앙생활을 그렇게 열심히 하시는데도 의문이 되는 것 하나는 일요일에 마트가 쉬지 않는다는 것이었다.

"우리 마트는 일요일에 왜 안 쉬나요?"

"우리 마트가 문을 열지 않으면 주위 사람들이 매우 불편하기 때문이다. 성경에도 주일에 선한 일 하는 것을 하지 말라고 하진 않지."

훌륭하신 사장님을 만난 것이 참 다행으로 생각되었다.

"세상은 공평한 법이여. 사람은 잘하는 게 있으면 못하는 게 꼭 있는 것이고, 못하는 게 있으면 잘하는 것도 꼭 있는 거여. 함부로 사람 보는 거 아니다."

엄마는 늘 사람들에게 속고 살면서도 사람은 다 공평하게 만들어졌다는 믿음이 있었다. 우리에게 자주 하는 말이기도 했다. 세상에 그런 법이 어디 있느냐고 마음속으로 반발하면서도 어느새 엄마의 생각이 내 생각이 되고 있었다.

'사장님은 부족한 것이 무엇일까?'

사장님은 부지런하여 전국 각지의 좋은 상품을 직접 현지까지 찾아가서 싼 가격에 들여왔다. 주위 손님들의 반응은 아주 좋아 인근의 대형 마트 못지않게 많은 사람들이 찾았다. 영광 굴비를 사 오기 위해 법성포를 가서 현지인과 직접 거래를 텄다. 현지인에게 지속해서 싼 상품을 받아왔다. 영덕 대게를 구매하려고 영덕에 일주일을 머물며 거래처를 확보하였다.

이번에는 오징어와 황태 거래처를 알아보려 강원도로 가셨다. 이렇게 사장님이 오랫동안 계시지 않으면 사모님이 오셔서 매장 관리를 하셨다. 사장님보다는 못하지만, 사모님도 좋으신 분이셔서 근무 환경은 아주 좋았다.

사장님이 강원도로 황태를 알아보려 가신 일이 잘 안되었는지 사장님 얼굴에 근심이 찼다. 반년 넘게 근무하면서 이런 일은 처음 보는 일이었다. 여전히 우리에게나 손님에게 인자하신 모습을 보이기는 해도 언뜻언뜻 얼굴에 스치는 그림자를 읽을 수 있었다. 사장님은 황태 거래처를 확보하지 못해 강원도를 자주 찾았다. 손님들에게 값싸고 질 좋은 상품을 공급하려고 애쓰는 사장님의 열정이 존경스러웠다. 그게 잘 안되면 포기하면 될 터인데 사장님은 포기를 모르시는 것 같았다.

처음에는 한 달에 한 번 정도 강원도를 찾더니 이주에 한 번, 일주일에 한 번씩 올라갔다. 강원도가 가까운 거리는 아니었다. 오고 가는 시간을 생각하면 꽤 많은 시간을 허비하며 자주 강원도를 찾았다. 보통다른 지역의 거래처는 아무리 길어도 한 달 안에 확보하였다. 확보되지못하면 다른 거래처를 통해 물품을 들여왔다. 황태는 몇 달이 걸려도 물건은 들어오지 않고 사장님의 출장만 잦았다. 황태가 매장에 들어온다고 해도 얼마나 많은 사람들이 찾을는지 알 수 없고 아주 잘 팔린다고 해도 그렇게 큰 수익이 날 것 같지는 않았다. 사장님은 큰 이익을 보고 장사를 하는 분이 아니셨다. 좋은 제품을 저렴한 가격으로 손님들에게 공급하는 그 자체로 보람을 느끼시는 분이셨다. 그런 분이셨기에 이번 강원도 출장도 나는 이해가 되었다.

사장님과 사모님은 금실도 좋았다. 다정한 모습이 잘 어울리는 부부였다. 한 번도 큰소리를 치지 않으시던 분들이 매장에서 큰 소리를 냈다. 일반 사람들 같으면 매일 있는 일일 수도 있을 만한 짧은 소리가 오고 갔지만, 사장님의 품성을 보아서는 처음 있는 일이었다. 사모님이 강원도를 그만 가라고 하시는 소리였다. 사장님은 대꾸를 하지 않으셨다.

얼마 안 있어 사장님이 서울로 이사 가실 것 같다는 매장 직원들의 말이 있었다. 직접 들었다는 직원은 사모님이 바로 이사를 가겠다고 하고, 사장님은 아무 말 없이 듣고만 계셨다고 했다.

그 소문이 있고 난 뒤에 일주일이 안 되어 새 사장님이라는 분이 나타나셨다. 사장님 내외가 출근하지 않아 이상했는데 모르는 분이 나타나셨다. 그분은 자기가 마트를 인수했으며 내부 수리를 하고 다시 개업할 테니 도와 달라고 하였다. 전 사장님은 개인 사정으로 급히 마트를 처분하고 서울로 이사하신 것으로 안다고 하였다.

'얼마나 다급했으면 인사도 없이 가셨을까?'

직원들은 사장님 성품으로 그럴 분이 아닐 텐데 무슨 일이 생긴 것 같다고 하였지만 무슨 일인지는 아무도 몰랐다.

새 마트는 전보다 더 현대적으로 내부 공사를 하여 다시 개장하였다. 큰 통유리를 마트에 설치하여 밖에서 안이 훤히 들여다보였다. 마트 안도 흰색의 페인트칠과 흰색의 긴 냉장고를 설치하여 진열된 채소와 유제품이 한결 깨끗하게 보였다. 종업원은 전부 그대로 고용되었다.

마트로 몇 명씩 전 사장님을 찾는 사람들이 드나들었다. 사장님의 행방을 물었지만 아는 사람은 없었다. 돈을 받겠다고 오는 사람이 많았다. 강원도에서도 사람들이 찾아왔다. 사장님은 무리하게 사업을 하실 분이 아니셨다. 어디에 돈이 필요했는지 막연히 이상하게만 생각했다. 사장님을 찾는 사람들이 자주 오면서 그들의 넋두리와 나이 많은 직원의 이야기를 들을 수 있었다.

"사장님이 왜 빚을 졌을까요?"
"카지노에서 도박하다가 그랬다네."
"그렇게 많이 빚을 졌어요?"
"강원도에서 빌리고 여기서는 대출받아서 다 잃었다던데?"
"거기서 여자도 만났다면서요?"
"도박하다가 돈을 날린 여자를 만났는데 남편이 찾아왔잖아."

절대로 사장님이 그럴 분이 아니라는 말도 있었다.
'얌전한 고양이가 부뚜막에 먼저 올라간다.'
'사람 속은 모르는 것이다.'
하는 이야기들이 있었다.

'우리가 모르는 그럴 만한 사정이 있었겠지.'

나는 모든 사실을 믿고 싶지 않았다. 서로 오해가 많아 그런 일이 일어났을 것으로 생각했다.

새롭게 고용은 되었지만, 내 월급 한 달 치는 사라졌다. 누구에게도 받을 수 없는 돈이었다.

점심을 먹기 전에 늘 경건하게 기도하시던 사장님 모습이 떠올랐다.

재수

ㅇㅇㅇㅇㅇㅇㅇㅇㅇ

고등학교를 졸업하고 나서 바로 대학교에 진학하고 싶었다. 내 막연한 계획은 그랬다. 하지만 모아 놓은 돈이 없어 등록금을 낼 수도 없었다. 그것보다 제대로 공부를 하지 않아 실력도 없었다. 전부 내 탓이었다. 낮에 회사에 다니지 않고 밤에 공부만 학생들은 대부분 성적이 좋았다. 그래도 나처럼 낮에 일하고 공부하는 학생 중에도 성적이 좋은 학생이 있었다.

'나는 일하고 공부하느라 시간이 없었을 뿐이야!'

내 성적이 안 좋은 것에 대해 스스로 그렇게 생각했다.

많은 아이들이 졸업과 동시에 취직하였고, 일부는 대학에 진학하였다. 4년제 대학에 진학한 학생도 몇 명 있고, 2년제 전문대에 합격한 아이들도 있었다. 인문계 고등학교가 아니어서 대학 진학 성적은 그리 좋지 않았다. 대학에 진학하지 못했다고 해서 부끄러운 일은 아니었다. 나는 당장 합격했다 해도 진학할 수 없었다. 등록금이 없었다. 어떻게 된 일인지 모은다고, 아낀다고 아껴 가며 모았는데, 지금 내 손에 있는 돈은 한 푼도 없었다.

졸업식에 참석하려고 시골에서 엄마가 오셨는데 동생들은 떼어 놓고 혼자 오셨다. 동생들에게 입힐 마땅한 옷이 없었기 때문이다. 추석에 사 준 옷은 겨울옷이 아니었고, 지난 설에 사 준 옷은 아주 낡았다. 물려받은 옷은 아래 동생에게 내려갈수록 더욱 낡아졌다. 그래서 동생들에게 입힐 옷이 마땅치 않았다.

엄마는 김치와 반찬을 만들어 머리에 이고 손에 들고 왔다.
언니와 나는 둘이서만 자취하고 있었다. 언니 친구는 내가 들어오면서 불편했는지 두 달 정도 있다가 따로 나갔다. 엄마는 집에 오자마자 청소부터 하였다. 매주 청소를 깨끗이 했음에도 엄마 눈엔 전부 지저분했다.

"청소도 안 하고 사냐?"
"방 안이 이게 뭐야?"
"뭘 먹고 사냐?"
보다 못한 언니가 엄마를 말렸다.
"차 타고 오느라 피곤할 텐데 오자마자 뭐 해? 그냥 쉬어."

엄마는 쉬는 방법을 잊어버렸다. 추석이나 설에 음식 준비를 다 마치고 나서 잠깐, 설거지 끝나고 잠깐, 방에 앉아 손을 녹이거나 이야기를 잠시 하는 것이 쉬는 것이었다. 장마철 온종일 비가 와서 밭일을 하지 못하면 집 안 청소를 하였다. 아무리 닦아도 거뭇거뭇한 부엌을 행주로 훔치고 훔쳤다. 원래 검은 가마솥은 닦아도 별 티가 나지 않고 아궁이에 불 한 번 지피면 재가 올라와 앉았다. 닦으나 안 닦으나 검은 가마솥을 매일 닦았다. 행주를 부뚜막에 말렸다가 다시 닦았다. 며칠간 계속 비가 오면 비닐을 뒤집어쓰고 밭으로 나갔다.

"비 오는데 뭐하려고?"

"비 올 때 고추 모종 내는 것이 가물 때보다 낫지."

별로 일할 것이 없어도 집안일과 바깥일을 매일 하였다. 그렇게 일을 해도 생활은 별로 나아지지 않았다.

남의 집 밭일을 하고 삯을 받아 우리 학용품이나 옷을 사 입혔다. 그 돈으로 가끔 장에 가서 갈치나 꽁치를 사다 우리에게 먹였다.

큰아버지와 큰엄마가 가을에 태국 여행을 간다고 했을 때 엄마는 부럽다고 하였다.

"형님은 좋겠어요. 부럽네요."

엄마는 인사치레로만 하는 말이 아닌 것 같았다. 엄마도 일만 좋아하는 것이 아니란 생각을 그때 하게 되었다.

"동생은 딸이 많으니 쟤네들 크면 해외여행 자주 다닐 텐데 뭘. 요즘엔 딸이 부모님에게 효도도 한다잖아. 현진아! 너 돈 벌어서 엄마 해외여행 보내 드려라!"

"애들이 아무것도 없는 집에서 지들 사는 것만 해도 고맙지요. 여행은 무슨."

그때 속으로 꼭 엄마를 여행 보내 드려야겠다고 생각했다.

언니가 엄마의 손에서 강제로 걸레를 빼앗았다. 엄마는 가만있질 못하고 늘 안절부절못하였다. 일에도 중독이 있다더니 엄마가 일 중독이었다.

내 졸업식장엔 세 모녀가 모였다. 학교를 배경으로 아빠 없는 사진을 찍었다. 고등학교를 졸업하는 데 4년이 걸렸다. 많은 졸업생 친구들이 울었다.

"넌 서운하지 않아?"

우리 식구는 내가 울지 않을 것을 다 알고 있었다. 그런데도 언니가 한마디 하였다.

"시원해!"

내 대답을 알면서도 물어보았다.

정말 시원했다. 서운한 마음, 즐거운 마음은 아니고 시원한 마음이 맞았다. 겨우 졸업했으니.

엄마는 언니가 부산 구경을 시켜 준다고 해도 돈 든다며 마다하더니 내가 졸업했다고 외식은 하였다. 점심을 먹고 바로 시골에 동생들이 걱정된다며 고향으로 바로 떠나셨다. 버스를 오르기 전에 내 손에 돈을 쥐여주었다.

"엄마가 가을에 모아 놓았는데 너 써라."

받기를 거부하는 내 손에 기어이 쥐여주고 가셨다. 틀림없이 밭에 난 소출을 장에 판 것과 남의 밭일을 해서 모은 삯일 것이었다.

엄마가 준 돈과 조금 모은 돈으로 재수생 학원 종합반에 등록하였다. 종합반은 성적에 따라 구분되었는데 나는 제일 성적이 낮은 기초반으로 등록하였다. 그 종합반도 매달 다닐 수 없었다. 돈이 생기면 한 달 등록하고 없으면 그 달은 쉬었다. 쉬는 달에 모르는 것을 정리했다가 등록한 달에 선생님을 찾아다니며 질문하였다. 어떤 분은 아주 친절하였고 어떤 분은 무안을 주었다.

"이런 기초적인 것도 몰라? 야간 고등학교 나왔냐?"
"예! 저 야간 고등학교 나왔어요."
"아 그래? 애쓴다."
"단과 학원도 병행해서 강의를 받아 봐라. 도움이 많이 될 거야."
친절하게 안내한 것은 밤에 다시 단과 학원 수강을 하여 도움을 받으라는 것이었다. 지금 다니는 수업도 경제적으로 버거운 일인데 단과반을 수강하는 것은 내게 현실적인 도움이 되지 않았다. 학원 선생님들은 수업이 많았고 많이 피곤하셨다. 쉬울 것 같은 것은 친구들에게 물어보고 몹시 어려운 것만 선생님 쉬는 시간을 이용해 하나씩 알아갔다. 학원 등록을 하지 않아 놓친 노트 필기는 친구들의 노트를 빌려 보완하였다.

그래도 아주 조금씩 변화가 있었다. 모의고사 성적이 향상되는 것이 보였다. 원래 바닥이었으니 더는 떨어질 성적이 없었다. 낮에는 학원에 있고 점심은 분식으로 해결했다. 주로 라면으로 점심을 먹고 저녁은 때에 따라서 포장마차에서 파는 빵이나 계란 하나로 해결했다.

학원의 일과는 학교와 비슷하였지만, 수업 시간이 많았다. 같은 야간 고등학교를 졸업한 서흰이와 애리와는 안면이 있어 쉽게 어울렸다. 인문계 고등학교를 졸업한 지호와 효정이와도 자주 어울렸는데 우리보다 성적이 훨씬 좋았다. 그런데도 모의고사가 끝나면 네 명 모두 한숨을 쉬었다. 지호와 효정이의 성적이 우리보다 월등히 좋은데도 아쉬워하였다.

"남들에게 말은 못 하지만 이 성적으로는 내가 원하는 대학에 못 가!"

지호와 효정이는 원하는 대학이 있어서 그에 못 미쳐 서운해하였고, 서흰이와 나는 어디든지 입학할 만한 성적이 나오지 않아 속상했다.

학원도 반장이 있고 체육 대회와 소풍을 갔다. 고등학교와 다른 점은 뒤풀이를 맥줏집에서 하는 것이었다. 남학생들은 대부분 취할 때까지 술을 먹었고 먹지 못하는 우리는 일찍 자리를 빠져나왔다. 더 늦으면 거의 술을 강권하고 거부하기 힘들다는 이야기는 들어서 알고 있었다. 봄과 가을에 토요일 하루는 체육 대회를 하였다. 학원 선생님도 같이 가셨지만, 거의 반장이 다 주도하고 학생들이 같이 진행하였다. 여기에서도 한쪽에서는 음료수와 음료수를 가장한 맥주가 있었다. 특히 우리 반은 더한 것 같았다. 게다가 미팅을 할 계획인데 참여 의사를 묻는 학생들이 남녀 학생을 불문하고 자주 있었다.

"난 할 일이 많아서 안 돼."

"누구는 할 일이 없냐? 잠깐 갔다가 오면 되지."

"수업 끝나고 일하러 가야 해."

어떤 날은 수업을 빼먹고 미팅을 가자고 조르는 친구도 있었다. 나는 미팅 자체에 대한 안 좋은 기억이 있을뿐더러 경제적으로 미팅에 사용할 돈이 없었다. 자주 거절하다 보니 나를 빼고 미팅을 하는 눈치였다. 저녁 먹을 돈이 부족한데 다른 곳에 쓸 돈은 더욱 없었다.

정기적으로 회사에 다니지 않아 수입이 일정치 않았다. 밤에는 아르바이트하면서 대학 등록금과 입학금을 모아갔다. 대학에 일단 입학하고 돈을 벌지 못하면 휴학할 생각이었다.

아르바이트 자리도 밤에만 일하려니 쉽게 구해지지 않았다. 그래도 밤에 할 만한 일자리는 식당 허드렛일 하는 자리였다. 한식당의 고기를 굽는 집은 불판 청소에 많은 일손이 필요하였다. 학원 끝나고 밤에 일할 수 있는 서면의 한 식당에 일자리를 구했다. 식당 부엌에서 접시와 불판을 닦았다. 전부 아주머니들이었고 나만 나이가 어렸다. 불판은 세제에 담갔다가 솔로 깨끗이 닦아야 하는데, 많이 힘들었다. 특별한 기술은 필요하지 않았고 육체적으로 힘든 일이었다. 불판을 다 닦으면 접시 닦는 일을 했다. 평일에는 자정이 가까워져 오면 일이 끝났고, 주말에는 더 늦게 끝났다. 홀에서는 손님들을 직접 부딪쳐야 해서 음식 서빙을 하는 언니들은 손님에 대한 스트레스가 심했다. 술을 한잔 곁들인 손님은 정상적인 대화가 불가능할 때가 많았다. 그래도 참고 손님의 뜻을 받아 줘야 하고 몹시 어려운 경우에는 사장님이 직접 응대를 하였다. 주말에는 일거리가 평일보다 세 배는 더 많았다. 저녁에 다 하지 못하면 일요일 아침에 사장님이 전화를 하였다.

"어제 손님이 많아서 설거지가 남아 있다. 네가 도와주면 좋겠다."

말은 도와 달라고 하지만 어떻게 거절할 수는 없었다. 아침 일찍 가면 불판이 부엌 여기저기에 쌓여 있다. 세제에라도 담가 놓아야 빨리할 수 있는데 그대로 방치되어 있었다. 까맣게 탄 자국이 불지 않으면 잘 떨어지지 않는다. 주방에 있는 모든 대야를 꺼내어 모든 불판을 물에 담고 세제를 풀어 놓는다. 손에 잡히는 대로 세제를 탄 물에 담갔다 뺐다 하면서 솔질을 해서 설거지를 하였다. 오전 내내 하다 보면 그래도 마무리가 되었다. 씻은 불판은 다시 마른걸레로 닦아 쌓아 놓아야 저녁에 사용할 수 있었다. 처음에는 사장님과 사모님이 같이 일하였는데 어느 날부터는 나 혼자 하고 있었다. 그렇게 일을 하면 용돈을 조금 더 얹어 주었다. 집에 와서 책을 보려 하면 팔이 아프고 낮부터 졸음이 쏟아졌다. 그래도 일을 할 수 있고 돈을 벌 수 있으니 다행이었다. 사장님은 좋으신 분이셨는데 접시나 물건을 깨는 것을 싫어하셨다. 특히 불판을 떨어뜨려 깨는 것을 아주 싫어하셨다.

"이 불판은 특별 제작한 것이라 시중에서는 구할 수 없어. 깨뜨리면 월급에서 제하겠다."

다른 음식점의 불판과 특별히 다른 모습은 보이지 않았다. 돌판 주위에 스테인리스 강철 테두리가 있어 깨끗하게는 보였다.
"이 불판은 원적외선이 많이 나오도록 제작되어서 고기 맛이 아주 좋아. 특허 내도 되는 물건이야."
그래서인지 손님은 많았다. 주말에 손님이 많을 때는 일손이 부족해서 특별히 아르바이트 아줌마를 임시로 고용했다.

"현진아! 너 홀에 가서 주문 좀 받아라."

바쁜 주말에 손님이 밀리자 나에게 홀 서빙을 하라고 하였다.

"제가요?"

"뭐 드실 것인지 물어보고 음식 나르면 되는 거야. 지금 일손이 너무 부족하잖아."

이 일로 해서 내가 하는 일은 또 늘어났다. 접시를 닦다가 사용한 불판이 들어오면 불판을 닦고, 때로는 홀에 나가서 주문을 받았다.

평소에는 주말보다 손님이 적어 일하는 틈틈이 시간적인 여유가 조금은 있었다. 설거지하는 틈틈이 아줌마들과 한마디씩 이야기하였다.

"현진이는 학교 다녀?"

"재수 학원에 다니고 있어요."

"공부는 언제 하냐?"

"그러게요."

공부할 시간이 부족한 것인지 내 열의가 부족한 것인지 나도 가늠되지 않았다. 힘들어도 여기 말고 더 편하다거나 시간이 많은 곳이 있다는 보장이 없었다. 세상 어디든지 좋은 사람도 계시고 불편한 사람도 있게 마련이었다.

여기서도 처음부터 나를 못마땅해 하는 아줌마가 한 명 있었다. 홀에서 손님을 받는 아줌마였다. 첫인상은 웃을 때마다 크지 않은 눈이 반달을 이루었고 입꼬리는 살짝 위로 올라가는 아줌마였다.

"어서 와! 같이 잘해 보자."

서글서글한 표정에 마음이 놓였었다. 그런데 시간이 지나면서 어떻게 아줌마 마음을 맞춰 주어야 하는지 알 수 없었다. 어떤 날은 아주 다정하게 말을 걸다가 다음 날은 내게 화를 자주 내었다.

"불판을 이렇게 닦으면 어떻게 해! 손님들 불평이 많잖아!"

내가 닦아 놓은 불판에 검게 탄 자국이 조금 남아 있었다. 사장님이 다가오시자 더 소리를 질렀다.

"이러다 손님 다 떨어지면 네가 책임질 거야?"

"죄송해요."

"손발이 맞아야 일할 맛이 나지. 에이!"

다시 닦아도 좀처럼 닦여지지 않는 자국이었다. 그래도 철 수세미로 살살 불려가며 닦으니 지워지는 것이 내가 제대로 일을 못 한 것이 맞는다고 생각했다. 그렇게 짜증을 낸 다음 날은 전혀 달랐다.

"현진이 공부하고 일하느라 수고 많다."

"예?"

"공부하고 일하느라 고생한다고. 쉬어가면서 해."

"아! 예! 감사합니다."

주방에서 같이 설거지하는 아주머니 중에 나이가 지긋한 한 분은 늘 무뚝뚝하였다. 언제나 뚱한 표정을 짓고 말수도 적었다. 말을 하고 있지 않으면 화가 나 있는 사람처럼 보였다. 일하기 시작하고 사흘은 옆에 있으면서도 말 한번 하지 않았었다. 일부러 말을 붙여 봐도 말투도 무뚝뚝했다.

"아줌마 이렇게 하면 돼요?"

"됐어!"

통명스럽게 한마디 하면 끝이었다. 내가 하는 일에도 이래라저래라 하는 말도 없었다. 나와 설거지 일을 가장 많이 같이 하는 분이었다.

말은 없어도 아주머니는 나를 조금 일찍 퇴근하게 하려하고, 본인이 조금 더 설거지를 하셨다. 내가 맨 손으로 설거지를 하면 말없이 고무장갑을 던져 주셨다. 사모님이 내게 일을 더 시키려하면 혼잣말처럼,

"일하면서 공부하려면 힘들죠."

그 한 마디면 충분했다. 세상엔 이런 저런 사람들이 같이 사는 거였다.

아주머니는 깨끗하게 닦여진 불판을 보고,

"네가 불판 다 닦았어?"

"예."

"오전에?"

"예."

"혼자서?"

"예."

"애썼다. 일요일에 아무도 일을 못 하겠다고 하니 너에게 시켰나 보네."

아주머니에게서 엄마의 냄새가 조금 풍겼다.

언제부터인지 일요일 오전에는 내가 가게 문을 열고 나 혼자 밀린 설

거지를 하고 있었다. 오전에 일하고 저녁엔 시간을 주니 오히려 낫다고 생각했다. 하지만 내가 하는 일의 종류가 점점 많아졌다. 홀에서 음식 주문받는 것은 서로 꺼렸고, 사장님도 아무나 내보내진 않았다. 그럼에도 토요일에 일손이 부족하면 사장님은 당연히 내가 주문을 받아야 한다고 생각하는 것 같았다.

"현진아! 홀에서 손님 좀 받아라."

내가 어리니 당연히 그럴 것으로 생각되었지만, 간혹 손님과의 마찰이 두려웠다. 아무 잘못이 없어도 어떤 손님은 소리를 지르기 일쑤였다.

"야! 음식이 왜 이리 더디게 나와?"

"야! 물컵에 뭐가 들어갔잖아?"

"야! 빨리 물수건 가져와!"

어떤 손님은 가게에 들어오자마자 소리를 지르며 들어왔다. 한눈에 거북한 손님임을 알 수 있는 경우에는,

"현진아! 얼른 손님 받아!"

하며 다른 아줌마나 언니들은 가만히 보고만 있었다.

홀에서는 담당하는 구역이 나뉘어 있지만, 토요일에 손님이 많을 때 지원하는 것이라 내 구역은 없었다. 그러니 사실은 전부 내가 해야 할 수도 있고 전부 안 할 수도 있었다. 하지만 나를 보고 있으면 나보고 가라는 눈치이고 때에 따라선 대놓고 말하기도 하였다.

"홀에 도와주러 왔으면 얼른 손님을 받아야지."

무슨 일이든 적응하면 요령이 생기기 마련이었다. 막무가내인 손님은

무조건 죄송하다고 하면 되었고, 그래도 감당이 안 되면 사장님에게 도움을 요청하였다. 어떤 손님은 오히려 팁을 주시는 분도 계셨는데 사장님은 공식적으로는 받지 못하게 하였다. 주말에 일이 많으니 주말 다가오는 것이 싫어졌다.

그렇게 두 달을 지냈다.

홀에서는 가끔 아는 얼굴도 만날 수 있었다. 안면이 있는 사람이 오면 서로 한 번 웃어 주고 아르바이트하느라 수고 많다고 눈인사하는 게 대부분이었다.

처음 회사에서 노조 운동을 주도하다가 퇴사한 혜영이 언니를 여기에서 만났다. 친구들인 것 같은데 한눈에도 명품으로 보이는 백을 들고 옷을 입은 동료와 왔다. 회사에서 보던 언니의 모습이 아니었다. 화장도 했고 출퇴근할 때 입던 옷도 아니었다. 아주 세련된 옷에 영화배우라고 하여도 믿을 만한 모습이었다. 화장하지 않은 얼굴도 빛이 났는데 화장을 하니 더욱 화사해 보였다. 언니는 나를 보자 조금 당황해 하였다.

"여기서 일해?"

고개를 끄덕였다.

"언니는?"

"지금 일하려고 준비 중이야!"

'언니는 무슨 일을 준비 중일까? 어느 회사를 입사하겠다는 것인가?'

혜영 언니는 나와는 다른 부류의 사람이었다. 한동안 같은 회사 동료였고 고민 상담을 해 주었던 친절한 언니였다. 그러나 지금 내가 아는 언니는 나와는 다른 세계에 사는 언니였다.

"언니! 경찰서에서 어떻게 나왔어?"

"언제? 어디? 하도 많이 드나들어서 어느 경찰서를 말하는지 모르겠다."

언니는 내가 무슨 말을 하는지 알고 있었다. 나와 같이 간 경찰서는 하나뿐이었다.

"우리 회사에서…"

"아! 그때? 재수가 좋아서 나올 수 있었어. 너는?"

'재수가 좋아서 권력 있는 아버지를 두었겠다.'

"나는 미성년자라고 반성문만 쓰고 가라고 하더라고. 학교에서 선생님도 오시고…"

"다행이다. 앞으로도 신념을 가지고 생활하기 바란다."

'무슨 신념을 말하는 거지?'

나는 잔심부름밖에 한 것이 없고 무엇이 어떻게 돌아가고 있는지 전혀 알지 못했다. 내가 아는 것은 내가 어느 날 해고되었다는 사실이고, 예나 지금이나 하루 벌어서 하루 살기가 힘들다는 것이었다. 여전히 잘사는 사람은 잘살고 예쁜 사람은 언제나 예쁘게 살고 있다는 것뿐이었다. 예쁘고 똑똑한 언니는 언제나 예쁘고 똑똑한 모습 그대로였다.

"또 올게."

고개를 끄덕였다.

'왜 온다는 것일까? 식당에도 노조를 만들려고 하려나?'

잊을 만한 시기에 언니가 다시 찾아왔다. 음식을 먹으러 온 것이 아니었다. 복장도 회사 다닐 때처럼 다시 청바지를 입고 있었다. 사장님에게 인사를 하더니 각 테이블을 돌며 명함을 돌리고 있었다.

"현진아! 안녕?"

나를 보며 해맑게 웃어 보였다.

"언니 뭐 해?"

"내가 시의원에 출마하게 되었어. 많이 도와줘!"

"내가 무슨 힘이 있다고."

"너 내 캠프에 와서 일 좀 해 줄 수 있어?"

"나 낮에 학원 다녀."

"대학교 가려고?"

"응."

"대학이 전부냐? 대학 안 나와도 대접받는 사회를 만들어야지."

언니와 홀에서 서서 이야기할 시간은 많지 않았다.

"야! 여기 상추 가져와!"

어느 테이블에 상추가 떨어진 모양이었다. 상추 쟁반을 들고 가는데 아직 언니가 있었다. 언니는 내게도 명함을 주었다.

"꼭 같이 일하고 싶다. 현진아!"

"알았어."

언니에게 인사를 하며 한눈을 팔다가 손님에게 상추 쟁반을 쏟았다. 홀과 테이블 위로 야채가 쏟아지고 일부 음식을 내가 뒤집어썼다. 손님에게도 쏟아졌다.

"야! 너 일 똑바로 못해?"

사장님이 손님들 앞에서 내게 처음 큰소리를 쳤다.

"얼른 부엌으로 가!"

사장님이 일일이 사과를 하고 손님들에게 세탁비를 지급했다. 밖으로 나가던 혜영이 언니가 그 모습을 가만히 지켜보다가 나가는 것이 보였다. 창피했다. 그 날 해고되었다. 사장님은 세탁비를 제외한 월급을 바닥에 던졌다.

"뭐야? 일 잘하는 줄 알았더니 손님 다 떨어지게 하려고 작정했어?"

말없이 바닥에 떨어진 월급을 주웠다.

"내일부터 나오지 마!"

"죄송합니다."

얼마인지 세어 보지 못한 월급을 손에 쥐고 식당을 나왔다.

'나는 왜 잘 넘어질까?'

두 시간가량 시내를 걸어서 집으로 왔다. 책상에 앉아 혜영이 언니의 명함을 보았다. 맑게 웃는 언니의 얼굴을 가만히 바라보았다. 경력에는 서울의 유명한 대학을 졸업하였다고 적혀 있었다. 거울 속의 내 얼굴은 많이 걸어서인지 방금 밭일을 하고 온 사람처럼 보였다. 거울을 보고 내게 말을 걸었다.

"잘된 일이야. 공부할 시간이 너무 없었어. 새로운 아르바이트 자리를 알아봐야겠다. 임현진! 잘할 수 있어!"

사장님은 다음 날 마치 아무 일도 없었다는 듯이 아침에 전화하셨다.

"왜 안 나와! 얼른 설거지해야지."

내가 더 당황스러웠다. 어제는 나오지 말라고 소리를 치더니 오늘은 왜 나오지 않는다고 소리를 치고 있었다.

"어제 그만두라고 하셨잖아요."

"내가 화가 나서 한 말이지, 그 말을 마음에 두고 있었어? 얼른 나와서 일해."

어떻게 대답을 해야 할지 몰랐다. 내가 머뭇거리자 한마디 덧붙였다.

"앞으로 홀에 서빙 하는 것은 하지 말고 부엌일만 하도록 해라. 어제 내가 한 말은 미안하다. 일할 사람이 없어."

일요일 오전에 설거지할 사람이 나 말고 없었다. 홀에 안 나간다고 다짐받고 사장님이 사과를 하여 다시 나가기로 하였다. 나보다 언니가 더 화를 내었다.

"나오지 말라고 할 때는 언제고 아쉬우니까 다시 나오라고 해?"

"언니, 일할 사람이 없다잖아."

"네가 그러니까 당하고만 사는 거야!"

"그만 나간다고 해! 거기 말고도 아르바이트 자리는 널렸어."

"나간다고 했어."

내가 다시 식당에 나가자 다들 의아해 하였다.

"그만둔 거 아니었어?"

"사장님이 다시 오라고 하셨어요."

"어지간히 일손이 모자랐나 보네."

"부엌에서만 일하기로 했어요."

부엌에서만 일하면서부터 홀에서 일하는 아줌마와 언니들의 말투나 행동이 이상해졌다. 다들 퉁명스럽게 이야기하였다. 내가 무슨 큰 잘못을 저지른 것 같았다. 바쁜 토요일에 내가 자신들의 일을 돕다가 다시 빠졌으니 원래 상태로 돌아간 것인데, 일이 많아졌다고 불평이었다.

"접시 좀 똑바로 닦아!"

손님이 접시가 깨끗하지 못하다고 한 모양인데, 내 앞에 접시를 던져 깨뜨렸다. 사장님이 오셨다.

"무슨 일이야?"

"접시를 대충 닦으니까 손님들이 불평하죠."

"그렇다고 접시를 깨뜨려?"

"쟤가 접시를 주어도 안 받고 떨어뜨린 거잖아요."

아줌마는 나를 가리켰다. 난 아무 말도 생각나지 않아 가만히 아줌마를 보고만 있었다.

"저거 봐요. 눈 똑바로 뜨고 쳐다보는 거 봐요. 잘못했으면 고칠 줄 알아야지 어디서 못 배워서 어른 말하는데 똑바로 쳐다봐?"

'내가 무엇을 잘못했을까?'

설거지하는 사람은 네 명이 있었다. 접시를 내가 다 닦은 것은 아니다. 불판 대부분은 내가 닦았지만, 그것도 밤에 같이 닦았다. 누가 무엇을 닦았는지 알 수는 없었다.

"컵에 고춧가루 붙었잖아?"

"수저를 똑바로 닦아 놓아야지!"

아무리 무어라 해도 나는 부엌에서 설거지만 열심히 하면 되었다. 그릇이 없어서 음식을 못 내는 경우는 없었고 불판도 오랜 경험이 있는 아주머니보다 깨끗하게 빨리 닦을 수 있었다. 멀리서 나를 보는 눈초리가 매서운 사람들이 있었지만, 직접적으로 부딪힐 일은 없었다. 그런대로 적응되고 있었다. 참을 만도 했다. 나는 돈이 필요했다.

사장님은 퇴근 전에 전부를 불러 모아 놓았다.

"지금 식당의 손님이 많이 줄어드는데 전부 열심히 합시다."

사장님은 머뭇거렸다. 지금까지 이런 말을 하려고 모인 적은 없었다. 다른 무슨 말을 하고 싶어 하셨다. 사모님이 나섰다.

"어제 식당 금고에서 돈이 없어졌어. 누군지 모르겠지만 신고하기 전에 가져와. 우리 집에서 이런 일은 처음 있는 일이야. 서로 믿고 일해야지 이러면 안 되지."

"어제 제일 늦게 나간 사람이 누구야?"

홀에서 일하는 언니가 범인을 찾아야 한다고 나섰다. 어제 늦게 나간 사람은 나였다. 늦게 와서 일하는 것이 미안해서 거의 매일 늦게까지 불판을 닦고 퇴근했다. 사장님은 식당 열쇠를 내게도 하나 주었다.

"내가 제일 늦게 나갔어요."

"결론은 났네. 뻔한 거 아니야?"

홀에서 일하는 언니는 내가 범인이라고 단정하고 말하였다.

"저는 절대로 금고 근처에도 가지 않았어요."

"어제 돈이 없어졌고, 네가 제일 늦게 나갔다면서?"

사장님이 나섰다.

"누가 가져간 것인지 아무도 모르는 일이고 다시는 이런 일이 없었으면 좋겠다."

당장 식당일을 그만두고 싶었다. 하지만 그러면 내가 더 오해를 살 것이고 내가 도둑이 될 것이었다. 그렇다고 다른 사람들의 눈치를 보며 일을 하다 보니 일이 손에 잡히지 않았다. 전부 나를 의심하는 눈초리였다. 멀쩡히 있던 돈이 내가 마지막으로 간 뒤에 없어졌다면 누구라도 나를 의심하는 것은 당연하다고 생각되었다. 일도 잘되지 않았다. 주위의 모든 사람과 서먹서먹해지는 느낌이었다. 접시도 깨뜨리고 사장님이 소중히 여기는 불판도 하나 깨뜨려 먹었다. 세제를 풀던 고무장갑은 미끄러웠다. 조심해야 하고 늘 그렇게 해 왔는데 그 날은 정신을 놓고 있었는지 손에서 미끄러지며 깨어져 버렸다.

"도둑이 제 발 저리겠지. 뻔뻔하긴."

누군가 내 뒤에서 중얼거리는 소리가 들렸다. 난 도둑이 아닌데도 손이 떨렸다. 시간이 가면서 더 그랬다.

하루가 다르게 식당의 손님도 점점 줄어들었다. 손님이 적어짐에 따라 일할 사람도 적게 필요했다. 우선 홀에서 서빙하는 언니들부터 나오지 않았다. 내일부터 나오지 않는다고 인사하고 가는 사람도 있고 갑자기 다음 날 보이지 않는 사람도 있었다. 정식 직원들이 아니어서 사장님이 내일부터 그만 나오라고 하면 그게 해고 통지였다. 그런 상황에서 내가 일하는 모습이 점점 시원찮게 보였을 터였다.

사장님은 내게 나오지 말라는 통보를 하였다.

"그동안 수고했어. 식당이 점처럼 잘 안 되잖아. 새 브랜드로 갈아야겠다. 다음에 도와줘."

"감사합니다."

사장님에게 돈을 가져간 것이 내가 아니라고 하고 싶었다. 하지만 지금 말한다고 달라질 상황도 없고 믿어 달라고 해도 스스로 믿지 않으면 아무 의미가 없었다.

부엌에서 같이 일하는 아주머니들에게만 인사를 하고 나왔다. 내가 해고된 것은 식당 손님이 줄어들어서 그런 것이 분명한데 한편으로 돈이 없어진 것과 무관하지 않다는 생각도 들었다. 아직 부엌의 일손은 넉넉하지 않은 편이었다. 사장님은 화를 내고서도 다음 날 출근해 달라고 부탁하던 분이셨다.

'나만 아니면 됐지.'

생각은 그러면서도 속이 상했다. 누군가의 의심을 받았다는 사실과 시간이 흐른 뒤에도 그들은 나를 의심할 것으로 생각하면 더 화가 났다. 그래도 잘된 일로 생각했다. 사람들의 눈을 의식하면서 계속 그곳에 속해 있는 것도 힘든 일이었다.

깊은숨을 내쉬었다.

깊게 생각하는 것도 내겐 사치였다. 얼른 아르바이트 자리를 알아보아야 했다. 꼭 저녁 시간대의 일만 생각하고 있었는데 전봇대에 우유 대리점 배달원 모집 쪽지가 보였다. 새벽 시간이다. 못할 것도 없었다. 신문 배달도 해 보았는데 이것이라도 못할 리는 없었다. 신문보다 무거워 할 수 있을는지 알아보았다.

우유 대리점에서는 자전거를 타고 다니기를 바랐다. 내가 그래도 해 보겠다고 하자 작은 손수레를 내주었다. 큰돈은 되지 않아도 생활비와 학원비는 벌 수 있었다. 아이스박스가 실린 작은 손수레에 넣은 우유를 집마다 배달하면 되는 일이었다. 신문 배달과 큰 차이는 없었다. 가끔 우유가 상했다고 항의하는 경우가 있고 배달되지 않았다고 불평인 고객이 있었다. 그것은 신문 배달도 마찬가지였다. 배달하면서 빼놓고 배달하는 경우는 없었다. 어린아이들의 장난으로 가끔 없어지기도 하였다. 사장님의 잔소리는 어디나 있는 법이고 알겠다고 하면 되는 일이었다. 사장님도 배달 과정에서 착오 때문이 아니라는 것을 알고 있으면서 항의 전화가 오면 한마디씩 하였다.

배달하고 오면 여유분의 우유가 있는데 사장님은 내가 먹을 수 있도록 하였다. 처음 우유를 먹고 배탈 설사를 하였다. 날짜가 지난 오래된 우유였다. 다른 사람은 아무렇지도 않았는데 나만 그랬다. 그래도 사장님의 마음은 고마웠다.

우유 배달은 나쁘지 않았다. 새벽에만 일하고 낮과 밤에 활용할 시간이 많았다. 학원 다닐 시간과 밤에 공부할 시간이 확보되었다.

혜영이 언니는 시의원에 당선되었고, 감사하다는 현수막이 거리 곳곳에 걸렸다. 지역 TV에도 출연하여 토론회에도 토론자로 자주 참여하였다. 논리 정연한 말솜씨와 여배우 같은 외모로 인기가 나날이 올라갔다. 주위에서는 나라를 위해 일할 인재가 발굴되었다고 좋아했다. 유명 대학을 졸업하고 노동자와 함께 노동 운동을 한 경력이 언니의 외모를 보다 빛나게 했다. 노동자를 비롯한 사회의 힘없는 사람을 대변할 사람이라고 기대가 많았다. 지방 신문에는 곧 국회 의원이 될 인재라며 우리 고장이 낳은 전도유망한 정치인으로 소개했다.

혜영 언니의 가족에 대해서는 한마디도 나오지 않았다. 개인의 사생활이라 보호되는 모양이었다.

대학 합격

수능을 보기 전에 학원에서는 최종 모의고사를 보았다. 3월에 비해 조금 오르긴 했는데 다른 아이들도 나와 같으니 오른 성적이라고 할 수도 없었다. 수능 전날에도 떨린다거나 걱정되는 일은 없었다.

'올해 안 되면 내년에 다시 보면 되고, 몇 년을 해도 안 되면 그게 내 운명이겠지.'

그렇게 생각하니 담담한 마음이었다. 오히려 성적이 좋은 아이들은 많이 걱정하는 모습이었다. 그들은 그들 나름의 목표가 있어서 조금만 실수를 해도 자기가 목표로 하는 학교에 진학할 수 없었다. 그래서 모의고사 성적이 조금만 나빠도 속상해하였다. 우리가 보기엔 그 성적도 부러운 점수지만, 그들에게는 인생이 좌우되는 점수였다. 시험을 못 보았다고 해도 우리보다는 훨씬 좋은 성적이라고 흉을 보았지만, 그럴 일만은 아니었다. 성적이 낮은 우리가 조금 더 성적을 올려 대학에 가고자 하는 마음이나 성적이 높은 아이들이 조금 더 성적을 올려 그들이 원하는 대학에 가고자 하는 마음이나 같은 거였다. 오히려 우리는 조금 떨어져도 크게 차이가 없었지만, 성적이 좋은 아이들은 조금만 떨어져도 등급 간격이 좁아 큰 차이가 있었다. 그래서 성적이 좋은 아이들이 더 긴장하고 걱정하였다. 모의고사 후에도 괴로워하는 아이들은 그 아이들이었다. 아흔아홉 마리 양을 가진 자가 한 마리 양을 더 갖겠다고 하는 모습이 흉이 아니었다. 아무것도 없는 자에게 한 마리 양이 소중하듯이 많이 가진 자에게도 한 마리는 똑같이 소중한 법이었다.

아무에게도 연락하지 않고 응시 원서를 냈다. 누가 내 시험 보는 데 도와줄 것도 없었고 도와줄 사람도 없었다.

언니가 물었다.

"이번에 수능 보지?"

수능을 보려고 학원에 다녔는데 언니는 내게 부담을 주기 싫어 그렇게 이야기하였다.

"한 번 봐 보려고. 모의고사 성적은 형편없어. 기대하지 마."

"학원은 그냥 다닌 거 아니잖아. 괜찮아. 일하면서 대학 가겠다고 하는 네가 내 동생이지만 자랑스럽다."

"고마워."

언니만 내가 수능 보는 것을 알았고 언니만 나를 맘으로 응원해 주었다.

시험 전날까지 담담하기만 하였는데, 그래도 시험이라고 당일엔 조금 긴장이 되었다. 사전 예비 소집을 통해 시험 볼 학교를 알았다. 미리 가

보라고 해서 가 보았는데 안에는 들어갈 수 없었고 학교가 어디인지만 확인하였다.

배정받은 학교에 일찍 갔다. 늦어서 시험을 보지 못했다는 이야기와 차가 고장이 나서 고사장에 들어가지 못할 수 있다는 이야기까지 시험에 얽힌 이야기는 많았다. 내게 혹시 그런 불행이 오지 않을까 쓸데없는 걱정을 하면서 일찍 고사장에 들어갔다. 대부분 긴장한 얼굴들이었지만, 나는 그렇게 긴장되지 않았다. 아는 대로 쓰면 그것으로 만족하겠다고 생각했다.

두 명의 선생님이 감독하셨다. 친절하게 안내하여 시험을 보는 데 특별한 문제는 없었다. 내가 실력이 없어서 모르는 것이 많다는 것이 문제였다. 매시간이 끝나면 정답을 확인하느라 각자 가방에서 책을 꺼내어 확인하기 바빴지만, 나는 지난 시간의 시험에 대해 전혀 알고자 하는 마음이 없었다. 책을 뒤진다 해도 모르는 것은 모를 것이고 틀린 것이 맞는 것으로 되지는 않을 것이다. 오로지 다음 시간 시험이 내가 아는 쉬운 문제가 많이 나오길 바랐다.

그렇게 수능을 마무리했다. 올해 진학을 못 해도 내년에 다시 볼 것이라는 생각은 나를 담대하게 만들어 주었다. 막연하게 결과가 좋게 나오길 바랐다.

내 바람과 달리 수능 성적은 그리 좋게 나오지 않았다. 내신 성적도 좋은 편이 아니었다. 진학할 대학이 전혀 없을 줄 알았다.

'그래! 내년이 다시 보지. 뭐!'

누구도 나의 성적에 깊은 관심을 보일 사람은 없었다. 엄마도 그저 보았겠거니 할 것이고 언니도 내가 우수한 성적을 낼 상황이 아니라는 것은 알고 있었다. 내가 수능을 보았다는 사실을 아는 사람도 거의 없었다.

나보다 학원 담임 선생님이 내가 갈 수 있는 학교를 샅샅이 뒤지셨다. 의외로 종합대학교도 합격할 수 있는 과가 더러 있었다. 그곳은 순수 학문을 하는 과라서 졸업 후 취직해야 하는 내가 진학하기에는 맞지 않았다. 담임 선생님과 상의해 가며 적당한 학과를 찾았다. 담임 선생님은 유아교육과를 추천하였고 내가 아이들도 좋아해서 나도 적절하다고 판단했다. 졸업하고 취직도 쉬울 것 같았다. 학원 담임 선생님은 부산 지역 유아교육과가 있는 학교는 전부 나열해 놓고 하나하나 점검해 주셨다.

"학교 선생님의 추천서가 있으면 좋겠는데……."

"졸업한 학교 담임 선생님 추천서요?"

"가능하겠어?"

내 성적만으로는 약간 모자라는 점수인 것 같았다.

졸업하고 한 번도 찾아보지 않았던 고등학교를 찾았다. 그것도 내가 아쉽고 필요해서 찾아가는 것이었다. 고3 담임 선생님은 여전히 계셨다.

"못 찾아봬서 죄송해요"

"사는 게 힘들지? 누구나 다 힘든 것을 극복하고 사는 거야."

나를 격려하시는 선생님의 말씀에 오히려 더 죄송한 마음이 들었다.

"일찍 찾아왔어야 했는데 뵐 낯이 없어요."

"원래 그런 거야. 사랑은 내리사랑이라고, 부모가 자식에게 사랑을 주고 스승이 제자에게 사랑을 주는 거야. 물이 위에서 아래로 흐르듯이 사랑의 방향도 위에서 아래로만 흐르는 게 이치지. 위에서 받은 사랑은 아래로 주는 것이 맞는 거야."

그래서 부모에게 받은 사랑을 자기 자식에게 베푸는 것은 당연한 일인가 보다. 어쩌다가 부모에게 받은 사랑을 부모에게 조금이라도 되돌려 드리면 신기한 일이라서 효라 하는 것이고 칭송받을 일이 되는 것 같다.

대학에 합격하는 생각만 하면 가슴이 두근거리고 설레었었다.
'내게도 그런 일이 있을까?'

그런데 그런 일이 일어났다. 합격 통지서를 받았다.
학교 선생님의 추천서 때문에 겨우 한 군데 합격한 것 같았다.
시골에 어머니는 마을 잔치라도 할 기세였다. 언니도 무척 좋아하였다.
'아버지도 계셨으면 기뻐하셨을 텐데.'

방바닥에 두 무릎을 세우고 앉아 오른손바닥으로 턱을 받치고 팔꿈치를 오른 무릎에 얹었다. 왼손에 합격 통지서를 들고 처음부터 붉은색 도장 글씨까지 찬찬히 읽었다. 합격 통지서를 방바닥에 내려놓고 두 손으로 허벅지를 감쌌다. 눈은 통지서를 계속 보고 있었다.

이름도 있고 생년월일과 발급 날짜도 있다. '유아교육과'가 눈에 띄고 수험 번호도 적혀 있다. 붉은색 도장도 선명하게 인쇄되어 있다. 뒷면은

백지 상태이다.

합격하기 전의 설렘은 금방 지나갔다.

'원래 나는 그런 아이니까.'

'합격 통지서'를 그렇게 멍하니 앉아 한참 동안 보고만 있었다.

'누구에게나 있을 수 있는 일이 내게도 일어난 것이다.'

'나보다 더 좋은 대학에 합격한 사람도 많았으니까.'

'이제 등록금을 내야겠다.'

언제나 또 다른 현실이 내 앞에 있었다.

통장을 펼쳐 놓고 등록금과 입학금을 가늠해 보았다. 그동안 모은 것으로 가능할 것 같았다. 다음 학기를 준비하려면 현 상황으로는 부족하다. 새로운 아르바이트 자리도 알아보아야겠다. 당분간 우유 배달을 계속하면 어느 정도 생활은 되겠지만, 다음 학기 입학금을 모으기에는 부족했다. 밤에 일할 수 있는 아르바이트 자리를 찾고 지인들에게 부탁해 놓아야겠다.

'세상에 죽으란 법은 없다!'

엄마 말대로 지금까지 얼마 산 것은 아니지만 죽으란 법은 없었다. 지금은 막막해도 곧 좋아질 것이다.

'언제 내 앞에 밝은 빛만 보인 적이 있었던가?'

그래도 지금까지 살아왔다.

언니와 내가 다닐 학교에 미리 가 보았다. 생각만큼 크진 않아도 중학교와 고등학교와는 너무 달라 보였다. 건물이 여러 개 있어 어디서 수업을 받을지는 알 수 없었다.

건물의 강의실에 앉아 강의를 받는 나를 생각해 보았다.

'대학교는 선생님이라 하지 않고 교수님이라 부른다지? 수업이 아니고 강의라고 한다지?'

에필로그

◇◇◇◇◇◇◇◇

　광안리 바닷가는 성수기가 아니어서인지 사람들의 움직임이 많지 않았다. 해변 도로는 커다란 열대 가로수가 심어져서 이국적인 분위기를 느끼게 했다. 가로수와 가로수 사이엔 소나무 화단이 조성되어 있었다. 화단 주변으로는 나무판처럼 나듬어진 화강암을 잇대어 놓았다. 깨끗해 보이는 화강암을 손으로 닦아내고 긴 치마를 엉덩이부터 훑어내려 앉았다.

　그다지 길지 않은 내 머리 몇 가닥이 볼을 타고 입안으로 들어왔다.

　저 멀리 화물선 한 척이 제 목적지를 향해 아득하게 사라져 갔다.

　부산에 와서 많은 일이 있었다.
　부산에 와 있는 동안에 내게 많은 일이 있었다고 해야겠다.

　모든 일이 천천히 떠올랐다 사라진다.

고향에서 부산으로 출발한 순간부터 내 인생의 새로운 시작이었다.

엄마 말대로 인생은 계획대로 되지 않았다.

아버지가 돌아가시고 막내 터리도 아버지를 따라갔다. 나는 회사에서 두 번이나 해고를 당하였다. 아르바이트 신문 배달을 하다가 개에게 다리를 물려 허벅지에 흉터가 생겼다. 그 흉터는 언제나 생각만으로도 아픔을 느낄 수 있었다. 고등학교도 진학했고 졸업했다. 재수 끝에 전문대에도 합격했다. 조금 모았던 돈은 등록금과 입학금으로 다 나갔다.

그 모든 가슴 아픈 일에도 난 끝까지 울지 않았다. 혼자 있을 때도 울지 않았다.
'나는 왜 감정이 없을까?'
'나는 어려서부터 메마른 마음을 가지고 태어난 것일까?'
'왜 슬퍼할 줄 모를까?'
'정말 내겐 슬픔이 없었을까? 눈물이 정말 없을까?'

'이대로 돌이라도 된다면……'

앉은 자세로 돌이 되었다던 옛 여인이 나 같은 마음이었을 것이란 생각이 든다. 마음을 돌처럼 굳히고 싶어서 돌이 되었을 것이다. 난 처음부터 돌이었는지 모른다. 어려서도 눈물이 없었다.
'맞다!'

나를 돌부처라 부른 사람이 있었다. '부처'라고만 하지 않고 꼭 '돌' 자를 붙인 '돌부처'라고 하였다. 내 마음은 돌이었다.

어쩌면 걷잡을 수 없이 터져 버릴 것 같은 눈물을 가슴속에 돌로 다져 놓고 있는지도 모른다. 내가 눈물이 없도록 태어난 이유를 이제 알게 된 것 같다.

물가를 거니는 연인 몇 쌍과 공놀이를 하는 가족의 모습이 보인다. 부모나 아이들이나 활짝 웃고 노는 모습이 좋다.

바닷가 움직이는 모든 것이 천천히 움직이고 있다.

내게 남은 것은 없다. 처음부터 내 것이 없었다. 그래도 내일에 대한 걱정이 없다.

모든 일들은 내게로 다가왔다가 나를 스치고 지나갔다.

이제 내게 다가 올 그 모든 일에 두려움은 없다. 자신감이 아니다. 세상의 이치가 그러한 것 같다.

온몸에 힘이 빠져 있는 내가 느껴진다. 오히려 편안한 마음이다.

봄엔 나도 대학 캠퍼스에 있을 것이다.

언니는 애인이 생겼다. 시골 중학교 동창이다. 멀리 이곳까지 와서 다시 먼 시골의 동창을 사귀고 있다.

'나도 남자가 생길까?'

헛웃음이 나온다.

"현진아! 현진아!"

"언제 왔어?"

"왜 대답을 안 해?"

"언니가 나 불렀어?"

"저기서부터 불렀는데 여기 앉아 있으면서 왜 대답을 안 해?"

"못 들었어."

언니가 밥을 먹자고 해서 밖으로 나온 일이 잘한 것 같다.

치마 안쪽으로 모래가 날려 들어갔다. 일어서서 치마를 털고, 뒤를 다시 훑어 내렸다.

약한 바람이 얼굴을 스치고 있다.

"네 얼굴에 아버지의 그 어색한 웃음과 음, 막내 터리의 온화한 웃음이 섞여 있다?"

"그래?"

"정말 그래. 가족이라서 그런가?"

'가족이어서 그렇지. 가족.'

내일은, 내일은 새로운 누구와 만날 것이고 또 어떤 일들이 내게로 올 것이다. 그리고 갈 것이다.

시골의 봄에 불던 상쾌한 바람이 지금 내게 불어오고 있다.
내가 느끼는 한, 내일도 이 바람은 계속 불 것이다.

그래도 바람은 분다

2017년 01월 06일 초판 1쇄 인쇄 | 2017년 01월 13일 1쇄 발행

지은이 · 한영수

펴낸이 · 김양수
디자인 · 이정은
교정교열 · 장하나

펴낸곳 · 휴앤스토리 | 출판등록 · 제2016-000014
주소 · (우 10387) 경기도 고양시 일산서구 중앙로 1456(주엽동) 서현프라자 604호
전화 · 031-906-5006 | 팩스 · 031-906-5079
이메일 · okbook1234@naver.com | 홈페이지 · www.booksam.co.kr

ⓒ 한영수, 2017
ISBN 979-11-958838-6-8 (03810)

＊ 이 책의 국립중앙도서관 출판시도서목록은 서지정보유통지원시스템 홈페이지
 (http://seoji.nl.go.kr)와 국가자료공동목록시스템(http://www.nl.go.kr/kolisnet)에
 서 이용하실 수 있습니다.
 (CIP제어번호 : CIP2017000627)
＊ 이 책은 저작권법에 의해 보호를 받는 저작물이므로 무단전재와 무단복제를 금지하
 며, 이 책 내용의 전부 또는 일부를 이용하려면 반드시 저작권자와 휴앤스토리의 서
 면동의를 받아야 합니다.

＊ 파손된 책은 구입처에서 교환해 드립니다.   ＊ 책값은 뒤표지에 있습니다.